荒涼路

BITTER WASH ROAD

蓋瑞・迪希
GARRY DISHER

顏涵銳——譯

記念 Deborah Cass

1

九月一個週一早晨，剛到任提佛頓鎮（Tiverton）新職三週的員警賀許，接到警長電話：荒涼路[1]上傳出槍響。

「知道在哪嗎？」

「不太清楚，警長。」賀許道。

「還敢說不太清楚。你這三週是都躲在警站當米蟲嗎？我不是叫你要好好到轄區認識環境？」

「我有去認識環境。警長。」

「三週不是早該摸熟很多地方了嗎？」

「是，長官。」

「我有沒有說過，不要混吃等死？」

「有，說得很清楚，警長。」

1 關於 Bitter Wash Road 的譯名，澳洲稱苦啤酒為 bitter，wash 亦指釀啤酒過程中會產生的「酒醪」，兩者顏色都偏褐紅色。作者將此路取名為 Bitter Wash Road 意指土地的紅色。這類紅泥地在本書的南澳一帶很常見。所以 Bitter Wash Road 亦可以理解為「紅泥路」。

「在我底下當差，休想要混吃等死。」柯洛普警長道。「還有，別耍小聰明。」

他話鋒一轉，交待賀許，報案的是名女性駕駛。「沒提供姓名。就是名觀光客，打算去野外賞花。停好車，要去錫屋拍照，槍聲就響了。」柯洛普講到一半忽然中斷問道：「知道嗎？錫屋？」

賀許毫無頭緒，道：「是，長官。」

「快給我到那邊去，查到什麼都跟我回報。」

「是，長官。」

警長又說：「我們這種鄉下地方務農居多，農家人窮極無聊，會拿野兔當活靶射著玩。但也很難說。」他怕賀許沒搞清楚狀況。

在澳洲阿德雷德（Adelaide）往北三小時的提佛頓，主要作物為小麥和羊毛。這裡緊鄰屏障高速公路（Barrier Highway），鎮小到在公路行駛的車輛只要一個不留神，便不會發現這裡有個鎮存在。他剛被派到這裡的單人警站。這類小型警哨站，在南澳還剩幾座，昔日會稱為「孤鳥警站」，但這年頭這樣講會惹來性別歧視非議，所以就不說了，警用無線電播音時更極力避免。但其實，為了安全和勤務考量，也確實不會派女員警來此駐守。所以會被派來提佛頓的還真的是孤鳥，因為成家的警員只要老婆跟來必定立刻打退堂鼓，也因此，會來這裡的，往往都是風評不好的員警。

賀許也是。

高速公路旁一棟小型磚房的前棟，就是賀許的警站。一旁的公路上，蚊蠅嗡嗡作響，泛黃的社區公告在微風中輕輕拍打著。警站後棟是賀許的住處。這裡有三個房間，浴室、客廳加上廚房流理檯及臥房。這屋子還附帶一塊枯乾的草坪和一個狹窄的車道，車道停著他的日產老爺車及南澳（SA）警隊用車，是輛四輪傳動的豐田 HiLux 越野皮卡、裝有後車架。屋後還有個儲藏室，設有鐵窗和堅實後門，說明政府為防止人犯在羈押期間死亡而改革獄政之前，這裡曾被當成拘留室。住在這奢華的地方，警署還跟他收了不低的租金呢。

掛掉柯洛普警長的電話後，賀許在牆上地圖找到荒涼路所在，鎖上警站大門、將手機號碼釘在前門，倒車駛出車道。首先映入眼簾的是鎮裡的雜貨店，就在警站旁，對面則是小學，小朋友都放假了，操場靜悄悄，沒有半點動靜。接著則是幾棟石砌老屋、紐澳軍團戰爭紀念機構、兩次世界大戰陣亡將士紀念碑和鐵鏽斑駁的大砲，然後又是好幾間房子、兩座教堂、農業用品店、街上另一邊則是穀物盤商的廣告看板……這就是整座提佛頓鎮了。沒有銀行、藥房、診所、律師事務所、牙科診所、會計師事務所，也沒有中學。

他沿著不深的峽谷底往南開，左手邊是蜿蜒、起伏、有些許農業活動的山丘，右邊遠處則是高低落差明顯的山脈，山色青青藍藍，山上崎嶇不平的岩石間，不時冒出小灌木叢，樹影投射在岩石堆中，隱約有著弗林德斯山脈（Flinders Ranges）之感，不過真正的弗林德斯山脈遠在北方三小時車程外。一邊開車，賀許一邊空出一隻手，晃著一根手指跟對向來車打招呼，這是當地的習俗。除了車子外，一路上沒有任何動靜，明明該生氣蓬勃的啊。連小鳥都棲在電線上偷懶，彷彿是從錫板上剪下來的一動也不動。農舍躲在柏樹籬笆後面，靜悄悄，農具則默默在牧場上，等著他開過。

車行向南到離提佛頓鎮五公里處，他在往荒涼路的岔路左轉，朝東向丘陵地開去，到這裡後總算有些生氣。路上的小石子彈起來撞擊車子底盤。瘦骨嶙峋的羊群紛紛逃竄，在圍籬後的一頭狗吠了起來，成群烏鴉不情不願地飛離原本正啄食的蜥蜴乾屍。路曲曲折折又起起伏伏，帶著他深入這片貧瘠鄉間，正好進入雨影區[2]。車子駛過一片頹圮的石牆，一八八〇年代的建築，一旁則是風力發電機。這一帶的小峽谷，為了防止地面受侵蝕，刻意在四處種了不少樹。他一邊留意車子里程數，以便知道從岔路進來開了多遠，心裡納悶著，要去的那間錫屋，究竟還要開多遠。

開到下坡時，他放慢車速，昨晚暴雨的雨水順著坡度在路面淺淺往下流，接著又遇到一個上坡，他踩油門加速，開過山頂後，順著山路轉彎，轉彎後的路況被山擋住看不到，然後又猛踩煞車。滿是碎石的道路，震得車子直顫抖。

荒涼路上，一根電線桿般長的桉樹樹枝橫躺在路中間。賀許見狀趕忙煞車，一顆心幾乎要跳出來。差一點點就撞上了。樹後頭的路又是下坡，下坡路盡頭則可見一條小溪，溪裡只有細微泥流，在碎石間切出淺淺的溝，之後又轉成上坡路，上升到一個彎處，路又轉到山後頭，看不到去向。小溪彎處，有一道圍籬，沿溪築成銳利彎角，籬笆後頭有一塊整理出來的空地，柯洛普警長所說的錫屋就在這：鐵皮浪板牆面和屋頂，泰半生鏽，還有個變形的煙囪。再往上有塊空地，可以看到樹叢，還有座農舍，綠色屋頂隱約可見。

賀許下車，正要彎腰把樹枝搬離路面時，一顆子彈掠過他臉頰。

他直覺第一個反應就是閃躲，下一個動作則是一個箭步，搶到他車子的另一邊，趁勢拔出史密斯威森軍警型點四〇口徑半自動手槍（S&W .40）的警用配槍。這時他腦海中第一個**念頭**是，果然向警長報案的那位無名旅客並非亂說。賀許蹲低身體躲在髒兮兮的車後輪旁，心裡卻又浮現別的猜測：兩天前，不知哪個渾蛋，在他郵箱裡擺了個手槍彈匣。與剛這顆擦身而過的子彈聯想在一起，那舉動顯然不是在開玩笑或在警告他，而是真的有心要他的性命。

他盤算著該怎麼應對：請求警力支援；與槍手正面對決；逃之夭夭。

他有得選嗎？槍手算準了這地形，把他困死在這裡，一邊是油菜田、一邊是滿是石子的山丘。他一移動，便會立刻落入槍手射擊範圍，不管是爬進駕駛座，或是朝山上爬，從制高點找到槍手，或是翻過圍籬、跑進油菜田，都一定會被擊中。而最近的警力支援遠在雷德魯斯（Redruth），四十公里外的地方。

等等。不對。這些槍手，不正是他打算求援的警員嗎？他們根本就不在四十公里外，而是近在四十公尺處，就躲在這山邊，部署好位置，打算和他駁火交鋒，這時他們配的警用無線電只怕都已刻意關閉。雷德魯斯警局駐防警力是三人，柯洛普警長，還有兩名員警。三週前，賀許上門報到時，他們罵他是內奸、抓耙子，還做了個舉槍朝太陽穴開槍的手勢，張出「**砰！**」的嘴形，然後是割喉的手勢，臉上還掛著冷笑。

趁他不在，在信箱丟手槍彈匣。

2 雨影（rain shadow）是指山脈背風坡的乾燥區域。

賀許又想了一下。就算他真的回到巡邏車，樹幹還是擋在路中間，空間又不夠他倒車。對方肯定會在草叢中開槍。排除掉往上坡路逃，遭遇對方火力全開的攻擊以外，他其實沒別條路可走，只剩躲進油菜田這個選項，這一整片油黃一路蔓延到山谷盡頭大塊霧濛濛的丘陵地，但若要跑到那邊，他得在河岸上匍匐前進，再翻過鐵絲圍籬。也不確定油菜田能提供多少掩護。

賀許開始覺得一陣莫名不安，渾身不對勁。他安撫自己這是因為害怕，但他其實很清楚，害怕不是這種感覺。那會不會是風力發電廠的影響？他當時站得很靠近其中一部風力發電機。扇葉就在多石山丘上，開槍的人躲在那兒。沿著山谷這側，一部接著一部風力發電機，參參差差地一路綿延，而他身邊這座就是第一部，扇葉有節奏地切過空氣，發出咻咻咻的聲音，聲聲像在他體內割著。賀許感覺，這一切都是這個無愛的世界計畫著想要了他小命的其中一步，他的葬身之地，就在這個雜草叢生、滿布兔子洞、長著地衣石礁凌亂斜坡的底下。

他打量道路兩端，心裡斟酌著最近的農舍不知在哪，也不知道這邊車流如何，何時會有人經過……天啊，車流。他豎起耳朵，想聽到車輛的聲音，如果有車子，就該警告他們別靠近，或是他可以提供保護，或是事後去將其受到意外牽連、遭受無妄之災的血跡善後。還是他該跑得離這些車愈遠愈好？

這讓他又忽然想到：為什麼這幫混蛋要在這埋伏他，這裡離鎮上那麼近。怎麼不挑遠一點的地方？就像當地人說的：「蠻荒東邊」。賀許辦公桌上方掛的行事曆標有這個地方，這裡只長著營養不良的小桉樹叢、滿地紅土、沒有裝飾的石砌煙囪、礦坑、九月雜亂的野花。還有一座崎嶇不平的小山丘，叫做野豬山（Razorback）。

九月學校放假，野花盛開……賀許再度側耳傾聽，想像一整台遊覽車載來的遊客，在荒涼路上逛著的景象。

他冒險從副駕駛座的窗緣快速探出頭偷看。警用無線電話筒就插在儀表板架上。手機則擺在座位旁的飲料架上。按規定，他並沒有義務一定要向雷德魯斯警局通報，他也可以打給彼得鎮（Peterborough）、克萊爾（Clare）、甚至阿德雷德警局……

又一聲槍響。

他動也不動，手指擺在車門把上。

接著讓自己稍微放鬆。究竟聽到的是什麼槍？不是高力道的槍，而是力道很弱、扁扁的槍聲。小口徑，又因為地方空曠，加上風力發電機的咻咻聲，壓下了槍聲。這不是狙擊用的來福長槍。而且他還聽到槍聲中夾雜著微弱的哨聲，子彈擊中了什麼東西，石頭之類的？那聲音迴蕩在小溪。

這次子彈壓根離他好遠。

又聽到一聲子彈擊發的聲音。他再一次繃緊身體、又一次放鬆。不，這次並不是子彈擊發的聲音，是小孩模仿子彈擊發的聲音：**噗咻**。

賀許重拾剛剛原本打算要做的事，上前檢查那根地上的樹枝。石子地上沒有拖曳痕跡，也沒有鋸子或斧頭砍過的痕跡，樹枝上的葉子也很完整。他再轉頭檢查掉下樹枝的樹，在樹幹上找到它斷裂的位置。他想起小時候露營，老師那時就警告孩子，帳篷不能搭在桉樹下。這種樹外表健壯，裡頭卻可能已經爛了。

說真的，這點還有點像警界。

他把槍放回槍套，微微聳肩，站到路中間開始拖動樹枝到溝裡。接著他把警車停到不算寬的路肩，以免擋到來往車輛，然後爬上崎嶇的山丘，以便查探究竟是誰差點要了他這條小命，要不是他走運，豈不早成槍下亡魂。

男孩和女孩都沒聽到他接近的腳步聲：風聲、風力發電機在他們頭頂規律的轉動聲，再加上其中一人全神貫注，用點二二口徑長步槍瞄準石頭上擺的果醬鐵罐，另一人則在一旁看他射擊。

賀許心知，要趁他們再朝路上開槍前阻止，他卻止步不前。兩個年輕人所坐的風力發電機底座，可以環顧四周，視野很好。從前後角度都能看到荒涼路上的動靜，所以他就好好花點時間，搞清楚四下環境。底下寬闊的峽谷、生長旺盛的農作物，荒涼路順著地形起伏，上上下下。在遠處一抹卡其色的點就是提佛頓，一旁則是淺色的穀倉隱入薄霧中。

錫屋上方有棟農舍，剛才隱約的綠色屋頂現在清晰可見，路另一頭，有棟紅屋頂房子。兩棟屋子都用柏樹叢當圍籬，圍籬後方則可見矮灌木叢、花床和草坪：在這個盛產穀物和羊毛的鄉下，這是常見景致。綠屋頂房子占地很廣，有好幾間小屋，外加圈養牛羊的圍欄，草堆旁的大片泥巴地上停著農用機具。紅屋頂房子規模要小些，也顯得較老舊，屋旁連著車棚，還有一間擺園藝工具的小屋。賀許不禁猜想這兩家的關係。或許小屋子住著大屋子的總管。或者是一對夫婦，男主人管園藝、女主人管煮飯、打掃等雜務。不知道這種舊式的聘僱關係，現在還存不存在。

賀許遮了遮耀眼的陽光。太陽不時從浮雲間露出頭，近處山坡上，羊群魚貫漫步。

除此之外，四下唯一的動靜，只有這兩個小朋友了，估計他們的家就是那兩棟房子。學校放假兩週，所以他們才拿了點二二口徑的步槍出來打靶，不知道爸媽有沒有許可。他們挑這地點剛剛好：四下只有草和石頭，斜坡下方是乾涸的小溪。可以假裝自己在和壞人槍戰，要是步槍太重，就地找塊大石頭趴著當支架。

問題是，子彈射中石頭後，彈射方向無法預測。或者，你也會忘了射程裡有車會經過，隨手想射烏鴉或是兔子，卻不小心在員警下車、打算搬動擋路樹枝時，差點殃及他的性命。

這不是在跟他開玩笑嗎？要是開槍的是大人還好處理：法令規章、罪刑、罰責都清清楚楚。但偏偏對象是兩個小朋友……這就不免要牽涉到家長；搞不好還要起訴家長。真是的。

小朋友一開始還沒聽到他的腳步聲，一直到他遇上斜坡閃身時，不小心滑了一跤跌倒，脫口罵了髒話，加上石頭滾落聲，才讓他們有所察覺。賀許罵髒話是他自己也嚇了一跳，因為他褲子破了，連帶手掌和手肘也都是擦傷。

兩個小朋友也嚇了一跳，一陣手忙腳亂，嘴巴大張，眼中充滿驚嚇。因為他們這下是人贓俱獲、百口莫辯了，他們心裡也很清楚，但好笑的是他們應對的方式，這讓賀許一時忘了自己的疼痛，反倒像在看戲。男生像是被主人責罵的小狗，眼睛直看著地上，徹底棄械投降；女孩反倒異常警覺，她目光射向光禿禿的山丘，站到男孩身邊，或許在盤算逃跑的路徑。她還沒有動作，但不表示她沒這打算。她狠狠盯著賀許，顯示心裡正在盤算。

賀許舉起手，手掌朝外，有點像是打招呼，又有點像是警告，輕聲道：「別。」

她稍微放鬆了。這女孩大概才十二歲，瘦瘦的，冷靜、淡漠、不輕浮，身穿T恤、短褲，手腳有些擦傷痕跡，一頭及肩黑髮，劉海蓋住額頭。樣子雖然邋遢，但看得出來，不久就要出落得沉魚落雁。

賀許又偷瞄了男孩，他一臉慌亂。瘦削、類似的穿著，說是女孩的弟弟也不為過，但他的髮色是淡黃色，一鬈一鬈都打結了，膚色蒼白但泛紅，白一塊紅一塊。兩人之中，女孩似乎是在找開槍方向的人，男生則只是聽候她的指示行事。但手拿來福槍的人卻是他，而且顯然已經習以為常，他的槍管朝下、槍柄靠在手肘、槍機固定在後。賀許算了算向四周擊發後的點二二彈殼，大概有五顆在草叢中閃閃發亮。

「我是賀許豪森警員。奉派到提佛頓駐守。」

女生還是面無表情，但賀許感受到敵意，搔搔後腦勺不知如何是好。

「不然先說你們叫什麼名字好了？」

女生的聲音穿過風力發電機的咻咻聲，高聲說：「我叫凱蒂，他叫傑克。」

是凱蒂．史崔特和傑克森．拉第瑪，剛剛賀許看到上面那棟紅屋頂小屋，就是凱蒂和媽媽住的地方；綠色屋頂的大房子，則住著傑克和爸媽、哥哥。拉第瑪家的爺爺其實也住在這塊他家的產業上，荒涼路再往前半公里處。「不過這裡看不到。」

拉第瑪一家就連新來的賀許都有耳聞。「這邊的地都是你家的？」他問，手指他們站的這座山丘、上方的風力發電機，還有沿著山脊一路下去、一整排參差站立風力發電機所在的整個範圍。

傑克搖搖頭。「是阿姆斯壯太太的。」

「那她住在哪兒？」

他指向荒涼路消失的遠處路彎。

「你們擅闖她的私人用地，她不會不高興嗎？」

兩人一副不解的樣子，好像這裡沒人有這種概念。「這邊是最好的地點啊。」凱蒂答道。

這倒是，賀許心想。「是這樣的，你們剛射的子彈亂飛，有一發差點射到我了。」

他朝著自己來的那條路指去，接著話聲稍微嚴肅點：「你們在離路那麼近的地方開槍很危險。可能會傷到人。」

他沒說會殺死人。因為不清楚講得嚴重有沒有用。他不知道對小孩，應該是要溫柔點、嚴峻點、凶點、開誠布公點還是蠻橫點。他選擇客氣點：「爸媽知道你們在這邊玩槍嗎？」

沒反應。賀許又說：「看來要去找……」

話沒說完女孩就搶著說：「別跟拉第瑪太太說。」

賀許好奇地抬起頭。

「拜託。」她再次懇求。

「為什麼？」

「我爸不會饒過我，」男生喃喃自語。「但他現在不在家。」

「好，那我跟你媽說。」

「她們出門了。」

「我媽載傑克他媽去買東西。」凱蒂說。

賀許瞄了一下手錶，快中午了。「去哪？」

「雷德魯斯。」她不是很願意說。

這表示兩人不是去阿德雷德，應該能趕回來弄午餐。「好，那我們走。」

「你要送我們去坐牢？」

賀許笑了，看到女孩當真，他也跟著板起臉來。「不是的。我載你們回家，在那裡等你們家人。」

接著他不動聲色地從傑克手上接過來福槍，是把魯格製槍（Ruger）。他曾從別人手中繳過槍械，但都不是在這種情形下。他心裡納悶，在這種鳥不生蛋的地方，當警察到底會不會有生命危險。他陪小朋友越過山脊，下坡走到警車旁。女生動作很快，帶著天不怕地不怕的活力；男生則腳步沉重，他的脊椎、瘦長的腿和手臂交錯移動的方式，與別人不一樣，好像有人從後面用繩子把他往後拉一樣。賀許又注意到，他的左腳鞋子比右腳要厚一點，鞋底和鞋跟都特別墊厚一點。

女孩注意到賀許的目光去處。她眼神閃了一下道：「你褲子破了個洞。」

兩個小鬼進到車裡，凱蒂坐副駕駛座，傑克則坐後座。賀許說：「那我們到傑克森家等吧？」

「都可以。」凱蒂說，又補充：「你找我們麻煩這時間，還不如去查那輛黑車。」

警察隨時都在追查車輛的，少說也有數百、數千部。但她一說黑車，賀許便馬上知道她指的是哪輛：普勒與韓森兩人所開的克萊斯勒，那車最近一次被目擊開往朗芮（Longreach）方向，距離這裡兩千公里。他說：「那車不太可能會在我們這一帶出現。」

凱蒂忽然用很銳利的眼神瞄了他一眼，又移開了眼神。「那只是你個人想法。」這一說可勾起賀許的好奇了。她微微曬黑的膚色、兩耳各戴一只金色小耳環、頸間貼著一束微溼髮梢、整個人非常冷靜自持。小朋友中，總會有一兩個特別有主見，不管你用什麼方法都改變不了、自以為是、讓人很頭痛。他回想自己在這年紀時的樣子。等了一會兒，見她沒打算說明，就插入車鑰匙啟動引擎。

「我們看到那車經過我們學校。」傑克在後座說。

一聽他說，賀許本打算啟動車子的手又慢慢收了回來。是有人朝著小朋友露鳥嗎？還是想拐走他們？「你是說鎮裡的小學？」

「對。」

「什麼時候的事？」

「昨天。」

「黑色克萊斯勒？」

「對。」

「但昨天是禮拜天，你們跑到學校去做什麼？」

「志工服務。幫忙打掃學校還有種樹。」

「那輛車有停下來嗎？」

凱蒂搖搖頭。「就這樣開過去。」

「什麼時候的事？」

「快午餐的時候。」

賀許想像那場景。鎮裡那間小學很小，就在警站對面，操場很大，正對著屏障高速公路。學校大門、停車場以及教室則是在學校鄰街另一側。鎮裡任何地方速限都是每小時五十公里，這個車速，只要是善於觀察的小朋友便能注意到車子細節。每天都有各式各樣車輛經過校園，有農用卡車、家用廂型車、專載農作物的卡車、長途越州巴士，這台黑色克萊斯勒是有什麼特點，讓小朋友特別注意到呢？

對了，因為它是黑色克萊斯勒。上過新聞，是兩名殺人凶手的座車。

這樣的車，不常見，但也不到罕見，賀許便判斷道：「我認為他們應該還在昆士蘭。」

「最好是。可以開車了嗎？」

賀許看了後照鏡一眼，想看傑克臉上的表情。他卻閃開了。

「隨你們便。」賀許回，看了看側視鏡就開車上路了。

說到善於觀察的小朋友……

「上個禮拜，你們有沒有看到有人在警站前面晃？還是有人朝郵箱裡丟東西的？」

兩人一臉茫然，他本以為是自己問得唐突，把他們搞糊塗了，但女生忽然說：「是有位女士。」

「一名女士。」

「但我沒看到她放東西進郵箱。」

「那她是在等我嗎？你覺得呢？」

「她有探頭進你的車裡。」

賀許不動聲色地踩了煞車，輕聲問：「什麼時候的事？」

「早上課間休息的時候。」

賀許每天早上都會出去巡邏，來人肯定知道他的作息。「哪一天？」

凱蒂和傑克討論一下後說：「最後一天。」

「妳是說學期最後一天？那是禮拜五囉？」

「對。」

賀許輕輕地點了頭，放開煞車踏板，慢慢繞過擋在路上那根樹枝。注意到凱蒂．史崔特在瞄樹枝，他大約猜到她在想什麼，她在回想事情的經過——賀許停好警車、下車、聽到流彈跟他擦身而過的聲音。她眼神飄了過來，好像在打量，確定他身上沒有彈孔。他笑了。她瞪他一眼，轉開頭。

接著她就很慎重地說：「沒騙你。」

「妳看到有個女人靠近我的車。」

她慌了起來。「沒。我是說對。我是說我們有看到那輛黑色車子。」

「我相信妳。」

她以前被人家這樣說過。「真的啦！」

「從哪個方向開過來？」

她看了一下環境後，用手指著說：「那邊。」

北邊。如果車子是普勒和韓森開的，那就不合理了，這兩個變態殺人凶手，賀許再怎麼想，也不覺得他們會從藏身處現身，一路開到南澳這務農偏鄉。

凱蒂感覺到賀許好像還不相信她，語氣變得直接：「是台黑色旅行車、掛的是新南威爾斯（New South Wales）的黃底黑字車牌，就跟新聞報的一樣。」

賀許被逼得只好別過頭去。「好吧。」

「還是台克萊斯勒。」傑克說。

賀許覺得不合理，便說：「反正事情已經過很久了。」

或許也不一定，要是真是普勒和韓森的車。這兩人喜歡挑人跡罕至的鄉下路邊農場下手。想到這點，賀許忽然明白，兩個小朋友為什麼在這裡開槍了：他們是想射普勒和韓森。

他在土石流堆之間挺進，到下一個彎道時開始向上，來到荒涼路轉直且平坦的一小段路，兩個孩子現在不說話了，很緊張的樣子。但等車子開始接近紅屋頂和綠屋頂時，凱蒂忽然有精神尖聲說：「那間就是傑克家。」

屋子有兩根石柱，一根刻著**維米嶺**（Vimy Ridge），另一根則刻著一**九**一**九年**，上過油的木門半開著。屋子很大。賀許心裡估量，打從一九一九年以來，這裡大概發生了很多事，因為每樣東西都顯得飽經風霜，彷彿沒錢整修。順著屋前彎曲的石子路車道開下去，車子經過一處草坪，草坪周圍種了玫瑰花，還有棵棕櫚樹，因為昨夜那場雨，路上的灰塵都變得黏答答，車道盡頭是一間很漂亮的石砌農莊。農莊是當地的石砌工法造的，帶點蜜黃色，綠色斜頂下方的陽台縱深頗深，屋子用澳洲中北部地區獨特的風格建成，別的地方找不到，乍看之下，還以為自己來到了澳洲中北部。賀許很是讚賞這房子的外觀。他早年住在布隆普頓（Brompton）很多毒蟲住的擁擠排屋，但現在，那個小郊區景況已不再那麼糟了，都市人搬過去後提升了社區品質。

他把手機放進口袋，下車伸展一下筋骨，看著屋子。近看，這屋子就沒那麼美好了。充滿歲月痕跡、油漆斑駁、澳洲特有的鹽溼[3]從地底滲透到牆上，鐵製屋頂浪板也都出現鏽斑。陽台裂縫處長出雜草。不全然是疏於照料的結果，比較像是主人忙別的事去了，所以這些屋子的瑕疵都沒放在心上，視而不見，也不再提醒自己：「下禮拜一定要來處理。」

兩個孩子也過來了，傑克有點緊張，好像他對這裡不是很有把握。賀許斟酌著，要不要打電話給他們媽媽，但這邊手機通訊不好。反正，沒人喜歡接到警察的電話，何況她們也快回來了。那在這之前，要幹麼好呢……沒主人邀請，貿然進屋並不好，但他也不想沒主人邀請，就在庭院和小木屋到處晃。再者，他也要顧著兩個小孩。

他步上陽台，指著眼前那幾張導演椅說：「不然我們在這等好了。」

大家都坐定後，他問：「這把點二二來福槍是誰的？」

3 salt damp，鹽溼是澳洲房子被環境破壞的常見現象。

「我爸的。」男生低聲說。

「他用這槍做什麼？」

「打兔子之類的野味。」

「他還有別把槍嗎？」

「一把點二二、一把點三〇三和一把十二口徑的。」

「收在哪？」

「他書房。」

賀許提問時，故意講得像是隨口問問，小小聲又和藹，但眼睛其實在掃瞄庭院，留意幾間小木屋，還有幾座油桶、空狗屋、家畜圍欄，一旁小牧場上，有座金屬穀倉。一輛澳洲特有的轎式貨卡（ute）和一台卡車，但是卻沒見到轎車。曳引機棚旁有一把犁頭，還有幾把沾著草的耙，顯示這座農場還有在耕作，只是今天休息，或至少不在屋子附近耕作。

「那些槍都任人隨便拿了就用？」

「他都把槍鎖在櫃子裡。」

賀許對傑克使使眼色。「那你一定知道鑰匙放哪囉？」

傑克用力搖頭。「我不知道，真的不知道。」

「他沒騙你。」凱蒂說。「我們是拿轎式貨卡上那把。小小的一把，都拿來獵兔子。」

小槍，沒人注意，又忘了放哪，賀許心想。在有些人眼裡，這根本算不上正規槍枝。

他猜測，他們兩個應該之前就這樣射過好幾次，趁大人不在家，拿出那把槍到溪邊打靶玩。但哪來的子彈？還不簡單。他們肯定常在一些車上副駕駛座前的儲物箱、大衣口袋或是櫃子抽屜到處摸，大概也都會有一些被大人忽略或忘了取出的子彈。

為了緩和氣氛，賀許換了話題：「所以現在學校放假兩個禮拜囉。」

「對。」

眼看兩人沒接話，賀許又說：「可以帶我去看看槍櫃嗎？」

傑克帶他進屋裡書房，裡頭有副厚重的木製桌椅，一張扶椅，上頭披了件連身工作服，另外還有檔案櫃、電腦和印表機、書櫥。房間裡有一股家具拋光上油、夾雜槍枝清潔油的氣味。槍櫃門是玻璃製的，櫃子釘在牆上、櫃門上了鎖，裡頭收著亮晃晃的布爾諾（Brno）點二二口徑步槍、裝了瞄準器的點三〇三步槍、一把霰彈槍、兩排彈匣，還有個信封套，上面寫著「執照」。

賀許向傑克道謝，兩人一起回到陽台時，正好聽到石子路上出現聲響。一台正正方方的白色富豪（Volvo）轎車慢吞吞地開到屋前，似乎是看到警車而遲疑。坐在駕駛座的應該就是凱蒂媽媽，賀許推想，副駕駛座則應該是傑克媽媽，但他還沒想好該怎麼跟她們說。他從口袋拿出手機，準備好拍照，他之前就把快門聲設成無聲。這是他的習慣，在遭遇這麼多事後養成的習慣。

2

事後看來，賀許照片裡拍到的這兩名女性都跟他年齡相仿，但兩人就像傑克和凱蒂，天差地別。凱蒂的媽媽先進入視線，她大力甩上車門，朝屋子邁來。身穿牛仔褲、T恤、運動鞋磨損了，非常霸氣，她一靠近陽台，就先瞄了賀許一眼。跟她女兒一樣小骨架，深膚色、面露不豫。

跟在後面的是傑克的媽媽，她下富豪車時不是一口氣下來的，分了好幾個階段，輕輕地關上車門，再用手推上，即使走到車前方，都還是緊貼著車子，生怕擾動一絲氣流般地小心翼翼。她的右手一直擺在胸部下方，手指捲曲，令賀許覺得她是不是受傷了。

同時，凱蒂媽媽走到陽台前不遠處就定住了。她目光射向女兒，問：「沒事吧，親愛的。」

「沒事。」

「很好，很好。」

她目光銳利地掃向賀許，盯得他好不自在，心裡想著可惡，一邊遞出手。「您好，我是保羅・賀許豪森，提佛頓鎮駐警。」臉上硬擠出一絲笑容，又說：「叫我賀許就好。」

凱蒂媽媽瞪著他，瞪向他的手，再瞪回他的臉；然後突然間，那種嚴厲消退了。但還沒放過他，只是跟他握了手而已。「溫蒂・史崔特。這位是艾莉森・拉第瑪。」她說。

賀許點頭打招呼；拉第瑪太太回以微笑，算是從原本的敵視破冰。她個頭很高、金髮白皮膚；有種不張揚的美，像是對自己的未來已經沒有冀望、對人生的種種失望也已了然於胸。但我又憑什麼下這樣的判斷？賀許心想。他這輩子已經誤判很多人了，還因此受過教訓。

「有什麼問題嗎？」艾莉森想都沒想就脫口而出。

「不算大問題，但有事得跟兩位商量商量。」

他都還沒詳述，溫蒂．史崔特便插嘴：「你是新派到提佛頓來的？」

「對。」

「你在雷德魯斯鎮柯洛普手下做事？」

「對。」

「那真是太……好了。」她刻意拉長音調。

語氣似乎帶著不屑，接著她又看著他的破褲子冷笑，褐色的眼珠時而露著溫潤光澤、時而銳利。

「小朋友找你麻煩了嗎？」

「找麻煩的人是我。」賀許道。

「哈哈，你剛說什麼事要商量？」

他輕描淡寫，還特別略過柯洛普來電的事，說是自己經過，聽到槍聲，發現是小朋友在玩來福槍。

艾莉森．拉第瑪一聽臉都垮了。「天啊，傑克。」

傑克頭壓得好低。凱蒂則兩手抱在胸前站在一旁，兩眼直視穿過花園。但溫蒂．史崔特卻說：「這麼剛好？你開著四輪傳動車，聽得到槍聲？」

既然這樣，賀許也只好挑明了：「有棵樹橫躺在路中。我下車想搬樹，子彈從我頭頂掠過。」

可以了嗎？

果然有用。兩位媽媽這下氣壞了，不約而同看向孩子，又轉回來面對賀許，開始不斷地向他道歉並責怪自己。

「其實沒關係啦，沒有造成傷害。但來福槍這東西以後還是鎖好比較好。」他到警車去取槍，交到傑克媽媽手上。「這槍有執照嗎？」

艾莉森點點頭。她拿槍的樣子有點怪，好像她右手沒什麼力氣，還要用上左手才能打開槍機。她一邊動作，手上一顆漂亮的老款式鑽石戒指閃著紅色光芒。接著她又把來福槍亮給賀許看，讓他知道槍沒有上膛。看得出來她受了很多苦、日子不好過，但人很好；她的動作很僵硬，好像身上的關節卡住似的。她又低聲說：「需要的話，我可以出示證明。」

「沒關係的。」賀許道。他知道按照規矩是該看看，但這些人都不是壞人。「你們經營農場，有幾把槍沒什麼大不了，但就是請把槍鎖好，別讓孩子拿到。別讓他們在沒有大人監督的情形下玩槍。」

過程中，溫蒂．史崔特始終用很銳利的眼神盯著這個鄰居。艾莉森也感受到了，忍不住就哭了。

「真的很抱歉，溫，不是我……」

「艾莉，妳知道我有多討厭槍。」

史崔特見她這樣也不忍心，拍拍她的手背說：「拜託、拜託，**拜託**千萬要鎖好。」

「我會的。」

她接著轉向兩個小朋友：「至於你們兩個，以後不准再玩槍了。聽到沒？」

「好啦。」傑克說。

凱蒂不說好，也不說不好。

溫蒂還沒說完，她便輕輕抓住賀許前臂。「借一步說話。」

他沒想到她會這樣。「好。」

她拉著他到自己的車前面，他等著她開口，兩人面向屋子以及艾莉森和兩個孩子。「怎麼了？」

「我不認識你，不知道可不可以信任你。」

他不知道怎麼接話。

「我在雷德魯斯中學教書。」

「是。」

「我看過柯洛普警長和他那夥人怎麼待人。」

賀許搔搔下巴說：「這方面我不了解，我是新來的。這和傑克還有凱蒂有什麼關係？」

「好吧，」溫蒂深呼吸後道：「我暫且相信你……我要讓你知道，艾莉森老公是個惡霸。這事如果傳到他耳裡，他肯定會大發雷霆。而且這事一定會傳到他耳裡，因為他跟柯洛普警長是好朋友。」

賀許心想，這表示她希望我不要把事情報上去。

「我知道這種事，警方有一定的處理程序。」溫蒂心有不甘地說。

「是啊，但程序百百種還是要看狀況。」賀許道。

她打量了他一下，抬起頭，若有似無地點了點頭，咬了咬下唇，好像意識到自己不該說這麼多。

賀許說：「要是拉第瑪先生對家人動粗，我可以向支援機構提報，不會被柯洛普警長知道。」

溫蒂緊張的態度變了，但並沒有鬆懈。「當下最要緊的是這起開槍事件。要是依規定必須上報，也只好報上去，但我希望你不要呈報。」

賀許微微點頭，算是同意。「何不就當作是我好意提醒。今天要是換作有人被射傷，或者子彈射穿我的警車車頂，情形可能就不同了。」他停頓一下又說：「畢竟要寫報告也是滿囉唆的。」

他看她臉上露出一絲微笑，但一閃而過，旋即上排牙齒又咬住了下唇。她仔細地看著兩個孩子，兩個孩子緊盯這邊。他們知道大人在打交道擺平事情。

「我不知道他們是怎麼弄到槍、槍又擺在哪、又是從哪弄到子彈，或是誰提議的，但我想我應該知道原因。」

一輛車急駛過荒涼路，輪胎畫過雨水、灰塵、碎石混成的地上泥漿。輪胎聲很清楚，而這時，他才開始查覺到鄉間的氣味：尤加利樹、松樹、玫瑰、草和花粉，家畜糞便和羊騷味。也是到這一刻他才注意到手上擦傷的刺痛感。突然間，身上的感官都開啟了。

「是普勒和韓森。」他說。

她張大了嘴。「他們把昨天看到那台車的事都跟你說了？」

「對。」

溫蒂雙手環抱在胸前。「可能並不是普勒和韓森，我懂，但問題在於他們真的很害怕。自從新聞報了，凱蒂就開始收集相關剪報。傑克則老是作惡夢。他們開槍是為了保護自己。」

警車忽然傳來警用無線電喀答喀答的雜訊。「抱歉。」賀許伸手去拿話筒，聽到柯洛普警長問他在哪。

「在四處查訪，長官。」賀許答，看著溫蒂．史崔特正走回陽台。「沒發現開槍人的蛛絲馬跡。」

「快給我滾到蒙考威（Muncowie）。到那裡跟一位史都華．南卡洛先生碰面，他從布羅肯希爾（Broken Hill）出發，目的地是阿德雷德，他的車是白色三菱 Pajero 越野休旅車，新南威爾斯車牌，他人在高速公路旁等著。」

賀許把訊息記在筆記本上。「原因是？」

「路上發現一具屍體。」

3

賀許聞言，腦海中閃過的第一個念頭是**普勒和韓森幹的，孩子們果然沒錯**，他氣惱中帶著一絲興奮。「死因可疑嗎？」

「可能只是肇事逃逸。」

那就不是普勒和韓森了，賀許重新調適心情。「南卡洛撞到人了？」

「不是。他宣稱自己停在路邊小解，看到有名女性死者倒臥泥沙中。」柯洛普停頓一會又說：「麥克斯考醫師正趕過去。」

「我馬上處理，長官。」

賀許把話筒放回架上。兩名母親和小朋友都在陽台上看著他。「我該走了。」他朝他們喊，隨即上了警車。傷口又傳來痛痛的感覺，若有似無、時有時無。

車開到農莊門口時他停了一下，把「蒙考威」三個字輸入定位系統。他原以為應該開上高速公路，但定位系統卻不是引導他朝向高速公路，而是要他沿著荒涼路開往與高速公路相反的方向，到那裡後，再慢慢轉個大彎朝北，這裡出現很多條小路。其中一條朝西繞，從這裡才要開上在蒙考威北邊不遠處的屏障高速公路。

賀許從地圖上可以看得出來這條路比較近，但這邊大部分的道路都沒有鋪上柏油。

開了二十分鐘後，車子在野豬山邊繞著，開過紅土和小桉樹叢的鄉間，路面並不平整，有時是出現整塊石頭，有時則是細碎小石子。昨晚的降雨沒什麼影響這區；就好像天上裝有開關，到這裡就忽然關掉了，原本可耕作的農地，到這裡時就變成半沙漠。出租的農地，租約百年，都用鬆垮垮的鐵絲圍籬圍住，輪胎痕被沙子填滿，溪床則滿布被溪水滾圓的石頭，顆顆像是變形的板球。這裡的溪床是可以撿到黃金的，運氣好能撿到一小塊，但倒楣的話，也可能扭傷腳踝。一般人會儘量避開這種用地，之前在矮桉木林那頭，賀許就注意到十多支石砌煙囪，還有幾間無窗的小屋，矮桉木就像一顆顆小小、碎掉的心形，掙扎著想不被一大片紅土淹沒，卻終究沒入其中。

蟻丘、沾滿細沙的沖刷物、狐尾草勾在大門上、幾頭美利諾羊的腐屍、一台沒有車斗的老式奧斯汀（Austin）卡車，停在樹冠開闊的桉樹下。飽經風霜的籬笆柱子，上面連接的鐵環都已生鏽。他還看到一隻老鷹、一頭鸸鹋、幾隻黑蛇。這是一片被各種不同淡粉紅、淡褐色和淡灰色充斥的大地，接壤到地平線時，這些顏色則被淡藍色的山丘所取代。

他眼中所見僅有這些。但有些東西雖然肉眼看不到，卻能夠感受得到：廢棄的淘金區、豎井礦坑、印在岩石表面的赭紅色手印。這是個充滿壓迫的地方，賀許感到害怕。天空壓得低低的、灌木叢蹲得矮矮的。「這裡很迷人啊。」就在這個禮拜，一名當地人還跟他這麼誇口保證，當時賀許擔任個人法定書面誓詞。[1]。

他穿過幾道溪床後，看到斜坡矗立著一座小型的教堂，建在這塊地是搞什麼鬼？只剩空殼的教堂。

他想，這座教堂就像在斜坡上對著下方的空屋子布道，那些建築過去住著定居這裡的男男女女，但經營不成功也就搬走了。

賀許和方向盤、變速檔、離合器纏鬥著。受傷的那隻腳發痛。就連這輛警車都在掙扎，笨拙地顛顛簸簸，載著他爬行在這個偏遠未開發的農業地帶。真不知是該感謝現代科技，還是該怪它，衛星定位找出了最短捷徑，卻完全忽略路況。以這個車速，不知要開到何時才會抵達蒙考威，要是油箱在這裡被撞破，或是輪胎被刺穿，還得耗上更長時間。

但他終於開出了那片荒野、上了高速公路，路標寫著「蒙考威七」。他轉彎，朝南開，之前的山谷沒那麼清楚了，高速公路切過一片廣闊的平原。這讓賀許覺得像是在高地開車，天空遼闊、不再低矮迫人，山丘則退到前後兩端，成為遠處一抹陰影。這邊的作物、農具、圍籬狀態，都比剛才經過的鄉間要好上一些，草也更多、更綠、更少的灰塵泥土，感覺就像出了雨影區，從原本萬物難以為繼的地區，來到有一半生存機會的地區。

就在一片空曠中，突然出現了一台車子。黑車。愈開愈近。

不是克萊斯勒，是澳洲福特車廠的 Falcon，車子經過時他看出了車型。

賀許想到了普勒和韓森。要說時機點、地緣和合理性，他們兩個說什麼都不會出現在這裡。開著這麼顯眼的交通工具，橫越兩千公里路程，離開他們熟悉的地方？賀許怎麼想也認為不可能。但他也能夠

1 Staturary declaration（個人法定書面誓詞）是具有法庭證詞效力的書面證詞，必須有律師或治安警力在場見證才能產生法律效力。

想像得到，像這樣的鄉下小地方，正是他們喜歡下手的環境。他們總會在一些人跡罕至的高速公路沿線對公路旁的飯店女服務生下手，又或者是在不見人煙的鄉間小路上，挑些家庭主婦或少女下手。

本來，事情只在地方傳開，算是澳洲鄉下的傳說，發生在昆士蘭省——但很嚇人——後來第九頻道為了收視率加以報導後，凶案瞬間爆紅，意外讓兩名凶手有機會為自己講話。八月，一名四十歲艾薩山（Mount Isa）的飆車仔克雷・普勒，夥同另一名十八歲的布里斯本（Brisbane）毒蟲布蘭特・韓森，在短短兩週內，共同姦殺三名路旁的餐廳女服務生。警方追蹤兩人行蹤，來到新南威爾斯北方的活動露營車營區，但抵達時他們已經跑了。在這裡，他們又發現一具女屍被用繩子綁在床上，死者是一名加拿大籍的便車旅行客。之後陸續又有人在凱恩斯（Cairns）、伯克（Bourke）、愛麗斯泉（Alice Springs）、達爾文（Darwin）等地發現他們的蹤跡……但都沒掌握確切訊息，一直到他們闖入沃加沃加（Wagga）附近一間農舍，綑綁住戶夫妻後，當著他們的面性侵他們十多歲的女兒，還將她擄走向北逃逸，來到昆士蘭省界，在迪倫班迪（Dirranbandi）沿河開去。

普勒對他的作為非常得意，還用自己的手機撥電話到第九頻道，但才剛向電視台表明身分，手機就斷訊了。第九頻道於是專程派了一名記者、一名攝影師，搭乘直升機過去找他，在離他夠遠處的草坪，給他送了台衛星電話，直升機升空後就在上空盤旋等候。普勒現身了，透過攝影機的遠鏡頭拉近，畫面中是位高大、憔悴、其貌不揚、瘋癲的男性。他一邊冷笑、一邊揮手，露出殘缺的牙齒，拿了衛星電話後就往農舍走，開始為自己辯解。這段獨家直播是電視台最想要的題材。管它什麼新聞倫理，大眾有知的權利。也不用管有沒有意義、合不合理。普勒這人本來就充滿不合理的地方，但他的瘋狂舉動卻是滿分到家。

警方花了三十分鐘才趕到農舍，團團包圍房子、干擾衛星電話通訊，還趕走了電視台的直升機——接著在外頭守候。等到夜色降臨，警方開始想和普勒和韓森對話，但等了幾個鐘頭卻毫無動靜，他們才想到應該衝進屋裡……

進屋後，他們發現一名高齡男子和婦女已經失去意識，而在沃加沃加被擄走的少女，則全裸在一旁，身心受創。普勒和韓森早就逃逸無蹤，這次他們是徒步逃離現場，後來在鄰近的工地偷到一輛馬力十足的克萊斯勒 300C 掀背式旅行車。到了破曉時分，他們已經開到離此數百公里外的北方，顯然是打算前往朗芮。如果是一般的強暴殺人犯，可能會儘早丟棄克萊斯勒，換台比較不醒目的車子開；但普勒之後又在路上跟第九頻道通上話，他說：「乖乖，這車聲音還真夠大。」

*

賀許瞇起了眼睛。太陽毒熱，路上都出現扭曲的蜃景。現在，眼前是一整排搖搖欲墜的殘垣破屋，就在離高速公路兩百公尺外的遠處。路標寫著「蒙考威」，箭頭指向一旁的小路，就由這裡過去，到那個似乎沒有任何用處的地方。只見生鏽的屋頂、垂頭喪氣的樹木、陽光從擋風玻璃有氣無力地照了進來。

賀許駛過整座小鎮，再開了約一公里後，白色的 Pajero 出現在他眼前，停在高速公路旁。一名男性屁股貼著車身在等他；車裡還隱隱約約可見其他乘客，但因為玻璃貼有隔熱紙看不清楚。賀許把車打到空檔，滑了過去停住，熄火、下車，舒展一下久坐的後背。現在，車裡的乘客他看得清楚些：副駕駛座是一位女性，後座則似乎是兩名小朋友。車頂架子堆著行李，用繩子綑好。

駕駛繞到前方跟他打招呼，伸出大大的手掌。

「我是南卡洛，就是我撥〇〇〇緊急呼救電話的。」

他的前臂很有力，胸肌厚實、曝曬過度的膚色、高而發亮的額頭上掛著一副太陽眼鏡。柯洛普說是從布羅肯希爾來的。那他是礦工嗎？「去南部度假嗎？你們是一家人？」賀許問。

「去兩個禮拜。」南卡洛說。

賀許繞到他的座車前方，瞄了一眼保險桿，檢查左右兩邊。只有灰塵、被撞死的昆蟲屍體，但車身沒有凹陷或血跡。「你發現屍體的？」

南卡洛看著他，說：「在那邊。」

這邊的瀝青鋪得很高，比旁邊坑坑洞洞的泥巴地、被侵蝕的河道高出好幾公尺。左邊近處則是草叢和幾棵垂頭喪氣的桉樹，攀附在淺窪地的邊緣。男人開車到這想小解的話，一般就是會選這種地方。下頭就可以看到地上兩灘溼溼的，父子一同來尿尿？

南卡洛好像知道賀許在想什麼，便答道：「我和我兒子到那邊尿了一泡，就發現她了。」

賀許面有難色地看向南卡洛的座車。南卡洛說：「沒事的，他還小。我騙他那女生跌下去了，救護車正趕來送她去醫院。」

「你們有碰觸到她嗎？」

「老天爺，才沒有。我當時一心只想趕我兒子回車上，就怕他想下去查看。」

「你怎麼撥通緊急救援電話的？這邊手機收得到訊號嗎？」

「沒，沒有通訊。零格。我在酒吧借電話。」他隨手朝後方來路一指。

賀許點點頭，又接著問下一個問題。「她是誰？」

南卡洛眨了眨眼睛。「什麼？誰……？我哪會知道？」

「她可能是你同車的人啊？你鄰居、小孩保母、外甥？或是搭你便車的人？」

「我知道你為什麼會這樣猜，但不是這樣。我只是想到路邊隱密處小解，就看到有女人躺在那，就這麼簡單。」

賀許若有所思地點點頭。或許他們就是在那間酒吧認識的。「謝謝你報案。也謝謝你在此等候。」南卡洛給了他一個不得已的苦笑，好像在說：「換作是你，會比我更快，老兄。」以及「抱歉沒能幫上太多忙。」還有「謝天謝地，終於可以走了。」甚至可能還有：「倒楣的女人，雖不知是誰。」

賀許記下南卡洛的聯絡方式。等他們一家走了，他拿出放在工具箱裡的佳能相機，小心翼翼地走到低窪處的邊緣，盡可能不要破壞土石的結構。女屍就躺在離路邊不遠的地方。他掃視周邊土壤，昨晚下過雨，這邊的土質結成一塊一塊的，一踩上去就會留下明顯足跡。賀許注意到四周並無靴印或鞋印，也沒有拖曳屍體的痕跡，只有細微的動物足跡，顯示野獸和鳥類曾在屍體四周打轉。屍體前臂可能還被狐狸或是野狗啃咬過，烏鴉還把沒闔上的左眼啄了出來。螞蟻也拜訪過她。還有蒼蠅。她很明顯早就已經斷氣了，但是基於職責，賀許還是要檢查一下。

他先拍了數張照片，從各個角度捕捉陳屍現場，接著則拍屍體和周邊的關聯：道路、近處的涵洞，以及在紅土最邊緣那頭出現的小鎮。最後他踩進淺窪地，蹲下檢查屍體的脈搏。沒有脈搏。她身上的衣物還是溼的。

他站起身，走離屍體幾步。

她可能是走在路邊被車子撞上，或是擦撞而掉進這坑裡；也可能是從行駛中的車上跌落；或是被人從行駛中的車上扔下來；也或許是在別處被殺害，再被人從上面的路上扔下來。

她躺得像是睡著一樣，臉朝下、胸部貼著地面，但左骨盆朝上翻，雙腳微微張開、一腳膝蓋彎曲。她的右臂壓在右臀下，右臉則埋入土裡，好像是順著張開的左臂看去：但眼睛卻是有眼無珠、視而不見，賀許心想，只剩下眼窩了。或許另一眼還完好無缺，因為埋在土裡。現場只有一點點血跡。

他又拍了另一系列照片，這次只拍衣物。緊身黑色牛仔褲、白色T恤、小件的開襟鹿毛外套、光腳套著白色帆布鞋、沒穿襪子。T恤往上拉，露出纖細的背脊、纖腰、黑色丁字內褲的褲頭露了出來。有淤血和擦傷。頸間有條銀色鍊子。沒有腕錶，但戴著幾個手工市集樣式的銀戒指，露出的左耳還有只銀耳環，上頭別著一塊拼字遊戲的字板，寫著字母M。

有身分證嗎？賀許在附近都沒看到手提袋或皮夾。要是她被車輛撞倒或是擦撞，拖行了一段距離，她的手提袋或皮夾可能會落在來路上某處。晚點再去查。

他又蹲下，看著她低腰牛仔褲和丁字褲頭的腰椎地帶，有個丁字褲製造商的標籤，顯示內褲是穿反的。他又跨步靠近屍體一點，把她的T恤再掀高一點：是後扣式的黑色胸罩、兩個扣環只扣了一個。

這些跡象都不足以說明什麼。只是暗示著某些可能。他可以想出好多種不同的版本來解釋這情形，有些是無意造成的。比如說，女子可能是急急忙忙，或是在黑暗中穿內褲，也可能是她近視看不清楚，或是一時粗心沒注意、喝醉了，還是穿內褲的地方很擠，像是在車子的後座之類的。

但，也有可能是有人幫她穿上的。

他看著她的後背，不過從表面看不出任何傷痕。她露出來的腳踝和手臂沾到了泥巴、臉頰也沾到泥巴。然而不管是從車上跌落或是被撞到、被人扔下車，滾落到泥巴斜坡下，都一樣會沾到泥巴。所以他也只能推測到這麼多。其他的，就交給麥克斯考醫師判斷了。

賀許又去檢查她的頭部。他瞪著眼前這個小巧、骨架纖細的臉龐時，她空洞的眼窩，也惡狠狠的向他瞪回來。櫻桃小口鬆開著、小顆的牙齒以及腫脹的舌頭。上翹的鼻子。臉頰淤青，已經變形。這女孩被什麼東西很用力地撞擊過，這時他注意到，自己用的是「女孩」這個字，而非「女人」，但柯洛普和南卡洛卻都是用「女人」來形容。她可能才十六歲，賀許猜測。大概就十五、六或再大幾歲。

接著他沿著公路來回走了一下，發現在離屍體二十公尺處有個小布製手提袋，背帶和蓋子都裂開了，還溼溼的。他先拍下手提袋原來躺的樣子，再拿起看袋子裝了什麼。有個皮夾，裡頭裝了三・六五元的銅板、一個棉條、衛生紙、口香糖、一包香菸，裡頭只剩兩根菸，拋棄式打火機、超市收據。沒有手機。皮夾裡有雷德魯斯中學的學生證，寫著蜜莉亞・唐納文、十年級。還有張手寫卡片，裝在塑膠框裡，也寫著同一個名字，還有個提佛頓鎮上的地址。

所以是十五或十六歲？

賀許等著醫師到來。他原想徒步到蒙考威，挨家挨戶問居民，但不能丟著屍體不管。他又瞄了一眼手錶：下午一點。一台巴士經過，朝北開去，擋風玻璃上方的標示寫著伯斯港（Perth）。又幾台車開過，還有好幾台大型聯結車。賀許想到這些車巨大的輪胎，還有裝在車頭的護柵撞到路人的情形。

二十分鐘後，一台銀色賓士出現了，隨即減速。賀許見狀步上公路旁，抬起手。賓士開到路旁，停在警車對面的馬路上，一位衣著光鮮的男性不急不徐走下車，提著醫師包。他穿過馬路，走到賀許面前後停步。「賀許豪森員警。」

「我是。」

醫師伸出手。「德魯・麥克斯考。」

來人大約五十歲，一頭褐髮摻著幾縷灰髮，淡褐色外套、深色長褲、白色襯衫、藍領帶。手很蒼白，乾淨得一絲不苟，一點都沒有日曬、做粗活或是受傷的痕跡，和賀許在這鄉間所接觸的男男、女女、大人小孩成了極大反差。這邊的人，幾乎普遍都是體無完膚或不太乾淨的。指甲縫裡藏著務農的汙垢、照顧花園時的擦撞傷、學校裡的跌跌撞撞、長期曝曬的皺紋、沾滿泥巴塵土的褲腳、錶帶坑坑巴巴，要不就走路一跛一跛。最後，為他的一絲不苟畫龍點睛的，則是臉上的金絲邊眼鏡，為整體帶來淡淡的學者氣息。

他整潔完美無瑕的手，滑進賀許手中和他輕輕一握，隨即又滑出。「我今天的工作是負責宣判死亡時間對吧？」

麥克斯考醫師在雷德魯斯執業，也擔任當地警方的法醫。如果遇到死因可疑的案件，他就會指定阿德雷德警方的正式法醫前往，但若沒有疑問，就由他開立死亡證明，省得警署的法醫還要花六小時車程往返。「我給你帶路。」賀許說，轉身時，想到眼前這個一絲不苟、吹毛求疵的人，這身好衣服這下得沾泥巴了，讓他不得不壓抑幸災樂禍想笑的心情。

「等等。」

麥克斯考把提袋遞給他，又回到賓士車上，拿了一套藍色連身法醫服和專用靴子。穿上法醫服時，一台車子正好開過，車上駕駛和乘客看得目瞪口呆。

「可以了，帶路吧。」

賀許帶著醫師沿路走到屍體附近。「在那。」

麥克斯考直率地點點頭。「屍體沒有被覆蓋或隱蔽，但卻要走到非常靠近才會看到她。」

「對。」

麥克斯考小心翼翼地緊鄰窪地邊緣一步一步走下去，途中就停住了。「蜜莉亞．唐納文。」

「確定嗎？她臉部傷成那樣……？」

醫師斬釘截鐵道：「對。是蜜莉亞，毫無疑問。」

賀許環顧四周，在世界這個遼闊、平坦、貧瘠的一角，人口不到十人，不知道麥克斯考和這女孩是怎麼交會認識的。他正要問，麥克斯考搶先說了：「她來我診所動過幾次手術。只要是這邊的人，遲早都會認識她的。她是提佛頓人，天知道她跑來這做什麼。」

醫師這時才下到窪地，蹲下來檢查脈搏，這裡摸摸、那裡碰碰，又量體溫，再把屍體翻到正面，彎彎她的手臂和腳。「可以了，我宣布她已死亡。」

賀許隨即在筆記本記下時間、日期、地點、姓名和環境。「死亡多久了？」

麥克斯考聳聳肩。「屍僵幾乎消失，又遭動物噬咬，她應該已經躺在這一到兩天了。」

「那就差不多是在週六晚上或週日一早死亡的？」

麥克斯考皺起眉站在窪地中。「有可能。驗屍結果可以更進一步確認死亡時間。」

兩人一起看著屍體瘦削的四肢。賀許蹲下來，再看一眼她纖瘦、還沒完全長大、漂亮的臉龐。右眼完整無缺。賀許再靠近點說：「那是點狀皮下出血嗎？」

麥克斯考很謹慎地問：「你是指那些紅斑嗎？這要等解剖後才能確定。」

賀許站直身體。「她幾歲？」

「十五？十六？」

賀許很慎重地問：「家庭狀況？」

「我知道的也都是鎮上的八卦。家裡沒有爸爸，媽媽是酒鬼，男友一個接一個換。」

「兄弟姊妹呢？」

「有個哥哥。」

賀許把她家人的名字記在筆記本。「關於蜜莉亞你知道哪些事？」

麥克斯考面有難色。「很野。」

賀許腦海中浮現她家庭生活的樣貌。一些生活習慣、精神狀態等等。不穩定、比她大的男生老在動她的歪腦筋、連她媽媽的男友也不例外。可能還會吸毒、喝酒。

「但心性很善良，」麥克斯考說。「學校成績不理想，常翹課——有時會在上課時間看到她搭別人的便車。還因為順手牽羊被逮捕了好幾次。」

「男生，或男人？」賀許問。

「誰知道？」麥克斯考說。

他再次蹲下，順著脖子轉動她的頭部。「頸椎斷裂。」接著又把頭擺著，觸碰她的皮膚和骨頭、胸部和脊椎。「天啊。」他自言自語著，但沒有多說。

最後，他不再檢查了，只是依舊蹲在那裡。「嚴重內傷。肋骨斷裂，脊髓損傷，主要臟器無疑也有創傷。」

「沒有被人毆打？」

麥克斯考搖搖頭。「不是這類狀況。要我現在推測，我會說她是被車子撞飛。」

「撞飛，還是撞倒？」

「我懂你的意思。跡象顯示，事故發生時，她人應該是直立站著，我推測她是遭到撞擊後，被彈飛起來撞到擋風玻璃。這類傷害我以前看過。」

「那是正面遭撞擊還是從背後遭撞擊？」

「要等驗屍才知道了，但我的直覺是，她正好要轉身。」

「所以無法判定是蓄意與否了？」

麥克斯考苦笑。「你還真是天生幹這行的料子。」

他站起來，拍掉手上的塵土。「要我去通知家屬嗎？我是他們的家庭醫師。」

賀許沒多想便說：「那就謝謝你了——雖然我遲早還是得去找他們談談。」

「是沒錯。」

兩人這時一起看向公路，聽到一陣引擎聲。「載遺體的靈車來了。」麥克斯考說。

他轉向賀許。「我剛說了，她喜歡搭便車，而且搭過很多次了，不知道能不能幫助你調查。隨時隨地都會搭便車。我就載過她。這裡大家都載過她，隨便問問就知道。這孩子個性好，只是有時候多喝了幾杯，如果弄得到毒品也會嗑掛。我可以想像她醉茫茫地在路上搖搖擺擺，伸出大姆指要搭便車回家，接下來發生什麼事，你應該想像得到。」他臉上帶著一個神情，有點意味深長、有點不屑又有點哀傷。

「在這種地方搭便車？」賀許說。

「原因就要靠你去調查了，抱歉。」麥克斯考說。

醫師身手敏捷地爬回到路上，招呼靈車過來。賀許卻還是站在原地，心裡不斷盤算。她是怎麼到這裡的？之前有去過那家酒吧嗎？還是在附近人家裡參加派對？是有人載她過來，之後卻沒法載她回去，或不肯載她回去，所以她只好一大早搭便車，才會導致她被來不及煞車的車子撞到。還是，這不是意外，是在別處被殺害，棄屍在這裡。

他走上斜坡回到馬路。靈車駕駛和助手正拖出擔架。麥克斯考已經回到車上，手機貼著耳朵。

一等靈車開走，現場就剩下他一個，賀許回到警車上，第一個映入他眼簾的，是擋風玻璃上的裂痕，淺淺的凹縫，旁邊還分出幾條細微裂痕，就裂在正中間。應該是路邊的小碎石，被行經車輛或卡車壓過彈起撞破的。算是邊陲生活的插曲。

他嘆了一口氣後，打給柯洛普。警長卻早了他幾步，可能是好幾十步。「大偵探，你也差不多該打來了。死者是蜜莉亞·唐納文，是我們轄區的。」

賀許停頓一會說。「醫師告訴你了？」

「我可是消息靈通。」

「你認識她嗎，長官？」

柯洛普口氣聽來有點不高興地說：「我在這裡待了十二年，他媽的當然認識她。還不只一次逮過她順手牽羊。」

「她顯然很喜歡搭便車。」

「大家都知道這事。」

賀許邊動腦筋，下巴邊動來動去。「我們有必要知道，她是不是被人下藥，或是有被強暴、毆打過……她身上的傷，有些可能不是車禍造成……諸如此類的事。」

「怎樣，你這下又變回便衣刑警了嗎？」

「別這樣嘛，長官。」

「她的案子會完善處理的。麥克斯考會給她個交待。」

賀許卻不怎麼相信。「屍體不是應該送去城裡嗎？」

「麥克斯考負責驗屍工作已經好多年了。」

「好吧。那誰會負責向驗屍官報告呢？」

「我啊，大總管，可以了嗎？你現在只要守在那裡，等待事故小組到達，就可以回提佛頓去，再接續麥克斯考的工作，完成訪查家屬的事就可以了。辦得到嗎？」

「是，長官。」賀許說。

柯洛普沒等他說完就先掛了電話。賀許又回到窪地，檢查原本被屍體遮蔽的那個區域，但沒有發現什麼，他接著沿著高速公路，各朝南北數百公尺範圍內搜查。尋找屬於蜜莉亞·唐納文的東西，也想看能不能找到載她過來或是撞死她的那台車。找到什麼是什麼，他跟自己說，但最好能找到類似車頭、車尾的指示燈碎片，而且上面的辨識標誌是完整的。但是兩頭公路旁的泥巴地都沒有蛛絲馬跡，他又走回到瀝青路面。還是沒有東西，連車子打滑的痕跡都沒有。他過去擔任交通事故調查員，工作經驗讓他知道，輪胎打滑或者是摩擦的痕跡，足以證明車輛失控或者拖車打滑產生搖曳。

但完全沒有這類痕跡。

他只能在現場拉起禁止進入的封鎖線，坐下來等候。

事故調查小組到時，已近黃昏。賀許想要留下來跟他們討論自己的推測，但他們完全不理會他。小組的兩男一女只在意天色很晚，地上拉起長長的影子，太陽快下山了，僅趕著拍照、測量距離、蹲在那裡檢查，再將現場畫成網格逐一搜尋，填寫表格。

「你擋到光了。」女調查官說。她的語氣顯示她知道賀許這人。

4

唐納文家的屋子是典型一九六〇年代澳式小鎮建築：橫向發展、低矮、門在屋子正中間、窗戶在兩側對稱。有屋瓦、短屋簷、屋側有個車棚、落地式鋁門窗。屋前草坪未加修剪，前方有座老舊生鏽的瓦斯烤肉架、一張涼椅、一部待售的紅色馬自達汽車。原本和隔鄰作為區隔的磚牆已經崩塌：一邊鄰居採相同設計，但外觀完美無瑕；另一邊則是空地。

賀許穿過頗高的雜草，來到扭曲變形的前門，門上的紅漆飽經風霜已經失色，他敲了廉價三合板門，等了一會再敲一遍。一早到現在，風勢漸強，吹彎了樹，荒涼路挺進到遠處乾燥鄉間那頭天空，雲層已經聚集到野豬山邊。

「我不是要潑你冷水，但你今天先回去吧。」

賀許轉過身。一個普通男性的身影，就在陽台最遠的暗處發聲，對方好整以暇地打量著他，靜靜地抽著菸。

「怎麼說？」

「麥克斯考給她打了鎮定劑。我老婆正陪著她，我在這裡趕蛇。」

「蛇？」賀許說，朝著對方走去，陽台到處是裂縫。

「喔，狗仔啦。本地小報記者。先提醒你，他從黎安那裡弄到照片，可能會向《廣告人報》兜售。」

「這種事難免。」賀許說，一邊伸手打招呼，報上自己的姓名。

「我好像在哪見過你。」抽菸的人答道。「鮑伯・繆爾。」

繆爾的手像塊硬石板，感覺得到長年的體力勞動讓手變得厚實，他的手指像是粗短的雪茄，乾乾的、很溫暖又輕柔。國字臉配上厚厚的內雙眼皮，下面是對聰明靈活的眼睛。「我住隔壁。」他說。

賀許點點頭。這時兩人並肩站到了一塊，向外看著乏人整理的前院，還有停在路邊的警車。

「醫師說蜜莉亞是車禍死的？」

「對。」

「這孩子真可憐。」

賀許聽得到屋裡啜泣的聲音，另一個聲音喃喃自語不知說什麼，賀許對繆爾提議：「那或許你可以幫我個忙，說說她家的狀況？」

繆爾不作聲，有一種防衛，接著才聳聳肩道：「我盡量。」

他撇過頭，要賀許跟他一起走到前院。這裡的光線比較明亮，能看得出來他比賀許大個幾歲，大概四十來歲。體格強健、厚實的軀幹、窄臀、褪色的牛仔褲寬寬大大的，卡其上衣。大而和善的腦袋上，頂著有劉海的短髮。

賀許都還來不及發問，繆爾就搶先問了：「她是搭便車嗎？」

「有可能。」

繆爾眼神轉到賀許身上。「有可能？」

「還有待調查。」

「是嗎？」

「很可能是她想搭便車時被來車撞上。現在的證據只有她躺在路邊窪地，直到今天才被人發現。」

繆爾拿起嘴裡刁著的菸。「可憐的小女孩。」他轉頭看著遠方鎮上寧靜的家家戶戶，平順的天際線，只有在遇到鐵路旁的大穀倉時才突然中斷。「好吧，問你的問題吧。」

「她這個週末都做了哪些事，你知道嗎？」

「不知道。」

「好，那她這個人你知道些什麼？」

「自從她出生我就認識了。」

賀許掏出手機，裝作看螢幕，等著身邊這個有耐性的男人繼續講。

「她有點野。」

「我也是這麼聽說。」賀許道。

「倒不是本性不好或是低劣。本性是好的，老實說。只是有點不聽管教。」

「那她都交些什麼朋友？」

繆爾做什麼都慢條斯理，緩緩吸著香菸。「你是指男友。」

「任何朋友。」賀許停頓一下才說：「比她年長的朋友。」

「年長的朋友。是有謠言說她在和比她大的人約會，但已經分手了。我和老婆好幾次想要勸阻，但這種事，外人哪管得動。」

「能給我些名字嗎？朋友、前男友，隨便誰都可以。」

繆爾盯著賀許一會才說：「她和潔瑪·皮徹是好姊妹。」他看了看錶。「她在那間店上班，你現在去搞不好還遇得上。」

賀許就在那間店買日用品，這裡就只有這一間雜貨店，他記得裡頭有個結實圓滾滾的小女孩，會擺上商品或是顧櫃檯。要他猜，他會說她的年紀要比蜜莉亞·唐納文大上很多。「她們是同學？」

繆爾搖搖頭。「潔瑪兩、三年前就離開學校了。」他明白賀許話裡的含意，便說：「鎮裡就六、七個青少年，但多半是男生。蜜莉亞和潔瑪享有特別待遇，是因為大家也沒別的好挑。」

賀許點點頭。沒有工作，沒有夜生活。這裡的人口只有遷出、沒有遷入。「她們交情很好嗎？」

「出雙入對的，成天往外跑。」

「她們都怎麼外出？」

「潔瑪會開車。」

「去派對？酒吧？」

繆爾看了他良久才說：「這我就沒頭緒了。」

「你還想得起別的名字嗎？」

「我這人不八卦的，朋友。」繆爾停頓一下。「現在回想起來，上個月有天她的確突然有了黑眼圈，說是被車撞了，沒什麼要緊。」

車禍報案資料、保險理賠申報紀錄，以及汽車鈑金維修紀錄待查。

「還有什麼？她有個哥哥，不是嗎？」

繆爾像是艘笨重的大船在海上要調頭那樣，轉過身和賀許面對面。「老兄，你在暗示什麼？」

他又往前幾步，逼近賀許，突然間變得激動起來。他身上的刮鬍泡味、滑石粉味、菸味，以及一整天工作的汗味都湧到賀許鼻前。並不是讓人不舒服的味道：是很踏實的氣味，是個正直男性，正因為氣憤而散發的味道。

「要是你是柯洛普同夥的……」

他的火氣雖然還沒爆發，但已經有感了。賀許嚴肅起來道：「繆爾先生，你這話什麼意思？」

但繆爾話到嘴邊又縮了回去，手插進褲袋裡，臉轉開，喃喃自語。

「抱歉，你說什麼？」

繆爾這時才開口，非常平鋪直敘。「柯洛普和他那一夥人，喜歡把那些番仔小孩帶去樹叢，毒打一頓後，再放他們走路回家。」

「我不懂。」

繆爾仔仔細細地打量了他一遍，最後點點頭說：「你應該不了解。他們家裡有兩個孩子。蜜莉亞是白人爸爸生的，奈森，原住民爸爸生的。兩個爸爸早就都不在了。」

他彈掉手上的香菸。「壞習慣。」

他們一起看著菸屁股。繆爾指著菸灰說：「你要不要順便給我開個單，罰我亂丟垃圾。然後我每次開車出門，就來給我酒測一下。每次穿越馬路，就來痛斥我違規什麼的。」

「為什麼我要這樣對你？」

「要是你是柯洛普的同夥，你高興怎樣就可以怎樣，不用**理由**。」

賀許不想跟他繼續談這個話題。「我最好去找這個潔瑪聊聊。」

繆爾漠然地看著他。「我剛說了，她在那家店上班。」

「謝了。」賀許停了一會，又問：「奈森在屋裡陪他媽媽嗎？」

「你別去煩那小鬼了。」

「我也希望別去煩他，」賀許心平氣和地說：「但我得找他問他妹妹的週末行蹤。」

繆爾倒是沒有反對。「他還沒回家，但應該沒離家太遠。他和朋友在穀倉工作。」

賀許點點頭。提佛頓穀物公司，在酒吧附近一條巷子裡有一排穀倉。「我明天再去找他。」

繆爾指了指賀許手上握著的手機。「你手機不離身？」

接著他就走到下一個院子，這邊的茅根草坪修得很短，旁邊則是幾個花圃，紅白花朵相間。一台很乾淨、老式的 Holden 澳洲產轎式貨卡就停在車道上，車身漆著「提佛頓電氣」字樣。賀許朝這塊地的後方望去，看見一座大棚子，門敞開著，幾個油箱、幾把梯子、幾個擺著成捆鐵絲的金屬櫃子。有的屋子整潔、有的破敗。這種情形不管到哪裡都逃不掉。

5

快六點了。賀許把警車停在警站車道上，想徒步到那間雜貨店。這時，有台小巴士在隔壁停下，車側印了「雷德魯斯地區議會」，車上坐著五、六位長者。司機鳴了喇叭，住賀許隔壁的女性長者一跛一跛地走出家門來到小徑上。賀許向司機使了個眼色示意他稍等，隨即上前攙扶這位年長女性，扶她踏上巴士。「去遠足嗎？」

「到雷德魯斯的舊監獄聽演講，然後到感化院吃晚餐。」她說。

她提到的這些地方，都是一八五〇年代的舊時代遺跡，現在成了旅遊勝地。賀許用強壯的手扶她，感受得到她孱弱的身子骨，深怕自己會弄傷她。「對，那種地方就是妳這種人該去的。」

她被逗得笑得花枝亂顫。全車乘客一起揮手道別，獨留他在巴士排放的廢氣中。

他繼續朝雜貨店前進，午後的影子跟在他的腳跟。「泰南四方雜貨店」是一間灰白色的磚造建築，房子低矮縱深很長，門口玻璃櫥窗躲在鐵皮搭的陽台深處。一端有加油機，但用一個大型的銅鎖鎖住，另一邊則是像棋盤花紋一樣的私人信箱。沒有招牌，只有髒兮兮的冰淇淋錫製看板和每日特價告示勉強充數。因為窗戶漆上了灰白色漆，從外面看不到裡頭的陳列。賀許走近時，一名穿著連身工作服的年長男性正拿著一公升裝的牛奶往外走。除此之外，整座小鎮沒有一點動靜。

店內裝潢陰沉沉的像個洞窟。掐錫打造的天花板，垂掛著很多掛鉤像是鐘乳石。過去，客人會用這些來掛桶子、噴壺、繩把還有靴子。開架式冰櫃整排擺在牆邊，後方則擺了好幾籃有些枯乾的水果蔬菜，而在中間最大的空間，則是一排又一排搖搖晃晃的貨架，陳列著琳瑯滿目的商品，從桃子罐頭到衛生棉。店內唯一的收銀機擺在店門口處，緊鄰報架和雜誌架，另外還有個小書架，上面用圖釘釘著一張標示，寫著**圖書館**。要是農夫在找斧頭或是洗羊的藥水，那就朝店內最裡頭的角落去。要是想買郵票，那就走幾步到圖書館的後頭。

店內見不到蜜莉亞．唐納文的好朋友蹤影，但賀許很肯定自己過去幾次來這裡時，結帳的人，是現在坐在櫃檯的那位小姐。她看了他一眼，眼神很快飄走，食指停留在計算機的數字上遲遲沒有按下，似乎是找不到要按的數字。是個身子骨單薄又憔悴的女人，好像承受了很多的負擔。「打擾一下，」賀許開口了，一邊靠近時，腳步聲踩響了老舊的樓地板，「妳是店老闆嗎？」

她小聲地說：「不是。」朝著店內昏暗的後方點了點頭。

賀許穿過雜貨架，看到後頭還有個小房間，裡頭擺了書桌、體積笨重的老式電腦、檔案櫃、旋轉椅，還有位中年男性，瘦瘦小小的，但很乾淨。賀許敲敲門邊，那人就立刻從椅子上彈起來。「有什麼需要服務的？」

「保羅．賀許豪森，我是新派來的員警。」

店老闆伸出長長瘦瘦、沒什麼力的手跟他握手。「你好，我是艾德．泰南，就知道遲早會遇到你。」

看來他不是很期待相遇，賀許心想，一邊也伸出手。泰南的臉色跟前面櫃檯小姐一樣臭。

「我剛遇到你太太。」

泰南直接跳過這句話。「有什麼需要嗎？」

「我這不是禮貌性來拜訪。」

「喔？」泰南說，臉上露出驚恐的表情，接著又鎮定下來。「我以為事情已經解決了。」

賀許聽了，就打算順著他的話說：「那要看情況。」

泰南硬擠出笑容，瘦瘦結實的外表，看得出來很緊張又滿腔怨懟。「柯洛普警長也用不著還派你過來吧。」

「對。」

「我會對拉第瑪家寬容一點，但是他們別以為，只靠替人擦擦鞋或是擺擺笑臉，就可以一直這樣下去。沒那麼多錢，就不應該來買東西。」

賀許想到早上看到的那間綠屋頂房子，那疏於維修的狀態。現在聽到拉第瑪家在外有財務糾紛，他不意外。但他暫時不再去想這點，轉而打直手掌，有意阻止泰南繼續這個話題。「是這樣的，泰南先生，我有事急著要找潔瑪．皮徹談談。我知道她在您這上班對吧？」

「她現在不在店裡。怎麼了？她剛接了一通電話，就大哭離開了，說她明天才會來上班。」

「可以告訴我她住哪嗎？」

「網球場旁邊。等等，是什麼事？她惹上麻煩了嗎？你可以先跟我說嗎？」

賀許正色道：「泰南先生，我今天來不是要逮捕人或是找人麻煩的。我有要事要找潔瑪談。」

「我就是想知道是什麼事。」泰南說。他有自己的堅持。

賀許嘆了口氣。「她朋友蜜莉亞．唐納文遇害了。可以放我去辦正事了嗎？」

「喔。」泰南態度軟化了。「那電話的事就可以理解了。」

這倒讓賀許好奇。「她有說是誰打來的嗎？」

「沒。」賀許見他不肯說，正打算離開，店老闆卻開口了：「事情是怎麼發生的？蜜莉亞的事。」

賀許停下腳步。「她被車撞了，屍體被發現倒在路邊。」

他看得出來，泰南正在腦海中想像整件事，半是好奇、半是恐懼。他走出雜貨店後便去找死者的女性好友。

但要找她，得先過她媽那一關。「她心情很低落。」艾琳．皮徹站在斑駁的大門口說，屋子本身也是斑斑駁駁，在她家和小鎮網球場中間，有一排乏人修剪而亂長的柏樹。

賀許已經累了。「不用多久的，皮徹太太。」

潔瑪的媽媽個頭很小，一臉委曲，不想讓賀許老站在門口。「鞋擦乾淨再進來。」

她帶著賀許到客廳兼廚房的房間，有點暗，裡頭一台電視一閃一閃，兩個男孩坐在前面玩著電玩。餐桌靠著後牆擺放，潔瑪趴在沙發上，手裡抓著衛生紙，眼睛還是溼溼的，她是個豐滿的大女孩，緊身牛仔褲和有點露的T恤中間露出一截小肚子。銀色的粗肚臍環邊的肚子肥肉擠出一圈一圈，賀許看了不是很習慣。她鼠灰色的頭髮留得長長的，劉海參差不齊，蓋過塗了眼線的眼睛——眼線順著眼淚流到臉頰上。

「妳好。」賀許道，報上自己的身分。

潔瑪是那種看到大人，就不知道怎麼開口，也不敢正眼看他們的少女，但她還是很勉強地硬擠出笑容，算是回應賀許。賀許蹲低身子，以便就近和她說話。「妳應該還記得，我去雜貨店裡光顧過幾次，是妳結的帳。」

她聳聳肩。

這類女生總是愛聳肩來回應，賀許心想，無處不在。「妳有辦法回答我幾個問題嗎？」

「沒辦法，她沒辦法。」媽媽答。

「潔瑪？」

「無所謂。」

「潔瑪乖女兒，妳才剛受到這麼大的驚嚇。」

「媽，沒關係啦，妳去忙妳的。」

皮徹太太心不甘情不願地對著賀許露出不信任的表情，又皺起眉，拍拍潔瑪的上臂，好像在心疼她一樣，便留下他們而去。

「或許我們到餐桌那頭聊吧？」賀許建議。

「都可以。」

潔瑪拉了張椅子坐在餐桌旁，賀許也跟著坐下。她拿粉紅色拋棄式打火機點了根假日（Holiday）牌香菸。抽菸時，隨著吞吐，她左右耳軟骨上各釘三顆的耳環就會搖曳生輝，賀許看著她側起嘴，從一旁吐掉菸。她哭到只剩抽菸的力氣了，除此之外，她只能小聲地啜泣，充滿無助和恐懼。

「我不知道有沒有辦法……」

「用不到一分鐘的。我只是想知道蜜莉亞週末的行蹤。」

潔瑪的膝蓋微微顫抖了一下。這可能是她轉移罪惡感或羞恥感的舊習。賀許提高了聲調。「週末妳有哪段時間是跟她在一起的嗎？」

潔瑪不想回答，她看著玄關的大門，塗著紫色指甲油的指甲，一直抓著牛仔褲的車縫線。「不記得了。」

「潔瑪，昨天和前天，妳有跟她在一起嗎？有或沒有？」

「可能有吧，一陣子。」

「妳們週六晚上一起出去嗎？」

再次聳肩。

「妳有車嗎？」

「開媽媽的車。」

「是妳載蜜莉亞去了哪裡嗎？」

「我有經過媽媽同意才開的。」

「沒關係，這沒有問題。」賀許說，然後等了一會。

她接著才說：「我們一起去雷德魯斯。」

「妳們去那邊做什麼？」

「有事。」

「酒吧？朋友家？咖啡廳？」

「沒有酒後駕車，如果你是要問這件事。」

「蜜莉亞有喝嗎？」

「她媽說她可以喝。」潔瑪激動起來。

賀許笑了。「沒關係的。我不是那種抓未成年喝酒的警察。」這句話可不是真話。「哪家酒吧？」

他問。

「羊毛商酒吧。」

「她始終跟在妳身邊？」

「還有些朋友。」

「妳們是一群人一起去的？」

聳肩。

「妳們整晚都待在那裡嗎？妳、蜜莉亞，還有妳那幾個朋友？」

潔瑪接下來就把細節一一交待清楚。她們原本和尼克還有茱莉一起，但後來茱莉的前男友布萊德也來了，尼克叫他滾，兩人吵了起來，然後莉莎，她是傑夫的表妹，她來勸架，潔瑪的男友就提議，可以去直接開車進去的娛樂場所。賀許聽不懂，開始覺得無聊。

「可以開車進去的娛樂場所？」他問。

「克萊爾有一間。」

「蜜莉亞沒跟你們一起去？」

「我說過了。」

「所以你們走的時候，她還留在酒吧？」

「我說過了。」

「她男友也在嗎？還是前男友？」

「什麼男友？」

「隨便哪個都行。她有跟年紀大的男人在一起嗎？」

潔瑪開始每聽到一個問題，眼神就會飄走，好像她也不想一直這樣迴避問題。「我不知道什麼年紀大的男人。」

「那種會害她出意外的男人。」賀許瞎猜的。

「週末會在一起的？」

「幾個禮拜前。」

「有我也不知道。」

「如果妳想到什麼，打個電話給我。」賀許說。雖然感到疲憊了，他的聲音卻帶有精神。

他返回唐納文家。這時多了一輛車，是台到處都有凹痕的澳產 Commodore 家用車[1]。蜜莉亞的哥哥，賀許心想。或者是她親戚還是朋友，要是黎安．唐納文的鎮定劑還有作用，家裡還是氣氛沉重，那就沒必要敲門了。所以他掉頭，又回到雜貨店，因為肚子餓了，想著該吃晚餐了。

賀許主要的烹飪工具就是微波爐，進了雜貨店便直接走向冷凍食品區。已經快要打烊了，店生意卻異常好。他算了算，有四名女客、兩名男客在走道上。泰南的老婆坐鎮收銀檯，泰南則在一旁徘徊。他跟著賀許到冷凍櫃，看著賀許挑選冷凍義大利麵。

「潔瑪還好嗎？」

「有點難過。」

「我們也是。」泰南說。賀許這時才察覺，其實一進店裡，他就感覺到這氣氛，一種集體的恐懼、悲傷和議論紛紛。事情發生到現在，消息應該已經傳開了，所以大家也都知道人、事、時、地、物了。

「店裡突然間變得很熱鬧。」

「這種事難免。沒什麼好抱怨的。」泰南說，他對著賀許苦笑。「如果專程跑到雷德魯斯那邊去購

1　Commodore 是澳洲車廠 Holden 生產的絕版車。

物，免不了會被開單。所以我這邊生意就變好了。」

雷德魯斯那頭是怎麼了？賀許指著義大利麵。「晚餐。」

泰南看著義大利麵，又看著賀許，臉上一副兩個都一樣是劣質品的表情。「有錢就是老大。」

＊

一台白色 Discovery 警車，直挺挺的停在警站前面。這不是賀許所樂見。說實話，他巴不得沒這種事。因為，這表示絕對沒好事。所以他就裝作視而不見，打開前門，擠了進去，讓午後的斜陽照進來，照亮壁櫥、壁櫥玻璃門上的指痕，將鄉間小鎮的百無聊賴和失望都照了出來。

他出於習慣、下意識地看了看有沒有信從門縫被人塞了進來，再看看答錄機上留言燈號，然後進到辦公室，動作之快，公告上的紙張，都被他身後的氣流掀翻了起來。警站櫃檯上擺著花瓶，玫瑰花瓣有一瓣落在櫃檯上。差不多該換一把新的了。提佛頓鎮裡到處都是玫瑰花，不愁找不到。

果然不出所料，才剛進門，後頭腳步聲就跟來了，一個聲音斬釘截鐵地喊道：「警員。」

賀許轉過頭。「長官。」

柯洛普站到櫃檯另一側，他五十歲上下，眉目帶殺氣，短灰髮，結實身材。「你有打電話給史波齡嗎？」

史波齡？賀許腦袋一片空白了一會。史波齡：對了，是地區警署署長，是坐鎮皮里港的警司。「不是我打的，長官。」

柯洛普嘟噥道。「那肇事逃逸的事就是別人告訴他的了。」

「所以呢？」

「他不要事情搞砸。」

賀許不說話，想等柯洛普火氣消了再問。柯洛普警長的鼻梁之前斷過，後來就歪得很嚴重，所以外表看起來就好像他老是在嘲笑別人，或是疑心病很重，嘴巴則藏在臉部底下，只是微微一抹，幾乎看不太到。

賀許說：「所以你是特別大老遠來這，看我有沒有把事情搞砸嗎？」

「別惹人厭，小鬼。我是來看你安頓了沒，你美好的新家。」

賀許示意讓他在辦公桌前的辦公椅坐下，但柯洛普搖頭。「不了。找個舒適的地方，可以嗎？」

賀許便朝他住的那邊指了指，但不太確定。「那就過來這邊吧。」

過了警站後門，中間有道短廊，有種不通風的氣味、也沒有自然光，好幾個箱子緊靠牆邊堆放著。硬擠了過來後，柯洛普道：「你到這邊多久了？應該已經三個禮拜了吧。接下來你哪都不會去了，天才，你何不把行李都卸了。」

「一直都沒空，長官。」

走道另一端則是擁擠的起居室。「讓你老婆來弄啊。」柯洛普道，他停下腳步，誇張的往他肉肉的頭一拍。「欸呀，瞧我都給忘了。她跑了。我想起來了。」

「謝謝你哪壺不開提哪壺喔，警長。」賀許道，刻意加重語氣。他拉開窗簾，但室內還是一樣暗，又扭開照明，可以看到灰塵在室內飄。這個地方沒有愛，有時心情不好，賀許會不自覺對著家具說話。他把禮拜六發行的《廣告人報》從扶椅上拿下來，他自己則坐上比較好的那張扶椅。柯洛普瞄了空下的那張扶椅一眼，無奈地坐上去，好像怕一不小心會受傷一樣謹慎。

「茶？還是咖啡？」賀許問。

警長搖搖頭，謝天謝地。「這樁肇事逃逸案件。你有注意到什麼關鍵了嗎？」

「她可能是要搭便車回家途中，被車子撞上。但也可能是在別處被殺害，再棄屍在那裡。沒查出她生前行蹤以前，我……」

「哪有什麼『我』啊『你』的，這是團隊合作。喔，我都忘了，你這人沒有團隊精神。」柯洛普把前臂擱在膝蓋上，盯著賀許。「讓意外調查小組去搜集證據，我們一起擬個行動計畫，好把你對於她行蹤的疑點一一查明，這樣好嗎？」

「是，警長。」

「另外，你明天中午到雷德魯斯那邊去報告。」

「是，長官。」

賀許又等了一下，柯洛普的眼神緊盯著他，像是以防他逃跑，要追上來一樣。

接著兩人尷尬地笑了，一同起身。「你擋風玻璃的裂縫？去修好。」停了一下又說：「知道為什麼嗎？」

賀許想了幾個原因。修好上路才安全？他猜應該是。「不能只許州官放火，不許百姓點燈？是這樣嗎？」

「你還真是聰明懂事呢。去雷德魯斯車行修。」

柯洛普一說完就溜了，賀許微波加熱義大利麵後便吃了起來，對著那張比較難坐的椅子，自說自話了起來，畢竟也沒別的對象可以聊天。

6

傑克他們說早上看到有名女性在他車邊出沒。他怎麼會忘了？吃完麵，他把盤子扔到水槽，拿了手電筒就到外頭他的日產汽車，帶了塊抹布、一雙乳膠手套。他想了一下，又回到屋裡拿了兩只證物袋。

他從行李廂開始往前找：工具箱、備胎儲物盒、行李廂鋪墊下。接著翻找後置物箱、後座、車門縫隙、前座、副駕駛座前的儲物箱等。最後在一個舊式、沒在用的急救箱中，他找到他要找的東西，但並沒有停下來，繼續在車子引擎室裡頭找，以防還有別的。但並沒有找到。

他打開那個急救箱。一隻 iPhone 手機，還有一疊鈔票。他原封不動地拍下這些東西，再將之取出。手機還有些電；這是第五代蘋果手機，機況完美如新。他滑看手機內容，螢幕上顯示 IMEI 號碼，拿相機拍了下來。那疊鈔票總數為兩千五百元，都是百元鈔。他拿掉鈔票上的橡皮筋，再一一拍下每張鈔票，二十五張連號。最後他把這些東西一一放在證物袋裡。

時間是六點半。賀許回到雜貨店，隨身帶了證物袋。泰南店外有個監視攝影機正對著加油機。或許運氣好會拍到什麼。

他看到店老闆正在準備關燈打烊。泰南看了證物袋直皺眉。「你是拿晚餐來退嗎？」

「哈哈。你店外加油機上的攝影機，運作正常嗎？」

「正常。」

「是錄影帶還是硬碟？」

「硬碟。」

「我需要看星期五早上九點到十點左右的錄影存檔。」

泰南有點不懂。「有人闖空門嗎？我店裡沒少東西啊。」

賀許擺出警方例行辦案的嘴臉：「有人在我門下塞了張紙條，不是什麼大事，說是逃漏稅之類的，這原不歸警察管，但要是你攝影機角度剛好有拍到，或許可以查出是誰放的紙條，好嚇嚇他們。」

別再瞎說了，他提醒自己。

「逃漏稅？」

「不是說你。」賀許向老闆保證。

泰南氣壞了，帶他到後門，給他看錄影設備，教他怎麼搜尋。他想留在那裡看，賀許只好說：「警方辦案不方便。」

算他走運：泰南的攝影機鏡頭角度正對加油機，但也拍到後面的小路、部分警局。他在畫面中看到一名偏瘦、中等身高的女性，金髮及肩，在脖子和臉頰飄動，動作很快。但攝影機沒拍到清楚的臉部畫面，可惡。這台老車他一向不上鎖，這當然讓她方便下手，但她也只是進去一下就出來了。

賀許出來時，看到泰南還在前門，急著要關店門回家。「看完了嗎？」

「跟你買個隨身碟。」

「你真的查到東西了？」泰南說，一臉迷惑，他打開一個抽屜，在裡頭摸了一下，拿出一個8GB的隨身碟。「這夠用嗎？」

「可以。」

「我來教你怎麼把檔案複製出來。」

「我自己會弄。」

泰南不爽了，多收賀許一倍的錢，面有慍色留在門口等。

那支手機和那些錢要收哪呢？要是警署內部調查官員現在來搜查他的車，他們肯定是為此而來，要是沒在車內找到，肯定會把房子、辦公室還有警車給拆了。而這鎮上又沒有他可以信任的人。

賀許繞到警站後面，在側圍牆探頭探腦，往隔鄰老婦人後院看。這裡長滿雜草和沒有修剪的玫瑰，這小花園的情況，靜悄悄地說明她現在已無力照顧花園。他爬過圍牆。把這兩個東西藏進一個空油漆桶中，還特別留意不翻動蓋子上的塵土。

回辦公室後，賀許撥了一個阿德雷德的電話號碼。

「我們得見個面。」

蘿西．狄萊爾警長很慎重地說：「我們還真是該見面呢。其實，我正準備要打給你。」

這讓賀許聽了緊張起來。「出了什麼事？」

「我才想問你呢。」

賀許這下才知道，警署內部調查官員已經準備要重新調查他了：不只有新的證據，舊證據也出現不同的解讀，諸如此類。蘿西向來對他從不隱瞞；她很挺他，但他自己卻老是做事沒有觀前顧後，和她合作的幾次辦案，都讓人提心吊膽、冷汗直流。

「有人設計要害我。」

「真的嗎？」她不帶感情地說。

「把妳知道的告訴我，我也把我知道的告訴妳。」

「不能在電話裡說。」

「我沒問題，我十分鐘內就到市內。」

「今晚？不了。明天下午。」

「也可以。」

「人少的地方，保羅。」她選了巴羅沙峽谷（Barossa Valley）的一間釀酒廠。「一點。」

「妳那些同事不會去釀酒廠嗎？」

「不會去這間。」

「啊，這是好地方。」賀許說。「這可是很高檔的地方，妳真的是奉公守法好警察嗎？」

「人到就對了。好嗎？」

週二早上，賀許前往雷德魯斯參加柯洛普的報告前，還有別的事要忙。他七點四十上路，太陽沿著東邊地平線照了過來。下過雨的潔淨早晨，路兩旁一片翠綠，鳥兒在天空滑翔。他向來車舉食指打招呼，大家都沒料到警察會這樣。峽谷半途，他往右開上前往克萊爾的路上，這是這一區唯一具規模的城鎮。他的建房合作社[1]在這裡有個代理商，裡頭有家手機店。他先到建房合作社，領了兩千五百元的百元鈔，這下子帳戶裡就只剩一百六十四點六五元，這樣要撐到發薪日。接著他再到手機店。

賀許現在用的手機是三週前才剛在這裡買的，聽從柯洛普建議買的。「你首先要知道，我們這邊手機收訊很差。」柯洛普說。「雖然，如果你車子爆胎、被卡在前不著村後不著店的地方，手機又沒訊號，肯定大快人心，但是上頭不喜歡這種事發生，所以你去弄支像樣的手機，好嗎？」

「或許警局可以花錢買支衛星電話，長官。」

「別給你方便你當隨便，小伙子。」

當天去時，賀許記得手機店櫃檯後頭有很多零件，成箱堆在那：舊式 GSM（全球行動通訊系統）電話、裂開的手機觸碰螢幕、破損的手機殼、廢棄手機電池、只剩空殼的蘋果手機等等。

賀許在店裡買了一支故障的 iPhone 4，開機後亮起蘋果標誌便會自動關機，但就算這樣，還是又

1　建房合作社（building society）是大英國協國家的一種互助金融機構，類似銀行，協助房貸事宜。

花了他足足一百五十元。他帶著手機和現金，開車回提佛頓，這下他銀行戶頭就只剩十四點六五元了。

他一方面抱著期待，希望內部調查官員上門突襲檢查，但另一方面也擔心，萬一他們在這之前就已經來查過了。他伸手進那台日產汽車，在他原來放的位置上找到那個急救箱，再將壞掉的蘋果手機和那辛苦賺來的錢，放進箱裡。

7

賀許把手機號碼釘在前門後，便驅車回到雷德魯斯的峽谷。四十分鐘路程中，滿眼的小麥田和油菜田，橫亙在遠方藍色山脈和人跡之間，接著他一路開往有很多漂亮石造建築的小鎮，小鎮上這些房子，層層疊疊，立在小山丘上。這裡在一八四〇年代原本是採銅的礦業小鎮，現在則轉型成農牧中心。原本那些康瓦耳來的礦工早走光了，只留下淹滿水的豎坑、成排木屋，以及一些舊式地名，像雷德魯斯和特魯洛（Truro）都是這麼來的。剛被派到這邊時，賀許就查探過這些老礦坑。坑裡注滿帶著一抹迷人淺藍的水，深不見底；礦場座檯、棚架、石砌煙囪，都已經長滿地衣、被風雨侵蝕，兀自屹立在小鎮上方的山坡。

車子很快開到一個緩降的斜坡，來到鎮中心，這邊有很多商店、幾間酒吧，還有修車廠，散落在一座橢圓形廣場四周，廣場上還有座記念戰時陣亡將士的雕像，另一座小型的圓頂建築蓋在草坪中，草坪四周則用石頭圍起來。這棟建築立面是十九世紀的風格，但外圍的廣告看板和招牌則都是現代的，各家企業的商標，形形色色爭奇鬥豔。他開車穿過廣場，轉進旁邊一條小街道，街邊的標誌上用箭頭指著，前方即是警察局。街兩邊停的都是警車：兩台四輪傳動越野車、柯洛普的福特汽車，還有兩台巡邏車。

時間是十一點四十五分。他停好車進去。這個警局不是用老建築改建，而是特別為警局興建，紅磚建築、附有拘留所、好幾個房間，外加大型後院，但裡頭的接待門廳還是有跟賀許警局一樣的櫃檯：木頭滿布刮痕、牆上則貼了許多通緝犯海報及過期告示，還有幾張辦公桌，陰暗的角落則擺了好幾個檔案櫃。

警局櫃檯由一名穿著便服的中年男性坐鎮，非編制內的支援員工，主要就是跟來客打招呼、遞表格、接聽申訴報案電話、建檔之類的工作。他露出無聊、想睡的表情，但一聽賀許報上姓名，就露出一絲好奇。「啊，賀許豪森員警。請去那間房。」

他往那一指，賀許便走到警局後方很多房間的區域：這裡有柯洛普的辦公室、小型茶水間、簡報室、偵訊室、儲藏區、檔案室。走道盡頭有扇鐵門，前往拘留室。賀許順著講話的聲音、人群動靜、透出的燈光，走進了茶水間。

他一出現在茶水間門口，原本的聊天聲突然安靜了，裡面的人都面無表情地瞪著他：是雷德魯斯鎮的兩名員警，尼可森和安德瑞沃瑟。賀許咧嘴假笑，刻意讓他們不舒服。「嗨，各位！」

尼可森說：「抓耙子。」還比出嘴裡有很多小牙齒的動作。他肉肉的，皮膚白裡透紅，皮膚下的血管都透了出來。

賀許又咧嘴笑，這次朝著安德瑞沃瑟。同屬肥豬家族，這個的嘴唇紅潤、多肉、像是要嘟嘴親人一樣。他指著自己的太陽穴，再直起大姆指道：「砰。」

「兩位好啊。」賀許說，硬擠過去。

「渾蛋。」

茶水間有兩張看起來快垮的桌子，一張上頭擺滿紙杯、運動報紙和成人色情雜誌，另一張則擺了茶壺和咖啡壺。賀許把咖啡倒進紙杯。尼可森推了他一下。

「哇，抱歉，都怪我笨手笨腳。」

賀許重新倒了一杯。他又拿了個不怎麼新鮮的甜甜圈、繞過尼可森龐大的身軀，好到冰箱旁把咖啡和甜甜圈擺到冰箱上頭，再拿出手機。他看著螢幕，手指在上面滑；不刻意看他們兩個，但準備好了，若是兩人要開打，他隨時奉陪。

但突然間，氣氛變了，尼可森和安德瑞沃瑟好像被震了一下，變得警覺起來，但帶著一種齷齪下流的感覺。賀許抬頭一看，原來是門口站了個年輕的女性警員，白裡透紅的肌膚、緊緻的骨架、燙得一絲不苟的制服。

「早。」她嗓音低沉沙啞，但可以聽出來因為緊張聲音有點尖。

「有誰說話嗎？」安德瑞沃瑟問道，豎起耳朵。

「我什麼都沒聽到。」尼可森答。他搖搖鼻子：「等等，有股香味。」

剛到的人臉紅了，但接受挑戰。「可能是你染了花粉熱……或是類似的症狀。」

「這什麼味道？」尼可森問。「我想到了！女性清潔用品。」

「你當然懂了。」安德瑞沃瑟道，跟他擠來擠去。

兩個人就這樣推來推去，經過她身邊跑進走道，聲音愈來愈遠：「聽說只要是碰到兩條腿的，她就黏在上面發芽長根。」

「四條腿。」

這下茶水間就剩賀許和她了。她不感興趣，也不帶期待地看了看他。「好了，換你了，儘管出招吧。」

賀許走到咖啡濾壺前。「咖啡嗎？」

「咖啡和口水，對吧？」

「要茶和口水也行。」

他看著她的名牌，珍妮佛・蒂伊，等她開口。她跟他差不多高，身材纖瘦。骨架很好，窄臉、五官立體，在髮型的陪襯下更顯緊緻，頭髮整把往後梳，最後綁個短短的馬尾。感覺頑強但膽子很大。

蒂伊同樣在打量他，她眼睛一下也不眨，看得聚精會神。突然間氣氛一轉。「淡黑咖啡，不要糖。」

「馬上來。甜甜圈？」

她靠近一點，有點不知所措，是個對自己有點不自在的年輕女性。她裝作不認識他，但其實大家都知道他。「嘗嘗甜點補充熱量也不錯。」

「可不是嗎？」賀許道。

他幫她弄好端上來。兩人站了一陣子，喝了一口咖啡，賀許說：「上個月我來時，妳還沒派到這。」

她搖搖頭。「剛來而已。」

「他們欺負妳？」

「我應付得來。」

然後，好像有人發出什麼看不到的訊號一樣，兩人一同坐上了沒有擺東西的那張桌子旁。賀許用袖子抹了桌面，把上頭那些不管是麵包屑啦、誰坐過、誰胸部靠過、聊過的賭馬經都一併抹掉，露出桌面上刻著的縮寫和燒焦痕跡。他舉起咖啡杯說：「乾杯。」過了一會，就聽到柯洛普在門口大吼。

「你們兩個渾蛋都給我到簡報室去，我說立刻去。」他杵在那，怒目相視，兩隻大手，各扶著一邊門框，像是在健身房練胸肌一樣。

「是，警長。」賀許說，蒂伊也跟著說。

兩人拎著紙杯和盤子，跟著柯洛普進到簡報室，尼可森和安德瑞沃瑟都懶洋洋的掛在鐵椅上。兩人同時露出不屑的表情，但賀許早就對這種事習以為常，反倒送了幾個飛吻給他們，還故意挑了尼可森旁邊的座位坐下。蒂伊就只能被迫坐到安德瑞沃瑟旁邊，他卻刻意把椅子搬得離她遠遠的。

柯洛普站在桌子另一端，拿白色教鞭敲著自己大腿。「你們都好了就開始。」

「好了，警長。」

「說正事了。」

警長把雙手撐在椅背上，皺起眉一副不耐煩的樣子。「意外調查小組會派人過來報告結果，但在那之前，目前我們知道的就是：在週末某個時刻，提佛頓一個孩子，在蒙考威附近遭汽車撞擊身亡，犯案汽車肇事逃逸。」

他挺直身子，轉向身後的黑板和牆上地圖，用教鞭指了當天《廣告人報》一張剪報相片。「這就是那個孩子，蜜莉亞．唐納文。你們有人可能認得。」

尼可森推了安德瑞沃瑟一下。「有些人又比其他人認識更深。」

「你們兩個白癡可不可以別再胡鬧。」

「抱歉，警長。」

柯洛普翻了桌上一疊文件。「這裡頭有份初步驗屍報告。」

還真快。賀許心想。一隻專門在腐肉上盤旋的蒼蠅嗡嗡嗡地在房裡打轉，撞上他後頭的窗戶。窗外小鎮的車水馬龍依稀可聞，人聲、關車門的聲音還有氣煞的嘶聲，以及隔壁鄰居收音機中叩應節目的聲音。

柯洛普抬起頭，喪氣地說：「賀許豪森先生。」

「警長？」

「到檔案室去，看我有沒有把一個 A4 信封遺落在那裡。信封上有寫唐納文驗屍。」

「是，警長。」

賀許看了蒂伊一眼，但讀不到她的表情。出去時，他又對安德瑞沃瑟眨眨眼。

一開始他走錯了房間，還沒看到房間門口的標語，他就先開了門，標語高度只到他下巴：「**來時帶著真相與堂堂相貌。走時兩樣只能帶走一樣**。」賀許哼了一聲：偵訊室。隔壁房則標著「檔案室」。他一要走進去就立刻看到那只信封，公務制式白底黑字、在檔案櫃上頭，斜斜的擺著。他進到房間時，瞄到地上竟然有張百元紙鈔。

「不會吧？」他說。

把紙鈔放進口袋，拿起信封，回簡報室，把信封交到柯洛普手上。「拿來了，長官。」

回座位後，他無意識地雙手交叉胸前，安頓好姿勢後，繼續聽柯洛普報告。

這時他拍了自己前額一下。「差點忘了。在地上找到這個。」他在位置上左扭右扭，屁股向左傾、右腿挺直，好把手伸進褲袋內。從裡頭拿出那張百元鈔，搖了一下，拿給尼可森要他轉交過去。眾人都看著那張紙鈔，一路被遞到講桌上。

「這掉在地上？」

「應該是吧。還是該拿到前面櫃檯，申報失物？」

「交給我來處理。」柯洛普呢喃道。

賀許在椅子上傻笑，手又叉回胸口。他用肩撞了尼可森一下，跟他微微點頭。「拾金不昧測試。」他低聲說。

「少煩我。」

「是不是這麼說的？」

賀許倒是樂壞了。

意外事故調查員是位警長，名叫艾斯里。

「要是找得到肇事車輛，就可以和證據進行比對。」他說。

賀許沒看到什麼證據。「什麼證據，長官？」

他搶了艾斯里話頭。「別急，聽我說。我問過驗屍官，她這個禮拜想到發現死者的現場看看，禮拜五會展開調查。很有可能她會立刻宣布暫停調查，但如果我們可以查出受害人生前行蹤，同時提供當地汽車維修紀錄，以及酒駕開車紀錄的話，對案情的進展會有幫助。」

話一說完他人就不見了。

從他下巴還有壓在椅背上發白的指節，賀許看得出來柯洛普很惱火。「上級下達命令，所以我們就分頭進行吧。賀許豪森員警，你負責訪查死者家屬和朋友，查出那可憐孩子生前的行蹤。」

「是，警長。」

「也到蒙考威去看看能查出什麼。」

「是，長官。」

柯洛普接著一副無可奈何的樣子，看著尼可森和安德瑞沃瑟。「雷德魯斯汽車百貨。反正你們兩個不長腦袋的，下班時間都在那邊打工。這件事就交給你們去辦。」

「是，長官。」尼可森說，跟安德瑞沃瑟兩人對看一眼傻笑。

柯洛普又看著蒂伊，諷刺地說：「如果他們有誰要求協助辦案，妳就跟著去。」

「是，長官。」

「是，長官。」尼可森道。

「別鬧了。」柯洛普說。

賀許稍微招了招手。「長官，請問受害者的家庭背景。」

「這不是什麼新鮮事，單親媽媽帶兩個孩子，孩子跟不同爸爸生的。還有什麼好說的？」

「蜜莉亞順手牽羊被抓到過。」

「是啊。但只是小示懲戒一番。」

「是我的話，就會去調查她哥。」安德瑞沃瑟說。「那個番仔痞子。」

「夠了。」柯洛普不耐煩道。

「他就是啊。」

賀許說：「就算他是，但他為什麼要撞死自己妹妹？」

「他做什麼事都不合理。你問到重點了，他就是這樣的人。」

「謝謝你的解釋。」

柯洛普打斷他們。「她喜歡搭人便車。」他對著賀許道。「這點你放在心上。」

「是，長官。」

8

中午剛過。

賀許趕著在被人耽擱之前出城，他要去南方。他有點希望柯洛普能來電，交待他去辦個無聊的任務，可惜手機只響了一次，是屏障高速公路上一名駕駛打來報案，說是布萊恩山（Mount Bryan）附近的大綑乾草在公路上散掉了。「請撥打雷德魯斯警局。」賀許說。

不然就是請你自己把乾草綑拖到路邊。

三十分鐘後，他車行至塔里（Tarlee），轉東南，來到一處地勢時高時低的鄉間，路上巨大的銀色桉樹靜靜地看著，最後車經幾座葡萄園、幾間古老釀酒廠。再開個三十分鐘後，來到一處滿是坑洞的沙路，這裡直開上去，就是蘿西．狄萊爾指名的山頂小酒莊。習慣使然，賀許查了停在這裡的車輛車牌，停車格是用紅桉樹枕木鋪在地上來區隔。停在這裡的車，有的是豪華德國房車、有的是四輪傳動車。他不知道蘿西．狄萊爾開什麼車。

德製車雅緻精細，對比他這台髒兮兮的警用日產車。這怎樣都藏不了。但他自己倒是可以來一番改造，所以他就把領帶、外套、帽子扔到後座，槍揹帶裝到公事包，換上丹寧布料外套。

一進去，他就看到蘿西坐在木桌旁的木凳子上，一樣都是紅桉木做成的，上頭是塊遮陽布，在山谷的強風下，吹得那布啪啪啪發出聲音。成排成排的葡萄藤棚架，誇張地伸展進山谷裡，又爬上另一座山的另一邊。這個戶外用餐區有菜圃和球根花床，空中飄著花香，蜜蜂嗡嗡，還有鵲鳥在葡萄架上高歌。這裡很高檔。賀許心想，可想而知，他一路開上來，看到入莊的低消酒價時就注意到了。

蘿西站起來，離開餐桌，輕輕親了他臉頰一下。她做得很謹慎；她的不安，大概還要維持一陣子才會消散。她獨自先吃過了，沙拉碗上殘留了油油的生菜屑，白色大盤子上也剩了一塊披薩皮。

「妳沒等我就先吃了？」

「餓壞了。」

賀許咕噥著坐到她對面座位，把公事包放在腳邊，開始看菜單，點了沙拉、煙燻鮭魚披薩、礦泉水。

他邊吃邊和蘿西聊天。

在他走霉運以前，他本來是天堂花園（Paradise Gardens）的刑警，屬於阿德雷德一個警局。聯邦調查科的科長馬可斯．魁恩是高階警長。魁恩和其所屬小組後來被捕，該部門遭到臨檢搜查，最後更遭到起訴，引起媒體高度報導，內部調查局派了蘿西．狄萊爾前來偵訊賀許。「一名調查官負責偵訊一名貪汙刑警」，她這麼告訴他。「在結束偵訊後，我們會交換筆記，從而重建案情，追查出你們所犯的不法情事。」

「不是有無罪推論原則？」

她要他閉上嘴。很顯然，她視他為警界敗類。但隨著調查時間拉長，她的態度轉變了。她相信我了，賀許心想——又或者，至少，她開始動搖了。

最後她把自己的懷疑說給賀許聽。「你願意提供證據，來指控魁恩嗎？」

「不要。」

她咬住下唇，並坦言，她已經建議上面，不需再對他採取任何調查和起訴。「但我的同事和我看法不同，所以我的建議不見得有用。」

沒錯，沒用的。他的紀錄有了瑕疵。不僅被降職，還被派到偏遠的轄區。據他了解，只有蘿西和他爸媽認為他是老實的員警。之後，等魁恩一夥人紛紛被起訴和判刑，有的被開除、有的入獄，還有名資深員警自殺，大家就開始好奇，為什麼獨獨保羅．賀許豪森的懲罰這麼輕。所以大家就自行聯想：他一定是內奸、抓耙子、窩裡反。他直盯著蘿西，她飲盡杯中希拉茲葡萄酒[1]，隨手把酒杯用力擺在桌上，臉上卻依然被不安所籠罩。「不久，可能最快下禮拜，你就會被請到警署去，面對新一輪的偵訊了。」

「請去。」

她聳聳肩。

「為了什麼事？」

「針對新的指控回答問題。」

「針對我的指控？」

1 希拉茲（shiraz）葡萄酒是澳洲代表酒款。

「是的。魁恩可沒閒著喔。」

賀許聽到傳聞，整件事的主謀魁恩不斷以資訊自由為由，要求蘿西和調查官員必須提供每日偵訊流水紀錄、當日調查紀錄、各種檔案、筆記、筆錄、紀錄、報告、備忘錄、電子郵件、影片、錄音檔、電腦硬碟和隨身碟，藉此讓他們不堪工作負荷。另外他還要求過去二十年任職於南澳警局的所有通聯紀錄，只要與這份工作有關的，不管與案情多沒有牽連，他都要看到。如果換成別人肯定徒勞無功，但魁恩靠這手法長久以來得以多次成功自保，搞不好這次他也同樣能安然過關。

「他此舉意在證明，此案是雷聲大雨點小、禁不起檢視。」蘿西說。

蘿西開始把玩盤裡披薩皮上的一小塊起司。手真漂亮，賀許心想。不是想這種事的時候。他硬把眼神移開。他們以前快活過，但就一晚，已經是過去式了，無法影響今天要談的事。可是，他也不能老看著葡萄藤、菜園還有其他客人吧，他終歸還是把眼神移回來，看著蘿西玩那塊起司。她本性向來活潑、反應快、討人喜歡，細緻的黑髮閃閃發亮，緋紅的指甲和雙唇，外放且渴求體驗。但對於被她偵訊的男性而言，可能會覺得派她來偵訊是不尊重他們，也往往不當她回事。

「有黑函告密。」她說。

「告了我什麼？」

她正眼看著他，擔心的神情從她的臉龐和上半身透露出來。「大家都不肯說詳情，但我猜，應該是指控天堂花園警局證物保險箱裡的贓物，被你私吞、據為己有。因為那些贓物有連號。」

「哪些贓物？」

「我不清楚。毒品或是現金吧？」

她面露擔憂、眉頭深鎖，手伸到桌子對面，緊抓住他的手。「保羅，他們講得斬釘截鐵。你告訴我，真有這回事嗎？如果他們去查，會被他們查到東西嗎？」

「當然會。」賀許道，接著從口袋拿出手機，按下相簿圖示，交到她手上。「往下滑。」

他看著她漂亮的食指在螢幕上點著，道：「我車上的急救箱。那支手機是 iPhone 5，現金金額是兩千五百的百元鈔。」

她繼續滑。「連號。」

「沒錯，手機和現金。」

她忽然變得很喪氣。「這些到時候都會和他們的密告吻合，對吧？」

「毫無疑問。」

「保羅，你老實告訴我，這些東西到底是不是你偷的？」

「妳他媽的。蘿西。」

她把手機遞回給他。「但誰會相信，這是你不小心發現的？他們會說，你是刻意拍下這些照片，證明自己是被人設計的，這證據很薄弱。」

「是有這可能沒錯。」賀許道。

一名年輕女性這時帶著餐盤上來服務，微笑著，但賀許用上身遮住手機時，她眉頭皺了一下。「還要點些什麼嗎？咖啡？本日推薦是椰棗太妃糖蛋糕。」

「椰棗太妃糖蛋糕，麻煩。」蘿西道。

「咖啡。」賀許道。

服務生離開了，緊身黑色牛仔褲隨腳步快速交織，蘿西指著手機道：「他們會拿這當證據。魁恩人脈很廣，連我一些同事都是他朋友。你應該把這些東西帶著，我們來呈報上去。」

賀許又低頭看手機。「你看這支影片。」

他找出監視器錄到在他車邊鬼鬼祟祟女人的影片，按下播放，交給狄萊爾，自己則坐定看著她的表情。

她驚呼：「畫質不算很好，但……」

「但很清楚看得出來她在幹麼，時間和日期也都是原始畫面就烙上去的，我也有拿到店主的法定書面誓詞，證明這出自他店。」

「這人是誰？」

「我沒頭緒。」

「柯洛普老婆？」

賀許很冷靜。他眼神直直盯著蘿西的眼睛，問：「我倒想知道，妳為什麼會提到他。」

狄萊爾突然不說話了，良久她才開口：「會不會是他警局其他人的老婆？尼可森？安德瑞沃瑟？」

「妳怎麼剛好對雷德魯斯警局所有警員的名字都瞭若指掌。我真的很好奇。」賀許說。「除非妳一直在調查我。」

蘿西・狄萊爾聳聳肩，這一聳肩說明了一切。不管了。「調查什麼時候會開始？」

「會給你電子郵件通知。」

「連電話都不來一通。」

「會有電話確認你收到電子郵件。」

這一來，下禮拜賀許就得跟柯洛普告假了。「要多久？」

「兩、三天吧。」

「他們要怎麼弄？」

「他們會推說是突然發現新的違法事證，不嚴重，但我們需要你的協助，以釐清真相。他們會追溯到你在天堂花園當刑警時的過往，要求你把所有細節交待清楚，包括那次的涉貪事件等等，等到你以為安全過關以後，冷不防拿出電話和現金，讓你百口莫辯。」

雖然她沒有保留，但心裡其實對他還是有疑慮，他感覺得到。扔了二十元在桌上後，掉頭就走。

9

四點三十分時，賀許就回抵雷德魯斯了。但他沒有進城，駛離高速公路後，他開上提佛頓北邊的小路，再轉西，打算開往提佛頓。那邊幾個農家被列在警方的守望名單：一名高齡農家寡婦和她思覺失調的兒子，還有一個農舍，由一群在城裡輟學的孩子共同承租，他們被控破壞風力發電廠的風機。

但警方交到他手上的資料其實是過時的：寡婦早就過世，農場也已經被人變賣，思覺失調的兒子被寡婦的妹妹收留；中輟生也回城裡去了。賀許再往前開，吃過午餐、太陽下的他暖暖的、懶洋洋的，最後轉彎朝高速公路開去。這一帶的路，全都跟荒涼路一樣，都是凹凸不平、滿天灰塵的夢魘道路，所以他搖下車窗，好讓涼風吹進來，讓自己保持清醒。

當他剛轉過一個彎道後，一台銀色的 Lexus 突然從私家車道插到他前面，一路加速過程中，車尾搖晃著，激得路上石子往他噴來。他倒車，等揚起的塵土少一點，之後就逐漸加速。他和 Lexus 相隔二十秒的距離，除此之外，路上沒有其他車，空氣是靜止的，塵土滿布在空中，無意散去。山路沿著山邊繞來繞去，再下降穿過被水侵蝕的河道。在灰塵揚起空檔間，偶爾能瞥見那台 Lexus。車上駕駛一路加速，已經超速了，賀許慢慢才意識到他在自言自語：「不想死就開慢點，老兄。」

在上屏障高速公路閘道前大約一公里時，Lexus 擦撞路邊護欄。駕駛回車太用力，整台車往道路中央撇過去，煞車燈迅即亮起，他很確定該車駕駛有看到賀許的警車跟在後面，在他後照鏡裡，賀許只是一團黑影。駕駛並沒有停車，而是在下個彎道一溜煙跑了。

去他媽的，賀許加速，非常謹慎地接近彎道，這時他看到那台凌志停在路中間，所有車門都打開，車身四周揚起一片灰塵。

他踩了煞車，熄火、下車。這麼多驚險的過程，要是電影的話，肯定要請個樂團奏出緊張的配樂，但其實當下氣氛完全凝結、無聲，只有兩台車發熱的引擎逐漸冷卻所發出的滴答聲。賀許的車所揚起的灰塵捲上來蓋過他，那氣味夾雜著他那台車的柴油臭味，整個湧上他的鼻子。

塵埃落定後，他看到一名女性從凌志的駕駛座出來，她先是抽出一腳，從油門踏板那裡晃出來，然後另一腳跟著踩出來，接著就整個人搖搖晃晃地下車，像剛從鬼門關逃過一劫的駕駛會有的那種鬆了一口氣的表現。但那樣子卻有點像是演的。

「喔，你好啊。哇！我的心臟都快跳出來了。」

她從十公尺外的地方朝賀許走來，一頭風情萬種的金髮、滿臉笑容。大約三十歲，穿著春裝，短袖暗色的純棉一件式及膝裙裝，裙襬剛好遮過膝蓋，露出健康膚色、像網球選手一樣結實的雙腿。

她踩著涼鞋，小心地走在泥地上，樣子很可愛。塗著紅色指甲油的腳趾甲。「說到逃過一劫。這石子路還真是險象環生呢。」

賀許笑了，點點頭，口中發出嘖嘖聲，表示他的同情。

「抱歉，我撞到了護欄。當然，維修費我會出的。」

她轉過頭看著自己的車。「我老公和我都有保險。」接著老公就現身了，咧嘴笑得像瘋子一樣，對著賀許猛搖頭，和他用男人的方式打商量。「別說我沒提醒她喔，我講過上千遍了……」

「喔，麥可。」老婆打趣地說。翻白眼後又轉頭對賀許笑，手指勾成問號狀：「開車要考慮路況。」

「親愛的，這一來妳就體悟到這句話的真諦了。麥克．文恩。」丈夫伸出手道。「這位是我夫人，潔絲。」

「兩位別裝了。」賀許道。

文恩看著老婆，再看著賀許。「不好意思？」

「這位先生，剛剛明明是你在駕駛，你剛剛才和你太太換了位置。」

「才不是這樣。」

「你們當然是看過電視上的飲酒勿開車廣告。」賀許道。「每輛警車都等同是酒測巡邏車，都可以針對駕駛進行酒測。」

太太嚇到了。「你是認為我們酒駕嗎？」

「我都聞到酒味了。」賀許道。

「只是小喝一杯慶祝房屋成交。」文恩道。

其實要是老婆不要插嘴，本來到這邊就沒事了。但她那精緻、看起來頗自然的鼻子，現在卻氣得發抖，像是獵犬看到獵物一樣。「你這人怎麼這樣，簡直是不知分寸的小希特勒。」

「妳要是再罵，我就再補開一張罰單。」賀許道。他走回車上拿酒測工具，想像兩人正在他背後上演的家庭鬧劇。老婆瞪著老公、老公瞪著老婆，眼裡冒著火，又帶著一絲恐懼，比畫著「快想辦法解決」、「你有什麼人脈可以用？」

他面無表情回來，但心裡竊喜。「請朝這裡吹氣，先生。」

「但開車的人不是我。」

「別擔心，你們兩個我都會測。兩個都有喝的話，我抓誰不都一樣？」

夫妻倆的酒測值都超過〇點〇五[1]。賀許念出數值後，問道：「你們要打電話找誰來處理嗎？」

「別這樣啦，我們很明顯意識清楚，而且這邊又不是很多車。」

「你們都擦撞護欄了，先生，這是酒駕。要是我讓你今天再開車，那就是不負責任的行為。萬一要是害人被撞死怎麼辦？」

「車是我開的。」太太說。

「別再騙了。」賀許大吼。

雲層很厚很高很白，天空則是鮮藍色。看得出來要變天了，但暫時還是陽光燦爛。賀許看著天空試著放鬆心情，想像高空應該沒有灰塵吧。他心裡盤算著有哪幾條罰責可以開。偽證、酒駕、危險駕駛……還不少條呢。

他一一念出這些罰責，再問一遍：「有沒有人能夠過來開車載你們回家？最好是用你們自己的車，你們待在這兒很危險。」

「你肯定不了解我們鄉下地方的規矩。」文恩道，臉紅了。「人不犯我，我不犯人，互相一下。大家都有不方便的時候。通融一下。」

賀許舉起一根手指，示意警告。「趁我還沒忘，你倒說說，你已經被記了多少違規記點了，文恩先生？」

這立刻讓他閉上了嘴。

「麥可不能沒有駕照。」他太太插嘴。「他是達格緹地產仲介，一天有時要開兩、三百公里路。」

「要是他明知自己違規記點多到快吊銷駕照了，為什麼還要酒駕呢？」賀許質問，心中暗罵自己不該跟他們囉唆這麼多。

「地產買賣市場一直很慘淡，能促成一筆交易真的是謝天謝地。」文恩道。

「萬一要是害死自己了呢？害死你老婆呢？更糟的是，萬一要是撞死了騎單車的孩子呢？」

「好吧，你的意思我們懂了。但我想說的是，開車的是我老婆。」

賀許帶著好奇，看了文恩一眼。

「所以你是打算到裁判法院去提抗告嗎？」

「正是。」

1 澳洲規定 0.05 即超標，罰責是吊照和高額罰鍰。

「你會到那邊舉證是由你太太駕駛？」

「必要的話不然我可以簽一份法定書面誓詞。」

賀許轉頭對潔西卡・文恩問道：「而妳則打算要到法院做偽證？」

她背打得好直，挺起頭，一副天王老子也不怕的樣子。「不是偽證。真的是我在開車。」

「要是妳一直這麼堅持。而妳先生輸了，我會立刻以偽證罪起訴妳，提醒妳，這可是要入監服刑的。」賀許道。

「休想嚇唬我，你這個不知分寸的小希特勒。」

還真是一個難忘的經驗呢。開上提佛頓鎮北方的高速公路後，賀許決定開往蒙考威。

他開進一座小鎮，這裡景況比提佛頓更蕭條，但規模跟提佛頓完全一樣。只有一間雜貨店、一間酒吧，還有屈指可數的幾間房子，散落在由幾條短而寬廣的街道組成的格子四周；大概總共就是八棟，其中四棟東西向、四棟南北向，都是小房子，有些用本地石子砌成，其他則採用舊式拓荒者房屋格局建成，用的是鐵浪板，但現在都生鏽了，這類房子就是從前到後分成三間，採用舊式殖民時期風格打造，煙囪突出在側牆外，廁所則蓋在後院。這些家庭的院子都雜草叢生、好多沒有輪胎的廢棄車。賀許覺得累壞了。

那間酒吧縱深很長，不高，發黑的乳白外牆，前面還有個長滿藤蔓的大陽台，酒吧則躲在很後面，見不到光。酒吧錫製招牌寫著「西區苦啤」（West End Bitter），在風中啪啪地響著。前門扇形窗有幾塊玻璃裂成蜘蛛網狀。陽台地板以前漆成紅色，但幾十年下來已經褪色，露出下頭磨損到很光滑的水泥層，如果打架想敲破別人的頭，倒是很適合的鋪面。

他推開酒吧大門，從水泥鋪面進到嘎嘎作響的木頭鋪面。隨處可見木板上的釘子閃閃發亮，雖然吧檯隔開的那邊有點陰暗。裡頭的空氣交錯了啤酒、酒、香菸和田間工作的臭味：柴油、汽油、油脂、石油、汗、動物氣味、糞便、羊騷味，或者還有血液的氣味，全充斥在裡頭，而且還分得出層次來。這些氣味應該都是長年燻染的結果，賀許猜想，因為當下兩名年長酒客還有老闆，很明顯完全不以為意。

他們注意到他的制服，酒吧老闆說話了：「你想必只是來來就走吧，給你倒杯飲料嗎？」

看他說時挑了一邊的眉毛，賀許索性搬了凳子坐下，把手肘往吧檯一擺道：「那就檸檬蘇打吧。」

「檸檬蘇打，檸檬蘇打。」老闆想了一下，好像這麼簡單的飲料他不只沒聽過，也不知應該怎麼調配。

「不然就血腥瑪麗也可以。」

「我會做了。」老闆道，把酒杯塞到酒桶龍頭下，擰開龍頭，檸檬蘇打就在杯中鼓起白色泡泡。

「百分百的檸檬蘇打。」

老闆往後方牆面靠去，個頭小小細細的，但滿臉笑容，做事很有效率的人，雙手叉在圓滾滾肚子上面。「這下沒賺頭了。」

「要加冰塊嗎？」

賀許當他說的是真的，畢竟像他這種人，不是很擅於說謊，頂多就是在給客人倒酒時，耍耍小幽默，講些無傷大雅、開人玩笑的話。這種人會記得客人的大名、習慣喝什麼，但在他那客氣的笑容，以及經營酒吧的俐落風格之外，你休想問出他的私事。但也有可能，他也沒什麼祕密好說的。可能有經營其他酒吧的經驗，在這個州裡不同地方當過酒吧老闆之類的。但你問不到他為什麼要買下這間酒吧的原因，又或者他結束要搬走時，結束營業的原因，又或者他為什麼結束上一間的原因，所以也就沒必要多此一問。

賀許和老闆還有兩位酒客敬酒，那兩位是睡眼惺忪的老人家，穿著縐縐的工作服、兩頰有髭鬍，兩人前面吧檯上菸灰缸擺著他們的香菸，兀自薰燒。眼前的高腳啤酒杯喝到一半，但可能就這麼擱著已經好幾天、好幾個禮拜了。他們算不上善飲者，而是慢飲者。應該也很會講故事。

他們有些問題要問，關於蜜莉亞．唐納文的死因，也有一些似真似假的傳聞，所以賀許就在問答之間穿針引線，讓自己的聲調、用字、陳述方式儘量不要搶過他們的話頭。他是打算觀察他們的反應，從中找到些線索，看他們聽到後，是簡單的嘆嘆氣、搖搖頭，哀悼一個年輕生命的不幸逝去，還是勾起他們所知關於她和她死因的一些陰暗祕辛。

結果只得到前者。「可憐的小朋友。」他們異口同聲說。「一定不能放過這個肇事逃逸的狗雜種。」

「你們聽過這個名字嗎？」

「我沒有。」老闆道。

「唐納文。」一名酒客點點頭，就和另一人聊起蜜莉亞媽媽、爸爸、叔叔、嬸嬸、表親。但在賀許聽來，全都是道聽塗說，不過有件事很確定，他們一家全都不是尋常人物。

「你們週六晚上或週日有見到她嗎？」

老闆顯得不悅。「我這裡不讓未成年進來的。」

「她外表看起來比真實年齡成熟。」賀許道，把蜜莉亞・唐納文的身材、膚色和髮型描述給他聽。

「老兄，年輕人很少光顧我們店。頂多週六會有幾個年輕小伙子踢完足球或打完板球會來光顧，但很少會帶女友一起來。而且也不會待很久。之後就會轉去彼得鎮，或到再過去的詹姆斯鎮、雷德魯斯，如果先去了那邊，就不會來這了。」

「這裡可是他媽的世界盡頭。」另一位老先生咧嘴笑。

「所以你第一次聽說這事，是當那位先生來跟你借電話的時候。」賀許問。

「沒錯。」老闆說。

賀許把名片留在吧檯上。「要是看到什麼或聽到什麼，就給我打個電話。」他說完走了出去，打算到鎮裡挨家挨戶訪查。

但是他卻查不到什麼、問不到什麼，只好又開上高速公路。

在提佛頓的案情進度又陷入膠著了。敲唐納文家沒人回應，Commodore車不在、渾身傷的馬自達也沒停在車道上。不過賀許遇到了伊鳳・繆爾，就是前一晚一直安慰黎安・唐納文的那位鄰居。

「呦呼。」她喚著。瘦巴巴的一個人，不像她先生結實、給人安全感。她穿過院子，停在圍牆旁，但人還是不停地動，雙手一直在拍自己的頭髮，抹平身上的衣服，再把項鍊弄正。她先深吸一口氣後說：「你是新來的員警喔，你昨天見過我先生了。」再加重語氣、更慎重地說：「發生什麼事了嗎？」

賀許搖搖頭。「只是後續的訪查，沒什麼。」

繆爾太太好像生怕失了禮節，說道：「她今天去她媽媽家。在詹姆斯鎮。明天才會回來。」

賀許沒再追問。「妳和唐納文太太認識很久了嗎？」

「十年了，可能更久。」

「妳們算得上是朋友嗎？」

「既是朋友，也是鄰居。你確定沒有哪裡不對勁嗎？不會是奈森吧？你別去煩那孩子了。」

賀許累了。他想趕快把事情辦完。「繆爾太太，我是在協助調查蜜莉亞的意外，就只是這樣。我問幾個問題，就不會再煩他們了。」

「拜託你，儘量別對他們太凶。」

雖然是請託，但她話裡帶著強硬。「好的。」賀許謹慎回道，話中帶著「為什麼」含意。

「他們這一家已經夠苦了。」繆爾太太說，一講完便馬上衝回自己家。

*

賀許把名片插進她家門縫裡，再走回到馬路上。

雜貨店裡氣流很沉滯，一天的熱力來到了頂點。店門口遮雨棚下，兩台車車頭向內平行停著，兩名顧客手上勾著購物籃在選購商品。一名他沒見過的十多歲小女孩在收銀檯旁等著結帳。

賀許問：「潔瑪在嗎？」

她嘴巴慢慢張開，再慢慢轉過頭來。「什麼？」

「算了。」

賀許朝後頭小辦公室走去。自從昨天來過以後，這地方在他眼裡不再像從前那麼龐大了：緊貼牆邊的是一捆沒賣出的過期雜誌、封面撕掉了，還有成條的各種品牌香菸。辦公室裡就兩張椅子，泰南坐在辦公桌後那張，艾琳・皮徹則坐在另一張椅子上。

「看看是誰大駕光臨了。」

賀許不理老闆。「皮徹太太？」

艾琳・皮徹兩腳併攏坐著，骨瘦如柴的手上夾著根菸，完全不看賀許一眼，也不跟他打招呼。他於是蹲低身子，好讓她不得不正眼看他。「潔瑪在家嗎？皮徹太太？」

這時她才挪動一下，用力地抽了口菸。「都怪你。」

「這話怎麼說？」賀許輕聲道。

「她昨晚難過成那樣都怪你。」

「是我來以後才開始的？」

她一臉「你什麼東西？」的表情。

「她現在在哪，皮徹太太？」

「她跑出去了，就是這樣。」泰南在背後說。

賀許蹲到膝蓋喀答喀答響，只好站起身來。「有說去哪嗎？」

她嘴裡刁的菸上下晃著，繚繞的菸氣，攀上她臉頰和細長的眼睛，艾琳．皮徹低頭去撈毛衣口袋。裡頭有張紙條，散發殘餘體溫，上頭寫著：**媽我愛妳但我一定得離開一陣子別擔心我我沒事我會給妳電話給我點空間我沒有做不該做的事記得我愛妳妳的女兒潔瑪**。

「妳有打電話看看嗎？」

「直接進入語音信箱。」

「皮徹太太，有沒有什麼危險該提防？」

「你什麼意思？」

「昨晚或今早，她是否有打電話給誰？」

「就算有我們也不會知道。」

「她有打包行李嗎？衣服、鞋子、盥洗化妝用品？」

「當然有。」

「還有如果遠行會帶的東西？」

「也有。」

「這是怎麼回事？」泰南問。

「應該是沒什麼才對。」賀許答。「她心情不好，這很自然。但我要儘早找到她，請她告訴我蜜莉亞週末的行蹤。」

「我以為你早問過她了。」媽媽說。

「只是很基本的問題。」賀許說。「因為我看得出她心情很差，沒辦法談下去。」

「我女兒真的什麼都不知道。」

他盯向泰南。「如果你可以讓我單獨和皮徹太太相處一會……」

老闆不願意。「我不放心艾琳和潔瑪。不能讓她們再受到進一步的傷害。」

「我無意如此。」

「別逼太緊，好嗎？」

「泰南先生。」

「好啦，好啦，我走就是。」

他一離開，賀許就關上門，再次蹲在女士身邊。「皮徹太太，這可是潔瑪的筆跡？」

皮徹顫抖著，抖到完全無法掩飾，她沒拿菸的那隻手扳住上衣第一顆鈕扣，菸灰從手上香菸抖落。

「當然是，你什麼意思，你是說她……」

「妳什麼時候發現這張字條的？」

「我剛剛回家的時候。」

「妳去哪了？」

「我在那家酒吧幫忙。」

「字條擺在哪？」

「廚房餐桌上。」

「潔瑪離家前是不是關在自己房間足不出戶？」

皮徹吐了口菸，菸霧直穿過整個辦公室。「那女孩在房裡從不上鎖的，也不關燈，也從不整理房間……」

「她房裡有什麼被人動過，或者不尋常的地方嗎？」

「你這樣問讓我好緊張。」

「這只是警方標準的辦案程序，皮徹太太。」

「你是認為她出事了。」

「不是。」賀許道。「但應該是會進行必要偵訊，到時會傳潔瑪去，所以如果大家能合作是最好。」

賀許這輩子，講話像這麼不直接已經幾遍了?他心想，當警察大概就是這樣吧。「那何不，妳幫我列張她朋友的名單，所有人都要，連家族親友也不放過，想想看，她有可能去找誰或是打電話給誰。我們再一一跟他們聯絡。」

「她開走我的車。你們不是有個什麼什麼的通知？」

「妳是想要報汽車失竊嗎？」

皮徹仔細思考。「這樣會害到她嗎？」

「有可能。」

「那不要了。」

「妳這幾天沒車開會不會怎樣？」

女人整個人癱在那。「早晚會要用到的啊。」

「目前，我們暫時先把心思擺在打電話上。」賀許道。

他們用她家廚房的電話打。

她家跟雜貨店那邊一樣悶，這邊的空氣中飄散著菸味，還有貓砂的味道，貓砂盆就擺在洗衣房門旁。艾琳列名單和電話號碼時，賀許就跟著一個一個打電話。他想，如果是警察打來的，一般人比較不會掛電話。打了十五通：嬸嬸、姑姑、叔叔、舅舅、成年表親、學校朋友、祖父母，卻沒有任何下落。

賀許放棄了。或許她的臉書會透露去處。「潔瑪有電腦嗎？」

「筆電。」艾琳道，帶他到一個地上滿是髒衣服的臥房，單人床也沒整理。賀許直接就踩在那些衣服上進去，房裡有台印表機，卻沒看到筆電。

他回到警局。本來擺在車子行李廂裡的那個急救箱已經不見了。

10

週三早上六點半時，賀許起床，喝了杯咖啡，決定做些運動：伸展，接著在鎮上走走。提佛頓像座棄城。或許鄉下人不流行晨跑或是快走吧？他能夠了解為什麼：這裡他們太熟了，何況白天還要整天幹體力活；還要運動做什麼呢？幾位汽車駕駛經過時瞄了他一眼。有人家用力把窗簾拉起來，要是他不小心走進人家籬笆裡，還會被瘋狗追。他漫不經心地看著學校，鄰街上有間穀物店，還有間天主教教堂和一座英國聖公會教堂，有些房子有後院、有些則是側院，雞舍、瘦骨嶙峋的馬踩在一片泥地上。澳洲特有的粉紅鳳頭鸚鵡群，在桉樹上聒噪不停，這時他才想起，過去三個禮拜，都沒有聽到大城市的喧囂。沒有車水馬龍、沒有裝了震耳欲聾音響的飆車族、沒有咖啡廳的人聲鼎沸。只有樹上聒噪的粉紅鳳頭鸚鵡。

回到辦公室後，他打開電腦。一封電子郵件標題寫著「魁恩聽證會」：週一早上十點整開始，賀許因為貪汙指控，必須親自出席聽證會，與高階警長馬可斯·魁恩以及天堂花園聯邦調查科其他幾位刑警對質。

賀許回信表示收到後，再寫了一封信給柯洛普警長，向他告假。**所以我下週整個禮拜都會在阿德雷德，抱歉，警長。**

早餐過後，他又去了一趟唐納文家。那台傷痕累累的馬自達回來了。他走上陽台，伸手敲門。沒有回音。他又看向對面繆爾家，感覺他們都在盯著他。

忽然，紅色門嘎了一聲，一名女士現身了，圓圓的，但並不豐腴，漂亮但並沒有打理得特別整齊，溼濡紅髮上有把梳子。她看到賀許的制服就說：「伊鳳有說你會過來。」

她的態度就像賀許是老朋友來拜訪一樣。賀許取下警帽說：「抱歉，真不敢想像妳所承受的一切，大家都對蜜莉亞讚不絕口，但不知道妳和奈森願不願意讓我短短問幾個問題？」

他停了一下，自覺好像都只有他在講話。大門整個敞開，屋裡一股悶熱的空氣迎面而來，當中隱約夾雜了毒品和啤酒的氣味。「如果不方便，我明天再過來也行。」

所有人忽然都停止手上的事。黎安．唐納文站在門口一動也不動，眼睛很清澈地在找著，之後她開始擰著她一頭濃密頭髮的尾端。她剛洗完澡，身體飄散著沐浴乳和乳液的香味。賀許留意到她綠色小洋裝下面的肌膚。

「奈森不在家。」

「沒關係，我下次再來找他。我可以進屋裡來嗎？這樣可以嗎？」

她聲音顯出疲累：「像場惡夢一樣。」她淚水盈眶。

「是的。很遺憾。」

她忽然兩腿一軟，要不是有門框可以扶，可能會一頭撞上水泥階梯，賀許於是趕忙扶著她的腰。

「我扶妳進去吧。要我去對面請繆爾太太過來嗎？」

「沒事的。」

她的雙腿恢復力氣後，賀許扶著她走過窄窄的走廊，到一間光線不太亮的舊房間中。一台舊式笨重的電視機占住房間的一面，洗衣精廣告藍藍紅紅地閃著，投射在房裡所有會反光的表面上：牆上的玻璃櫃、咖啡桌上的光滑三夾板都跟著發亮。這房間有很多生活在此的人留下的痕跡，幾個空酒瓶、滿了的菸灰缸、好幾本生活風格雜誌散落著。另一面牆上掛著一個十字架基督像，再另一面牆上也是一座基督像，向下看向賀許的後方。但是房裡卻沒有灰塵或是殘漬，房裡唯一的家具是角落擺的一張牌桌，上頭擺著一架笨重的老式電腦，旁邊則是一部便宜的噴墨式印表機。全家人共用一台電腦？她扶黎安．唐納文到花色布面沙發上安頓下來，但這沙發剛好正對電視，螢幕畫面很干擾，他索性就找來遙控器關掉電視。

「要幫妳泡杯茶嗎？」

黎恩手裡摸出一包香菸和一個打火機。「不用。」

天啊，賀許怕的就是這個。「還沒開始前，我想問一下，有人告訴妳，警方會來調查嗎？」

黎安點點頭。「驗屍官那邊有位女士打電話給我，她說麥克斯考醫師已經完成解剖，我可以把梅兒帶回來下葬了。」

停頓一下後。有個字再怎樣也無法講得委婉：解剖。刀子、鋸子、體液、把肉掀開。賀許問：「葬禮日期定了嗎？」

「星期六。」

「我可以也去嗎？」

「無所謂。」

又停了一下，黎安道：「麥克斯考醫師說，她當時肯定是在找人讓她搭便車。」

賀許很小心地說：「她身上的傷勢，還有她倒臥的地點，的確顯示有這可能。」

黎安原本一動也不動，卻忽然往前一趴、嚎啕大哭起來。賀許只能等著。她用袖子擦了鼻子，嗚咽著。「抱歉，我沒事，只是有時候忽然想到就忍不住。」

「我懂。」

「我不懂。她怎麼會一個人單獨在那？就丟她一個人在那邊搭便車？她是喝醉了嗎？」

「她是有喝幾杯。」

「那當時潔瑪在哪？她應該在旁邊顧著她的。」

「當天她們沒多久就分道揚鑣了，妳確定不要喝口茶嗎？」

「大家都要我喝口茶，但我只想要我女兒回來。」

「我懂。那我們先從蜜莉亞那個週末打算做什麼講起。」

賀許聽到她的回答時，心頭一緊。「她當晚沒回家，這個小惡魔。」

「她晚上跟潔瑪出去時，通常都會返家嗎？」

「她很乖的。」

「所以妳也不知道為什麼她會跑到蒙考威，又去那邊見了誰。」

沒有回應。賀許看不出來，她有沒有聽懂他的話。或許她對自己女兒的行蹤根本就沒留過心。「唐納文太太？她那邊有認識人嗎？比如說，她是不是有提到要去那邊參加派對這類的事？」

還是沒有回應，接著她才說：「我現在只剩下奈森了。」

「蜜莉亞有男友嗎，唐納文太太？週六晚上她有沒有可能是跟他在一起？」

「有可能。」

賀許感覺到自己身體裡在翻攪著。「可以告訴我他的姓名嗎？我有必要找他問問。」

她搖搖頭，眼睛泛淚，很快就顯露警覺。「她不肯說。怕說了會走不下去，你懂的。」

「妳沒見過他。」

「對。」

那要問她朋友了，賀許心裡盤算。或許問她的仇人還更有效。但要是男友年紀大她很多，不管是否成家或單身，是不是農夫或是外縣市來的，那就不是那麼容易找到了。

黎安・唐納文泣不成聲地說：「是肇逃對吧？」

「恐怕是的。」

「那她會有感覺……她會……」

「就一下子的事，唐納文太太。」賀許道，不自覺伸出手握著她的手腕，之後才覺得這樣不妥。看到她手縮開，感覺得到她腦海中出現不舒服的想法。

她聲量變大了。「她不該搭便車回家的。當天就該有人載她回家。」

「是啊。」賀許道，他心裡知道潔瑪・皮徹為什麼會先走的原因。「我們還是不清楚，她在離開雷德魯斯那間酒吧後的行蹤。」

「她喜歡出去玩，有什麼不對？」

「妳回想一下：她有提到任何自己當晚要去哪兒的事嗎？任何蛛絲馬跡？像是提到誰的名字之類的事？」

「沒跟我這邊提過。」黎安喃喃低語，有點生氣的樣子。

「她們每次一起出去玩，是不是都是潔瑪開車來載她？」

黎安看著他，眼神露出無助。

「她們那晚早先是在一起的，但之後就分道揚鑣。唐納文太太，我真的有必要知道她是和誰走了。請妳好好想一想，好嗎？到處問問？或是請奈森去問他朋友？」

「他們也不可能知道的。」

「我有找到她的提袋，但裡頭沒有手機。她是把手機留在家裡嗎？」

黎安哼了一聲。「她和那些手機！全都弄丟了，我實在沒辦法一再給她買新手機，何況上一次她還搞出個超貴的帳單。」

「所以她目前手邊沒有手機，也沒有簽電信租約？」

「除非她肯自己付帳單。」

賀許看到房間對面的電腦。「那臉書呢？電子郵件呢？」

「那些怎麼樣？」

「她有在用這房裡的電腦嗎？還是自己有一台？」

黎安搖搖頭。「我們全家都用這台。」露出不好意思的樣子，她說：「蜜莉亞上中學時，鮑伯和伊鳳送的。他們換新電腦了。」

賀許感受到他們家的貧窮和慘況。唐納文一家過得很勉強，但像蜜莉亞這樣的小孩，看到別的小孩有什麼，也會想跟人家一樣。「我可以借走這台電腦幾天嗎？我會開張警方徵用清單給妳。」

他沒讓她知道，他在蜜莉亞皮夾裡找到一張密碼的清單，講了她可能就沒那麼願意出借，因為黎安．唐納文眼中的疑惑已經散去了。他看得出來她態度有了轉變：女兒的死，她已經能夠看出女兒死於骯髒手段、背後藏有更大的內幕，稱此為「意外」，非常有問題。

她斷然搖頭道。「我們有要用。」

「裡頭的東西都會列為機密，唐納文太太。」

「這不是要申請那個叫拘票什麼的東西來嗎？」

照理是要啦，賀許心想。「那可以讓我看一下她的臉書頁面和最近的電子郵件嗎？妳可以坐旁邊一起看，以防我不小心看到妳和奈森私密的東西。」

「我覺得這不太對。我現在理智不是很清楚，總覺得不應該讓你來這裡打探消息。」

「對，那好，唐納文太太。是我太沒同理心。」

賀許站起來，知道說不過她。「關於蜜莉亞的事，我再次向妳表達遺憾。」他又說，很慎重地。

「你們永遠抓不到凶手的。怎麼抓得到？早就被他跑掉了。」

「我們不會放棄的。」

黎安．唐納文用力吸了一口菸，把上頭最後一公分的菸尾都抽掉，菸頭上的火星突然很亮地燒光。「凶手搞不好連自己撞死人都不知道。意識不清地在半夜開車，怎麼好像地上忽然高起來一下。可能是壓到兔子，沒事，沒必要停下來。」

賀許也知道她話有道理。「奈森去上班嗎？」

「老闆准他一個禮拜假。」

「他是在穀倉那邊上班嗎？」

「對。」

「外頭院子停的是他的車嗎？」

「我的。」

「那他外出怎麼辦？」

「現在是怎樣？你是覺得是他撞死她的嗎？你是哪根蔥？」

還好伊鳳．繆爾及時一腳衝進來，她可能本來就在外面聽著，這才救了賀許，省得他再挨一頓罵。

他藉故說要去泡壺茶，逃到廚房避難。兩個女人沒理他，自顧自地又抱又哭。她們兩戶應該經常這樣，從後門進來串門子，他猜想，一邊朝水壺裝水。水槽上的窗戶一角已經長蜘蛛網了，紗窗也卡了塵埃，但還是可以很清楚看到後院：有個已經垮了的雞舍、旋轉式的曬衣架，上頭用線掛著兩張曬硬了的茶巾，一輛生鏽的車身，被雜草團團圍繞。後院大門通向外頭的巷道，小徑上雜草這一簇、那一簇的情形，顯示這裡常有人走動，有些草下的泥土都被翻了起來，賀許不禁想，蜜莉亞夜裡會不會愛從這後院偷跑出去。

等著水燒開的空檔，他看了一下冰箱門上。用可愛造型磁鐵貼了幾張名片和電話號碼。蜜莉亞・唐納文的近照，穿著學校制服，有點不是很整齊，還有家人合照：蜜莉亞、媽媽和她哥。她哥哥是黑頭髮、黑皮膚。賀許取下這兩張照片，把它們併排在桌上，再用手機貼近拍下來。

這時他聽到有人停車、甩車門、腳步聲，他走到玄關時，家裡合照裡那個男孩就站在那，瘦瘦的個子，穿著黑色T恤，鬆垮的牛仔褲，褲頭掉到屁股一半。他眼睛紅紅的，有點嚇到，但一等他注意到賀許的制服，難過的心情就變成了警戒、自卑變成了忿怒。

還有害怕。但賀許沒法完全解讀，因為這時他後頭又出現另一個孩子，個頭很壯、紅髮、有青春痘和剛長出來的短髭。看到賀許在，他也嚇到，賀許才剛要叫他們別緊張，後頭那年輕人馬上就手一揮，說：「晚點見，奈特。」

奈森也揮手道：「晚見。」

紅頭髮拖著腳步出去，上了一輛改低車身的Commodore，賀許記得這週稍早看過這輛車。它從路邊很大聲地排出一堆廢氣揚長而去。

賀許轉過來找奈森．唐納文，他已經走到起居室的門口，確定媽媽沒有事找他就躲進臥室。

賀許搖搖頭。他不想讓這孩子更難過，但他終歸得找他問問。奈森肯定也知道他不會就這樣走了，就算他走了，也很快會回來。

他跟在奈森後面，敲敲他的門進去。奈森成個大字型邋遢地躺在小房間床上，雙手張得開開，大大髒髒的運動鞋，鞋帶解開散在磨損的塑膠地板上。這裡是他的洞窟，賀許朝房裡邁進一步時，他卻一動也不動，賀許又邁了一步。

「奈森嗎？我是保羅．賀許豪森。」

好一會男孩才聳聳肩，眼睛還是看著天花板。

賀許端詳著他，審視著這個骨架勻稱、淺褐膚色、瘦高的男孩——他其實很迷人，但你要能穿過他的一臉敵意才能找到。「我知道現在你不適合談這些，但我很想盡快找到撞上蜜莉亞的駕駛。希望你可以幫得上忙。」

太遲了，賀許才剛在想他話中用了「我」會不會用錯了。他一個人能夠幫上什麼忙？他話中用了「我」，會不會有助於讓他跟被大家瞧不起的雷德魯斯警方切割，改變奈森的成見呢？靜了一會後，氣氛依舊愈來愈靜，他注意到，空氣中有一股悲苦和挫折。

「我問幾個問題就好。」他輕聲道。「比如說，你知道蜜莉亞上週末的計畫嗎？」

「不知道。就出去。她老是往外跑。」

賀許問：「我跟潔瑪聊過。是她載蜜莉亞到雷德魯斯的酒吧，但之後她跟另一個朋友到不用下車的娛樂場所後，就不清楚蜜莉亞的行蹤了。你知道嗎？你禮拜六晚上或禮拜天早上有見到她嗎？」

奈森搖搖頭。

「你去哪了？」

「酒吧。」

「哪？」

「斯博丁。」

「跟剛剛載你回家那個人嗎？」

「對。」

奈森依然看著天花板。「他叫什麼名字？」

「誰？」

「你朋友。」

「山姆・韓波。」

「他有可能會知道蜜莉亞的行蹤嗎？」

「哪可能。」

「你們那晚都在外頭，還是有回家？」

「回家。」

「你有注意到蜜莉亞在家，或是回家後又跑出去嗎？」

「她高興怎樣不會跟人講的。」

「那她男友呢？」

「什麼男友？」

「有個明顯比她大很多的人。」

奈森聳聳肩：「不知道。」顯得很不想多聊。

*

賀許回到客廳。

「你見到奈森了嗎？」黎安問。

賀許點點頭。「他一問三不知。」

黎安和伊鳳・繆爾互看一眼。「鳳認為讓你看看電腦無妨。」

賀許朝鄰居繆爾太太一笑。「妳們大可以在我後頭看我操作。」

兩個女人表示不用，似乎生怕看到什麼。賀許於是坐在老電腦螢幕前，打開主機，等著開機，再將蜜莉亞・唐納文皮夾裡的那張紙條攤平。電腦跑得很慢，也不是無線的。

紙條上有兩個密碼：第一個密碼幫他打開一個叫做「MeID」的檔案夾，裡頭存著學校作文、電子郵件複本、日記和照片。他不用幾分鐘就一一看過。但沒有特別的，除了有幾份提到「酷」。這是名字嗎？還是想法？第二個密碼則是臉書用的，他在裡頭找，卻沒有任何她的祕密。

「最後一件事，唐納文太太，妳可以幫我列張蜜莉亞學校和鎮裡朋友的名單嗎？」

結果花了好一會時間才完成，黎安還因此很不好意思，因為其實名單很短，她卻想了好久。賀許回到警站，開始一一撥電話。學校放假，名單上的學生有半數都不在家，其他人則說不清楚蜜莉亞的行蹤，還覺得怎麼會有人認為他們會知道，這太扯了。

下午他硬著頭皮打電話給柯洛普。

「你什麼意思，失蹤了？」

「她留了張紙條，沒說她要去哪。」

「太扯了。你有問家人？朋友呢？」

「都問不出來，警長。」

「她在怕什麼？有什麼不可告人的事嗎？」

「還是單純只是自責，因為沒把閨蜜照顧好，警長。」

「去把這臭婊子給我找出來，好嗎？直接拖去接受正式審訊。」

「是，警長。」

「還有，你說魁恩聽證會是怎樣？」

「我要去參加，警長。下禮拜一整個禮拜。」

柯洛普沒說話，但心裡想的是，**你這抓耙子、內奸**。

賀許下一個要拜訪的人是麥克斯考醫師。「柯洛普警長簡單講了一下，但我想問問你這邊有沒有要補充的。」

感覺醫生已經自行對案情下了結論。「我覺得不應該私下討論案情。」

賀許嘆了口氣。「問題在於，柯洛普警長要我們共同偵辦此案，我負責的部分，則是調查死者生前最後行蹤。所以，你這邊有任何發現嗎？」

「你應該是想知道胃的內容物？」

「有總比沒有好。」

「她生前吃的不多，數小時前吃了一個漢堡、幾根薯條，有喝葡萄酒。」

「警方需要血液毒物化驗報告。她可能有受到藥物影響。」

「你這是在教我怎麼做嗎？賀許豪森警員？」

他有話直說……「之前我問的點狀皮下出血呢？她僅剩那眼眼周的斑點？」

再次沒有回答，然後才有個聲音僵硬地答道：「要是她是被汽車撞到，然後被拋飛、身體落到路旁樹叢，應該會有一片撞擊式的傷痕，對不對？因此，單就此點而言，那應該不會是點狀皮下出血。」

「合理。」

「你要找的應該是開車族。」麥克斯考道。「從她在高速公路旁倒臥的情形來看，她嚴重內傷，符合遭大型車輛撞擊後，拋飛到路旁的情形。」

「是快速撞擊嗎？我沒有看到任何車輛滑行痕跡。」

麥克斯考複述了同一段話：「唯一能確定的是，受害人嚴重的外傷和內傷，符合遭大型車輛撞擊的情形。」

「卡車嗎？」

「卡車的傷勢會更嚴重。比較像是廂型車或是四輪傳動車。」

「她身上沒有毆傷吧？或是鈍器的傷痕？」

「就算有，但我不認為，這種傷勢也會被其他傷勢蓋過去。」

賀許很小心地問：「醫師，你說你以前幫蜜莉亞看過幾次診。是不是……」

「不是很常。大概就幾次而已。」

「哪方面的？」

「耳疼，小時候，經痛，就都告訴你吧。」

「不知道她是不是性方面很活躍。你有沒有給她開過避孕藥。」賀許道。

「她不是處女，如果你想問的是這個。」

「那有沒有跡象顯示，她死前幾小時，有過性行為？」

「不排除有這可能，但她軀幹主要部分有大型的傷勢，從鼠蹊部到頸部這個部位，這符合遭廂型車或四輪傳動車正面撞上的情形。這樣說你懂嗎？」

「所以她體內沒有精液？」

「你是沒聽過保險套這種東西嗎，警察先生？」

「都沒人知道她男友是誰。」

「這問我也沒用。」醫師道。

週四這天，賀許到東邊查訪了好幾個小時，喝飽了北方來的暖風，最後打道荒涼路回家。經過維米嶺時，他想到凱蒂．史崔特和傑克森．拉第瑪兩人，還有他們害怕普勒和韓森，以及黑色克萊斯勒的事。基於員警職責，還是去看看他們好了。

拉第瑪家應門的是一個十多歲的小男生。大概十四歲，身材很結實，頭髮亂糟糟的，完全沒有整理。滿臉痘子，有一顆超大痘子就長在人中，他看到賀許，害羞的說不出話，也不敢正眼看他。他說自己叫克雷格。

「我想跟傑克打聲招呼，他在嗎？」

「不在。」

「你媽呢？」

「不在，謝天謝地。」

喔。所以賀許只好說：「那傑克還好嗎？」

「他也是謝天謝地走得好。」克雷格喃喃自語。

大概是指學校放假吧，賀許心想。她帶了小的去阿德雷德還是哪裡，大的就留他自己在家；可能是被禁足了。

他開車到馬路對面那一家，停在富豪車後面，朝屋子走去。凱蒂．史崔特在陽台上的吊床喚他。她今天就很熱情，不像那天那樣對人有距離。「可憐欸，要調查蜜莉亞的事。」

賀許坐在歪七扭八的地板上，背靠著欄杆。「對啊，在放假嗎？」

「對。」

「妳看什麼書？」

她直接把封面給他看。《梅岡城故事》（*To Kill a Mockingbird*）。

「電影看過嗎？」

「看過。」

她又往吊床一躺，現在他只看得到她懸在床邊的單隻細瘦小腿，髒兮兮、滿是結痂傷疤的腿，然後就聽到她說：「你最喜歡哪個人物？」

她肯定希望我說絲考特（Scout），他猜想，所以他說：「阿布．芮德（Boo Radley）。」

「哈。」

但沒想到他這答案，卻暗暗說中她某些心事。她又撐起身體看著他。他問：「傑克還好嗎？還以為你們兩個會在一起玩的。」

凱蒂闔上了書，兩腳一起懸出吊床外，她用力搖搖頭。「他出去了。」

「喔。」

她跳下吊床，坐到他身邊，腳趾縫沾到泥巴和草而有點不高興：「你來是找我還是找我媽？」

「都可以，也都找。剛好路過。」賀許道。「你們沒再看到那台車了？」

「沒有。」

「沒什麼好害怕的。那兩個傢伙離這很遠，何況，他們很快就會被抓到了。」

一陣沉默後。「我和傑克一直很乖。」

賀許笑了。「最好別太乖。」

「真的很壞。」

「放假就是要這樣啊。媽媽在家？」

「在附近。媽！」

沒回應。「那煩人的女人去哪了？媽！」

賀許笑了。

凱蒂被逗樂了，朝賀許靠近。「你有逮捕過人嗎？」

「有。」

「那有射殺過人嗎？」

「凱蒂，警察不會沒事到處開槍射殺人的。」

「那次你逮到我們開槍時，我們其實有很小心。」

她的臉往上抬，纖細的頭髮勾勒出臉龐。淡褐色的肌膚、沒有雀斑，秀緻雙唇。她臉上有著溫蒂的影子。

「我知道你們很小心。但是子彈不長眼，要是射到什麼東西，像石頭之類的，方向就無法預測。這叫流彈。」他說。

「我懂什麼是流彈好嗎。」

「嗯。」

「媽！」女孩又喊了一遍。

沒回應，她便說：「跟我來。」帶著賀許沿著屋子到多風的後院。

他突然停下腳步，感覺有一股慾望蠢蠢欲動。溫蒂．史崔特就在草坪正中央，那裡有根曬衣繩，上頭晾著一些白床單，像朵大花，她正在跟它們纏鬥著。床單隨風在曬衣繩上翻來覆去，一下裹住她、一下又捉弄她、一下又貼著她瘦削的身子變成扁扁一大片、下一秒又被風吹得飽漲。他看著她手忙腳亂、手舞足蹈，穿梭其間，靠著雙手瞎摸、到處找曬衣繩和曬衣夾。

「在演古羅馬宮廷劇？」他喊道，但顯然講得不對時機。

她從床單裡掙脫出來，不高興地瞪著他。「很有趣嗎？」

穿著牛仔褲和T恤，T恤上這溼一塊、那溼一塊，她穿過草地走向他，在腿上擦乾手。「要以三級謀殺罪名起訴我女兒嗎？」

「她不肯招。」他搖搖頭。「應該帶個黑臉警察來的。」

溫蒂．史崔特在離他幾公尺外停了下來，等一會兒。

「我剛好來到這一區，所以就想來打聲招呼。」

她點點頭。沒有敵意，他想，只是不放心。她轉頭瞄凱蒂，她很識趣，一溜煙跑掉，朝屋子前方消失得無影無蹤。

她走了以後，賀許吸了口氣。「事實上，我是想問問，妳能不能告訴我一些蜜莉亞．唐納文的事。」

「蜜莉亞．唐納文？」

賀許點點頭。「警方意外事故小組正在追查肇駛者，我則負責追查她跑到蒙考威的原因。如果能多知道一點關於她的事會有幫助。妳教過她嗎？」

「十一年級的數學。」

「妳教數學？」

「別那麼吃驚。」

賀許咧嘴笑了。「她是怎樣的學生？」

「很乖，有來的話。但校外的事就全然不知了。」

「聽來的呢？」

溫蒂・史崔特把頭髮往耳後撩。賀許差點想伸手幫她。「各種各樣的，主要都是和男孩子、狂歡還有她媽媽的事。」

「有什麼特別的嗎？」

「沒有，這就要問別人了。」

「妳在學校看過年紀比較大的人去等她嗎？」

「沒有。」

「妳知道她怎麼去上學嗎？」

「搭巴士。來回雷德魯斯和蒙考威之間。」

「蒙考威。所以她有認識蒙考威那邊的朋友？」

「她和誰都不是朋友。倒不是說她沒朋友，而是她似乎比同齡孩子都早熟，所以她們看不在她眼裡。」

「所以她都和大一點的人當朋友？年紀大的男生？男人？能告訴我名字嗎？」

溫蒂搖搖頭。「你不了解，我所知無幾。你去問那個潔瑪・皮徹。住在提佛頓。」

「她不太願意說。」賀許說。接下來的問題有點危險，他小心翼翼地開口。「在妳看來，蜜莉亞的性生活，是不是很活躍或是很有經驗？」

「還好我不是警察，還真討人厭。聽好了，我對她認識很少，但我的確覺得，以她這年紀，會不會懂太多了點。她沒有表現出來、沒在賣弄，只是有點不知所措，覺得自己跟別人不一樣，這樣說不知道你能不能體會。」

「這邊的小朋友常用毒品嗎？或是愛喝酒？」

「跟城裡小孩差不多，但可能比較少一些，說不準。」

兩人忽然沒話說了。「我到對街住戶問問。」賀許道。

「這是你這次來的目的嗎？看小朋友有沒有拿槍亂射？查看他們媽媽有沒有管好他們？」

她的態度沒有很嚴厲，甚至有點尋他開心。賀許淡淡地說：「我只是不想看到他們無端恐懼害怕，而且我也真的必須調查蜜莉亞．唐納文的事，還有本來勤務就要求我得時不時來東部巡邏一下。」

溫蒂．史崔特瞇起眼睛看著他。「好吧，那你應該已經聽說，艾莉離開她老公的事了吧？」

原來那少年之所以會那樣是這原因。「哦。」

「她回城裡娘家了。傑克也帶走了。克雷格比較親他爸。」

「以後都這樣了？」

「好像是。」

這真的很讓人心曠神怡，站在太陽下和迷人的女人聊天。溫蒂．史崔特似乎也沒有急著要回頭去忙曬衣服。她又伸手去撩不聽話的頭髮，就這樣簡單的一舉手、前胸衣服一緊、下巴微傾、脖子稍露出來，就讓賀許如癡如醉，良久難以自己。

但礙於這一身制服，勤務在身，總是這樣。

他直罵自己沒膽，不敢表達自己的想法。開車回到提佛頓，一進鎮裡，就看到住他隔壁的老太太推著購物車，進了泰南的雜貨店。他跑進後院，跳過側圍牆，把他之前藏在這裡的蘋果手機和現金拿出來，然後驅車前往克萊爾，暗自祈禱，路上不要有人打來報案，說配種公羊失竊或是貓咪卡在樹上之類。之後他走進鎮裡郵局，把手機和現金指名寄給自己，地點是巴漢挐（Balhannah）郵局，在那邊存局候領，他爸媽就住在巴漢挐的山坡地上。

11

週五，小鎮第一場死因審訊。

賀許第一次參加死因審訊，也是他第一次進到鎮民活動中心，在警局對面兩百公尺外，是一棟精緻的石砌建築。木造地板、牆上嵌木鋪面則鋪到一半高、粉彩藍漆面、結實的木腳架擺著盆花、掐錫天花板和得獎羊群照片、歷屆議員照片，掛在各處牆上。一邊有一道樓梯、一整排走道的會議室——鄉間婦女協會吧，他猜，還有退伍軍人協會、議會廳之類的。大廳門外一張簡單的木頭椅子上，擱著厚紙板告示牌：今日於此進行審訊。

他走了進去，停下來感受一下大廳的寬敞程度。高窗、更多的嵌木牆面、上好的舞廳用地板材料、遠端是一座舞台，兩旁有邊廂，後面的布景上則畫著蠻荒地區場面。賀許思索著，搞不好這齣舞台劇目前還在演出，除此之外，小鎮也的確需要一個場所，好讓小學音樂會、新年舞會、上流社會名媛初登舞會、草莓節、自由黨募款晚會等等有地方進行。舞台下還有張桌子，上頭有麥克風，旁邊有兩張椅子。一側還有一張小桌子、一張椅子和一個麥克風架。驗屍官和助手應該是坐一張，賀許猜想，而證人則坐另一張。還有一個黑板架，上面擺著一面長方形的東西，用布罩著。是放大的局部照片嗎？還是顯示陳屍位置以及道路的鳥瞰圖？

這大廳富麗堂皇的內裝，卻壞在裡頭擺了十幾排的鐵製折疊椅。有人大概估計得太樂觀了點：會場僅有的觀眾都坐得好分散，他們分別是柯洛普、麥克斯考醫師、一名意外事故調查官、雷德魯斯地區雜誌記者、那家雜貨店老闆、發現蜜莉亞·唐納文屍體的布羅肯希爾礦工南卡洛、繆爾夫妻，他們旁邊則是奈森·唐納文和他媽媽。溫蒂·史崔特沒到——但她又有什麼必要來呢？

柯洛普轉過他那顆大大的頭，擠到賀許前面：給我滾到這邊來。賀許乖乖聽話。跟柯洛普兩個肩靠肩硬擠在一起，也只能這樣。

「早，警長。」

「你倒是說說，你住的地方，離這車程只有兩分鐘，對吧？」

「有電話要接，還有電子郵件要回。」

「說到電子郵件，你發的那封沒說你下禮拜要請假多久。」

「可能要請個幾天。」

柯洛普咕噥抱怨。「還好這裡案件還應付得過去。」他停了會後說：「禮拜六前能回來就好。」

「警長？」

「足球決賽。所有員警都要待命。」

賀許難掩興奮之情。「你是說雷德魯斯到時候會變得很熱鬧？大家都會上街？」

柯洛普突然不作聲，臉色難看。「要是倒楣，可能會搞得你掛彩。」

「那還真讓人期待呢，警長。」

兩人陷入靜默。賀許玩著手機，看著兩張空無一人的桌子。他知道會找他來，是驗屍官的決定。今天的聽證會，要確定蜜莉亞・唐納文的死因、肇事者和地點，並讓目擊證人交待細節，然後就會暫時休會，直到警方調查結束後再開庭，而這過程可能要耗時數月。腳步聲響了；一個形容枯槁的人現身，他挺直腰桿、臉色鐵灰。「他以前幹我們這行的。」柯洛普低聲說。賀許從他那板著一張臉的表情，看得出來他警察舊習未改，他走到大桌子後就叫：「女王陛下所聘驗屍官到，請起立。」

眾人起立，一陣廉價鐵椅撞擊、摩擦地面的鏗鏘聲，交響著在空中迴盪，一名中年婦女隨即在衣物摩擦聲和橡膠鞋跟踏地聲中現身，她一臉慈祥、帶著絲不好意思，像是家中長輩似的，和剛才那位鐵青著臉的老警察形成對比。她微微向大家致意後，等眾人坐下，旁邊那男性就大聲道：「所有行動電話請關機。」

「說你啦。」柯洛普低聲道。

賀許關掉手機，放進口袋。

驗屍官沒坐下，但手在桌上的那些檔案夾中翻動，再看向成排的鐵椅，接著直接看向賀許。賀許被這麼一看，突然覺得很尷尬，頓覺整個大廳好像只有他一人。拜託妳坐下來好嗎？

她對著偌大的大廳講話，音量飽滿、隆隆作響、很有教養，在大家頭上迴繞著：「謝謝各位過來一趟。大家可能好奇，為什麼要選這個場地：很簡單，我希望能親自去看看唐納文小姐陳屍的地點。我去過了。同時我也想說，歡迎鎮上所有人共同參與調查她的死亡真相。」

黎安・唐納文聞言痛哭失聲。驗屍官手放在心口、口中欲言又止。黎安和兒子把椅子往後一推，衝出大廳；伊鳳・繆爾趕忙跟了出去。

驗屍官面露不安地道：「我謹在此宣布，蜜莉亞・安・唐納文死因審訊庭正式開始，死亡時間約於九月二十日星期六當天或稍早，此庭將於稍後休庭，以利警方完成偵訊，以及任何相關犯行起訴之必要程序展開。」

她終於坐下來，取下眼鏡。「今天要先確認死者身分與死亡地點、時間還有死因。證人，包括法醫和警方，接下來會出示相關證據，接著我方官員會針對可確認的情況進行總結。」

語畢她換了副眼鏡戴上。「如上所述，我已經前往唐納文小姐陳屍現場看過，希望藉由在她家鄉展開死因審訊，儘量鼓勵其親友出面，共同協助此庭以及警方，以便查出凶手。」

柯洛普斜眼看向賀許，賀許看出他眼神中的怪罪：是他坐視潔瑪・皮徹逃走，害得案情陷入膠著。

「今天所有作證的人，都要立誓，之後還有可能必須向警方遞交正式筆錄。但這不表示，今早會議中所有程序，都是有用和具影響力的。只有助於真相的，才值得挖掘。」

賀許聽到身後那些有點單薄的鐵椅，紛紛出現換姿勢的聲音。他猜，出席的人多半能說的不多，除了一些基本的資料，或是表達哀悼之意。

南卡洛第一個被叫到。他解釋自己為什麼會往南開上屏障高速公路，又是怎麼發現屍體的。驗屍官對此沒有異議，接著傳喚賀許，他則是把自己筆記本上抄的都念出來：時間、日期、距離、人員行蹤、載運屍體等等。當中用到很多警方的字眼，像是「女性死者」之類的。

「之後我就一直留在現場，直到意外調查小組到達。」

「到這階段，是否有對屍體進行正式身分比對？」

「麥克斯考醫師表示，他認識死者。」

「你只憑他的指認？」

賀許瞧了柯洛普一眼。柯洛普張開雙手沒說什麼，賀許便向驗屍官道：「柯洛普警長負責全案調查，所以對於此點，也負責提供進一步的細節，但據我所知，他跟麥克斯考醫師一樣也認識死者，隨後他看過屍體，也表示對麥克斯考的指認沒有異議。」

驗屍官在紙上塗寫著，抬起頭。「我這邊可以確認，在採用另一種指認方式後，即以齒模紀錄指認，能夠確認麥克斯考醫師和柯洛普警長的指認正確無誤。賀許豪森警員同仁，你可以下去了。現在請艾斯里警長。」

艾斯里總結了其組員在事故現場的調查結果：沒有車輪痕跡或是打滑痕跡，也沒有撞擊蜜莉亞·唐納文車輛所留下可供指認的破損殘缺。

「會不會肇事車輛不只一部？」

「如果妳是指，先被一台撞倒後，遭另一台輾過，案發現場並沒有發現證據足以支持或否定這樣的假設。」

接著傳喚麥克斯考。他敘事清楚、明確、毫不含糊，他先確認死者身分、傷勢和死因。「我的看法是，她被車輛撞擊，其力道足以致命，並將她拋飛到陳屍地點。受撞擊部位在右臀、右臂和右側軀幹，這顯示她可能是背對著該車，正準備轉過頭面對該車時遭到撞擊。另外，她頭部也有重大傷勢，依我的經驗判斷，這顯示她被彈飛後，又撞擊到擋風玻璃，又或者撞擊到車頂，才又彈飛到路邊。」

「除了車輛撞擊傷勢外，是否還顯示有第三方的暴力？」

換言之，她是否有遭到掐頸、刺傷、毆打、香菸燙傷、綑綁、下毒、強暴等跡象……

「都沒有。」

「血液毒物化驗結果呢？」

「顯示有使用酒精和大麻。」

「分量足以導致喪失方向感？」

「我的意見是，量諸她的瘦小體型，是的。」

柯洛普被喚上去。他證實死者身分，並交待警方調查方向。同時也指出蜜莉亞·唐納文好搭便車。

驗屍官感謝他，等他回到座位後說：「初步正式驗屍審訊到此結束。接下來我邀請社區成員，就你們所知，請務必勇敢說出來。」

會場上幾張椅子稍微移動了一下。

她等了一會，鄭重地看著他們的臉。「很好，那審訊到此宣布休會。」

「全體起立。」旁邊的官員喊道。

「靠，浪費了一個早上。」柯洛普小聲說。「拜託給那醜女找個朋友好嗎？」

「我下禮拜都在城裡喔，警長。魁恩調查庭。」賀許提醒他。

柯洛普直盯著地板瞧，看也不看賀許一眼。

12

週六早上，賀許參加了蜜莉亞・唐納文的葬禮。在一間小天主教教堂舉行儀式，車隊亮著車燈一路駛往山丘上的墓園，是個風沙很大的紅土丘陵地，有很多螞蟻和桉樹。到場的人都哭了；中學的小朋友難過到無法自已，但溫蒂・史崔特很努力把持住。凱蒂踢著地上的泥巴，站在傑克・拉第瑪和他媽旁邊，另外還有對六十多歲的夫妻。是外祖父母嗎？

賀許站得離大家很遠。他感到哀傷，但並沒有為死者悲痛不捨的感覺。他觀察眾人，但盡量低調些，不要讓人發現。除了中學生，現場還有成年男女，有老有少。當中有十分之一的人他叫不出名字，但這些人倒是都認識他。其中有一、兩位跟他點點頭；其他人則是看看他，這一區向來就對警方積怨甚深。鮑布・繆爾請他之後一起來聚會，備有茶點、飲料，但賀許婉拒了。溫蒂・史崔特發現他在看她，對他招招手。

*

那天下午，他被一名農場包工找去，地點在距離小鎮數公里外的地方。這名包工的工作會視季節調整：犁田和耙地、播種、收割、運送捆乾草他都會接。他也幫忙修籬笆和鑽井、剪羊胯下的毛、搭棚，想得到的農活他都會幹。他領著賀許穿過泥巴地，來到一堆農具、乾草和工具棚前面。「你自己看看。」

一間錫造小屋的門被人撬開，門上金屬材質留下的敲打痕跡還很新。「我才去那可憐女孩的葬禮一會兒，回來就變這樣了。那群渾蛋還偷走我兒子的越野腳踏車，摸走我一些工具。電鋸、割灌木機、好幾罐燃料、鋸子、刨刀、管鉗扳手等等。」他瞪著賀許。「我敢說，不是只有我被偷。那群王八蛋一定也到葬禮去了。他們看上去葬禮的人，算準我們有幾個小時不會在家，會在墓園參加儀式，趁這時間溜過來打劫我們。」

很可能就是這回事。賀許為他開了報案三聯單，好讓他向保險公司索賠，但沒說會破案的大話，便回城裡去了。後來又接到兩通電話，有人參加完葬禮返家後，發現家裡窗戶破了、門被撬開了，工具、電腦還有電視機全都失竊。

凶手應該是開卡車或是轎式貨卡，在前往最後一通報案電話現場回來後，賀許這麼猜想。但這地方到處都是卡車和轎式貨卡。

回到鎮上時，賀許開的警車已經在路上拖出長長的影子了，籬笆欄杆和電線桿的影子也在鄰近牧場上拉出長長的線條。這時他看到警局外停了一台髒兮兮的 Holden 轎車，一名女子正從駕駛座下車，手裡握著支行動電話。「謝天謝地。我打了你門上釘著的那支號碼，可是我手機收不到訊號。」

賀許記得在剛剛的葬禮見過她，是站在艾莉森和傑克・拉第瑪旁邊的年長女性。「有什麼問題嗎？」

她樣子很慈祥、自在、頭髮黑中有灰；但顯然是遇到麻煩事，雙手緊握。「是我女婿，他跑到我家來鬧，我怕會出意外。」

「快帶路，地方遠嗎？」

她已經上了那台 Holden。「不如你上我車來，路上我說給你聽。」

賀許想了一下。他該把警車上什麼東西帶著嗎？還有讓她開，會不會出車禍？

「快點。」這位太太催促著。

不會，應該是不會。他鑽進 Holden 副駕駛座，繫好安全帶。「請教貴姓大名？」

那位太太直接從路肩往路中心切，沒打方向燈、也不看後照鏡。反正屏障高速公路沒什麼車。「海瑟・洛夫，我女兒這禮拜突然帶著小兒子跑回娘家，求我們讓她住一陣子。她的婚姻一直有狀況，我們自然答應她了，但她先生不停打電話來，要她回家去，剛剛他就突然跑來，大吼大叫狂罵髒話。」

「妳女兒是艾莉森・拉第瑪嗎？」

「對，你怎麼知道？」

「我們有稍微聊過。」賀許道，停頓一會後說：「她先生會動手是嗎？洛夫太太？」

她深深嘆了口氣。「這我不確定。雷伊這人是有點跋扈專橫，我只知道這麼多。」

海瑟・洛夫開到天主教教堂後方時，轉進一條短巷裡，賀許趕緊坐正。這巷子街旁兩側各有四間房，他們要去靠農地邊緣的最後那間。八間老屋被小屋般大小的灌木、脫皮的尤加利樹簇擁著，典型小鎮屋子，面街窗簾永遠緊緊拉下，也始終安安靜靜。一台笨重的綠色 Range Rover 斜停在最末一間屋子外面。屋子前門和庭院小門中間的小路上，站著一名男性，高大、結實、全身緊繃，灰褲、黑上衣還有運動外套，是來談和的打扮。另外有一名年長男性站在門口，擋著不讓他進門。

洛夫太太停到街邊，賀許跟著下車、戴正警帽，朝屋子走去。走到前院門口時他停下腳步，打量著這兩名男性，兩人也打量著他，屋主的表情無法判斷，但賀許感覺到他心情放鬆了許多，帶著一絲「就算你不來，我應該也還應付得來」的意味。雷蒙・拉第瑪的神情則不同，他雙手繃緊用力、蓄勢待發，像條上緊發條的彈簧，準備要爆發開來。

「兩位。」賀許道。

拉第瑪無視他。「海瑟，妳竟然去叫警察？」

「先生。接下來的事儘管衝著我來。」賀許道。

拉第瑪猛搖頭，像是被一群笨蛋惹到快崩潰失控的明理人。「這裡用不著你。我們自己就可以解決。」

巨大、正在用力的雙手。賀許打量他的雙手、軀幹，揣摩他此行的目的。艾莉森・拉第瑪的先生，在下午這麼晚的時刻，還刻意把鬍子刮得這麼乾淨，穿上自己最體面的便服。這個男人個頭高大，而且懂得算計。但現在他不裝了，也不跟你客氣了，儘管頭上刻意梳理的頭髮，還留著髮梳的痕跡，顯示他原本還想先禮後兵。他帶著高漲的怒氣望著賀許，就像從來沒人敢這樣挑戰他一樣。這讓賀許有了最壞的打算。他手指畫過腰間繫著的配槍，估算兩人之間的距離。

「我說話你聽到沒？我們處理得來。用不著警察。家務事。」

「雷伊。你嚇壞我們了，我只好去找警察來。」海瑟．洛夫道。

「少唬我了，海瑟，妳心知肚明。」

海瑟．洛夫的先生從陽臺那邊喊道：「用力槌門、大聲叫嚷又罵髒話，我們感到備受威脅，雷伊。你還講了很恐怖的事。」

「那只是一時氣話，凱斯。我只是想跟艾莉說說話，說完就會走。」

「現在不成，今天不成。你給她點時間。」

「我已經給她很多時間了。這樣躲著不面對，離家出走，不跟老公面對面談，只是逃避現實。要是艾莉能現在跟我回家，對大家都好。」

「你嚇到她了。」海瑟．洛夫道。「你也嚇到傑克了，可憐的孩子。」

拉第瑪強自鎮定下來，平息怒氣。他搖搖頭，大步走上小路，一副忍氣吞聲、無條件投降的樣子。「真是太扯。一個用心的丈夫和父親，這麼努力想為家裡的困境尋求解決之道，卻被大家聯合作對，還找來警察。」

海瑟．洛夫從另一頭跑上去和先生會合。「艾莉需要多點時間，雷伊，可以嗎？」

「一天？一個禮拜？到底要多久？」

「給她時間。」洛夫一邊說，一邊推她先生進屋裡。賀許感覺他們女兒和孫子應該在屋裡，正從窗簾後面往外偷看。

拉第瑪正打算上他的 Range Rover。「先生，你離開前，我跟你短短說幾句好嗎？」

他停下腳步，冷眼打量賀許。「你是新來的員警。提醒你一下，你長官和我交情很好。懂嗎？」

「我還不是很確定，你是否就此不再騷擾這家人，拉第瑪先生。」

賀許原以為他這話會引來對方不滿。沒想到，對方卻投以微笑。「你這渾蛋，我太了解你了。」

賀許等了一下。等待已經成為他生活中一個常態了。他等著對方發狂、忿怒謾罵，因為這些他都經歷過。最後他點點頭道：「先生。」然後和拉第瑪擦身而過，進到洛夫的院裡。當他伸手敲門時，聽到 Range Rover 開走的聲音。

海瑟來開門。「真是太感謝你了。」

「你們會希望向法院申請保護令嗎？洛夫太太。」

她笑了。「倒沒這個必要啦。」

賀許遞出名片給她。「有需要隨時打給我。」

13

「今早要上教堂嗎？」

賀許爸媽禮拜天早晨都要上教堂。這問題其實只是他們習慣的問候：他會在早餐後打電話過去、問問上教堂的事、聊聊他妹在英國的事、問大家身體健康、最近爸媽又見過誰……每週日，透過這樣的交談，賀許腦海中對家濃到難以抵抗的感官記憶，會被他們的聲音喚醒：週末家中煎蛋和培根的氣味、父親的菸味、阿德雷德山丘小鎮的光影變化、草坪灑水器的聲響等等。

但過程中大家都沒有問的是：**你真的有接受賄賂嗎，保羅**？

通常到這裡就會結束，但今天賀許卻多說了一句：「午餐過後我要過去。」

「小心駕駛。」媽媽說。

車行兩個半小時抵達阿德雷德後，開上一個山丘的陡坡，在轉向巴漢掔之前，路況都很穩。這邊的氣溫要涼快一些，飄著春天的青草味。如果是禮拜天，準會遇到來此野餐的車潮，但今天路上車卻很少。一片綠意從路兩旁朝他湧來，他陷入空想，有點心不在焉，這時忽然警笛大作。

一台巡邏車，白黑相間，嗚咽著、盛氣凌人而來。這裡速限九十公里，賀許車速則是八十五。車上儀表運作正常、煞車燈會亮、方向燈會亮。車子沒有後照鏡是破的。也沒有在十字路口違規、也沒有不讓路。賀許很快警覺，白日夢馬上煙消雲散。

要是對方搜他身，他們就會發現他腳踝那把貝瑞塔（Beretta）手槍，而且是把無照槍枝。

他把車停往路邊，坐在車上，引擎沒熄火，看著後照鏡。對方車上有兩人，但擋風玻璃角度的限制，看不清楚樣子。時間慢慢過去，賀許開始覺得到了該用槍自保的時候，就將槍拿到大腿上，藏在街道名錄下。他們不下車，可能是還在打電話給警局報案，他猜想，但只是胡亂猜。但也可能是他們搖下車窗，靜候週遭動靜，畢竟在平原上方這塊丘陵小鎮區域，往返車輛來來回回、上上下下並不少。如果有車開過來，馬上就會聽到聲音。如果打算在這邊動手幹掉賀許，那就要等到四下無人的時候。

果然馬上就出現一台車，是台不突出的白色Holden。賀許看著它慢慢開過，停到路邊，又倒車，這下他被前後包夾了。他把一發子彈轉進槍膛，彈開保險。

依然沒有動靜一陣，接著，有動靜了。Holden一共有四個人，全是便衣，後座一名乘客從車內伸出一隻手，拿著行動電話，對著賀許上下揮舞著，只露出黑西裝的袖子前緣、白襯衫的袖口，以及露出窗外的平頭側耳接聽電話。

會有人打給他嗎？還是要他用那手機打電話？賀許從手機架上拿下他的摩托羅拉，朝擋風玻璃一貼，向對方表示：「輪到你了。」

原本進入休眠的手機螢幕，忽然被鈴聲和畫面喚醒。賀許接聽道：「你好。」

「你好？」他媽媽答。

賀許道：「妳好。」心中不禁納悶，這群渾蛋，怎麼有辦法接通他家電話。

對方一直沒回應後，他又說：「媽，是我。」

她沒聽到他的聲音，她的聽力並沒有問題，電話線路也很正常，家裡用的也是新的無線電話，是他去年聖誕節送爸媽的禮物。那就是有別的狀況。她再次說話時——「你好。」、「有人嗎？」——這次聲音中出現了恐懼。

「媽！」賀許大叫，但他知道大聲也沒用。

「你們想怎樣？為什麼要這樣捉弄我們？」媽媽在電話裡說。

「媽。」賀許道。電話喀答一聲，前面白車後座那人，又拿出兩個設備朝他揮舞，一台手機，另一台是數位錄音器。

白車隨即揚長而去。後方的巡邏警車也跟著開到路中間，在經過賀許車邊時，還刻意停了一下。副駕駛座是一名女性，她用手指做出開槍的動作，然後車上兩人就這麼開走，再次囂張地鳴笛。

二十分鐘後，賀許問：「你們有接到什麼匿名電話嗎？」

「我們怕你擔心。」

爸媽家在一條安靜小巷的最後一棟，一點防護都沒有。沒有警報器、沒有鐵窗、大門沒加裝安全防護，一側的鄰居是位臥病在床的老婦人，另一側則是牧場，後方是苗圃。賀許檢視每扇窗子，再拉拉看每一面百葉窗和窗簾。

「你這樣搞得我們好緊張，保羅。」

「那些電話最早是什麼時候開始的？」

「幾天前。」媽媽說。

她是救護車派發單位的員工，身材纖細、四肢修長、很容易緊張的那種女人，工作常要接觸酒鬼、毒癮患者、受驚嚇和精神失常的人。她對賀許的愛，卻是心不在焉的那種，就好像不太確定怎麼會生下他一樣。倒不是對他不好或是凶巴巴，也不是疏於照料，但就是都只顧到實際面，被別的事分了心一樣。母親和賀許的妹妹比較親近。

「你們有報警嗎？」他問。

賀許父親費力地抬起頭，他跟太太一樣很瘦，上午上教堂時穿的衣褲還沒換下來。他退休前是木匠，身上因此不乏傷疤、風溼。他用低沉的聲音輕輕地說：「你覺得我們一報上自己的姓氏賀許豪森後，警方會什麼反應？」

賀許道：「我覺得爸媽到別的地方避個幾天會比較好。」

「幾天。」

「就待到這週結束。或者可以早個幾天。等我作證完畢，就立刻給你們電話。」

媽媽上來抱抱他，但只是輕輕一抱。「應該沒這必要吧，你覺得呢？」

家中主客廳的窗子有點不一樣。賀許走過去端詳。「玻璃新換的。固定玻璃的泥膠也是新填的。」

他話聲中有責備的意思。

「一塊磚頭。」爸爸說。

「什麼時候的事？」

「週五晚上。我們去鎮裡看電影回來後發現的。」

「昨天早上才剛請人來修好。」媽媽說。

「你們怎麼都沒說？」

「現在不就說了嗎。」

「才不是，你們是被我發現了才說的。別再用怕我擔心的那種說詞來騙我了。」

「我們是真的怕你擔心啊。」

「只有磚頭嗎？」

「只是塊磚頭他們還嫌不夠。」賀許媽媽說。「上頭還綁了張紙條，好確定我們知道他們用意。」

「我猜猜：『叫你兒子不要出庭作證。』」

「不只這樣。」爸爸說。

媽媽開口了：「『叫你那雞巴兒子，罩子放亮點，狗嘴閉緊點。』」

賀許從沒聽他媽媽講過這麼髒的話，她講時還興奮地眼神發亮。媽媽板著張臉的樣子挺美的，但他看得出來，她心裡是擔心的，他也記得剛才那通電話中，她聲音裡的恐懼。她的神情沒變，卻似乎哪裡放不太開。

「媽，拜託，勸勸爸。你們到北邊避個幾天。」

爸媽在黃金海岸有一間與他人共用的度假小屋。正好學校假期快結束了，他們過去時，應該不用跟其他屋主共用。

「你覺得你的同事會對我們不利嗎？」父親問。

「他們會對我不利嗎？會。」賀許答，癱坐在扶椅上，身體因為緊張而不堪疲憊。雙腳伸直，雙臂則張得老開，一副我的話你們到底有沒有聽懂？

他牛仔褲的褲腳拉了起來，父親看到藏在賀許腳踝的貝瑞塔手槍。他臉上頓時一陣慘白。賀許感到不好意思，把褲管拉長遮過腳踝。「只是以防萬一。」

「這也提防得太慎重了點。」

「我想不出別的辦法啊。要是我照原先跟你們說的那樣，在這邊住上一週，會害你們也有危險。要是我住到城裡，留你們在這，等於置你們於險境。要是我跟你們一起住這裡，我白天還是要出去。所以，算我求你們，當作是給自己放幾天假。打電話請個假。等風頭過了，他們就沒必要再威脅你們了。」

「但他們還是會找上你啊。」

「這我來處理。」

「你要是入獄了，就處理不來了。」父親說。

這話中有話，帶著請求，希望賀許能夠親口保證，不會發生這樣的事，保證他絕對沒有貪汙收賄。

賀許看著媽媽，她則看著老公。「卡爾。」她說。

「艾娃。」

那天近黃昏時，一家人都出門了，原本預訂要去倫馬克（Renmark）住的船屋也臨時取消。同時，賀許覺得自己應該還是對方的目標。他也不願爸媽度假回來後，發現他陳屍在從小睡的床上，他又臨時訂了一家鐘點計時的汽車旅館，地點在南路（South Road），還預付了四天的住宿費。

「現金或信用卡？」

「信用卡。」賀許答。

但他繼而心念一轉，又跑去外面找提款機。他知道，雖然提款會留下自己領錢的地點，但至少那之後的金錢去向不會留下紀錄。除非他的車被裝了追蹤器。費心思打點這些已經讓他精疲力盡，他差點忘了，明天一早還要開回山丘那邊，把他在巴漢挐郵局的包裹領出來。

14

取回包裹後，賀許在週一九點四十五分時抵達警局總部。在大廳等候時，他瞄到馬可斯·魁恩。魁恩的穿著彷彿正要去臨檢掃蕩，他踩著慣常的緩慢步伐、惡狠狠地朝一群人走去，大樓裡有很多通道禁止進入，那群人就在其中一個通道入口處等候。魁恩這人是絕對不會被誤認成是老師或是生意人的；他不管怎麼看，就是個警察。高大、一板一眼、面無表情、世故。不能用帥氣來形容，因為他真的不像一般人，但當他真的笑起來，卻有他的魅力。賀許在扶椅上儘量坐低，只希望不要被他看見。

魁恩突然停下腳步，一副在嗅聞空氣中氣味的樣子，他轉過身來，現在直接朝著賀許而來，像是頭鯊魚攻擊獵物、找樂子一樣。停了一會。冷笑著，皮笑肉不笑，眼睛只是冰冷大理石上的兩道裂縫，臉部則只是幾道銳利平面和陰影組成的幾何圖形。他沒有說話。賀許眼神空洞地盯著他，然後開始挖起鼻孔，真的把手指插進去的那樣挖。魁恩轉開身子，向走道上那些人打招呼，套交情的高手。

*

審訊賀許的房間，很適合野蠻橫行，那是間完全由淺褐色和米色牆組成的房間，不突出的地毯，還有張小茶几，上面擺了一個水瓶和幾只水杯。房裡有股清潔劑和古龍水的味道。兩名高階員警陰著臉坐在前排，俯看著賀許。賀許獨自坐在中間一張桌子旁，他腳邊有一只手提箱，裡頭是他的筆電和蘋果手機，還有那兩千五百元的紙鈔。他事前要求律師陪訊，但被駁回：說是沒有這個必要，只是例行問幾個問題，不用擔心。而在同個房間裡，沿著牆坐著的，還有好幾位不同分隊的員警，這些人也都是因為被魁恩帶壞違反警紀：有些是毒品、有些則是攜械搶劫，還有弊案等等。

蘿西．狄萊爾也在，她身邊坐著另一名女性，散發著反感和忿怒，好像是痛恨賀許一般。留著短髮、結實、脾氣不好，只要不小心跟她對上眼，她臉上就掠過一絲不屑。他以為所有內部調查官員他都認識，但就是不認識這女人是誰。他朝蘿西看去，帶著詢問的眼神，這是妳朋友嗎？蘿西輕微地聳聳肩，表示賀許不用擔心這個。

檢察官？或許是吧。可能是特別小組的人，過往聽說過一些關於他的小道消息，但未獲證實吧？

蘿西的上司是一名叫蓋迪斯的巡官，他率先提問。他瘦瘦的，像隻黃鼠狼一樣很會找破綻，非常適合這份工作，長長的手指，敲著電視機上盒的側邊。「你對天堂花園的第一印象是什麼？」

天堂花園是阿德雷德新成立的外圍郊區：房價低廉，多半是勉強度日的年輕家庭，人口組成不易掌握。這邊的人高度仰賴社會救濟，但社會福利服務卻很少。就業機會很少，年輕人也沒地方可以去，連去其他城鎮的巴士和火車站都沒有。但蓋迪斯指的不是這個郊區，他指的是天堂花園警局，不過這警局也跟天堂花園一樣功能失常。賀許心中納悶，是起因於前者還是後者。

「初任刑警工作，長官，所以我對工作地點並沒有預設想法。」

蓋迪斯臉上一副不要閃躲問題的表情。「之前一份調查中，你曾說過在加入天堂花園高階警長魁恩的聯邦調查科不久後，你就感受到『一股氣氛』。這話是什麼意思？」

這讓賀許覺得乾脆不要拐彎抹角，正面回答他的問題。「會這樣說，是因為每次只要我走進警局食堂和更衣室，大家就會忽然安靜下來。就好像大家都不信任我。這讓我覺得自己好像被當成告密者。」

蓋迪斯蔑視地竊笑，但大家還是看得出來。「後來這種氣氛有改善嗎？」

「慢慢有。」

另一名審訊員憔悴有病容，他問：「請詳細說明。」

賀許自知剛剛把自己講得不堪，所以就修正道：「一開始，大家對我是避之唯恐不及，毫不加以掩飾。比如說，出去臨檢或是社交活動，很少會找我，只讓我留在聯邦調查科接聽電話。這情形後來有改善。一陣子後，大家則只是當我不存在。就像是家具一樣。」

「因為你是新進員警啊。何況局裡本來就需要隨時有人接聽電話。」蓋迪斯道。

最好是，賀許心想。

另一人道：「這些社交活動，是指晚宴派對？烤肉之類的嗎？」

「晚宴派對、烤肉、脫衣俱樂部、長達四小時的午餐還有夜總會。」賀許道。

台下有人笑了出來。蓋迪斯大吼。「夜總會，想必就是指火鶴了？」

「對。」

「這間夜總會的老闆，是考曼徹羅幫（Comancheros）成員的弟弟。」蓋迪斯說。「你覺得聯邦調查科和其有無利益關係？」

「天堂花園聯邦調查科，只對性和金錢感興趣：那些在密室裡的姑娘、回扣，以及會向魁恩買古柯鹼的考曼徹羅幫成員，而古柯鹼則是魁恩從贓物保險櫃中竊取的。」

「是**高階警長**魁恩[1]。」蓋迪斯說。但他沒多講，就往下進行。「你不可能完全只接聽電話吧。按理應該還是有執行部分聯邦調查科的勤務吧？」

「的確是有。」

「有哪些呢？」

「我協助調查一些小型案件。像是竊案、噪音申訴等等。」

「你是否曾在調查一宗噪音申訴案件時，接受了五百元的賄賂？」

「沒有，這純屬不實。」賀許道。「局裡人手短缺，我被派去查看一間酒吧打烊後的噪音。酒店老闆給我五百元，求我睜隻眼閉隻眼。我收了錢後，立刻向局裡申報，並寫了一份報告。之後更口頭告知魁恩，喔，不對，應該稱他高階警長魁恩。這些都寫在報告中。」

「這份報告我們找不到，賀許豪森員警[2]。」

「少來了。」

蓋迪斯道：「你態度最好放尊重點。這樣做對你並無好處。」

賀許不理他。「除了交給我五百元以外，這位酒吧老闆還帶我到後頭房間，裡頭有人在玩撲克牌和輪盤。他們要我一起玩，我推辭了，並謊稱我接到電話要去別處調查。這些也都寫在報告裡。」

「你說的報告沒人看到。你跟高階警長魁恩口頭報告時，他怎麼說？」

「他說，『大崔夫拿錢賄賂你？這不像他的作風。』接著我對魁恩……」

「是高階警長魁恩。」

「接著我對魁恩說，我們應該要臨檢這家酒吧的賭間。我同時也認為，那邊可能還有別的房間進行賣淫。魁恩說應該要做萬全的準備，建議我再去找大崔夫，這次要裝竊聽設備。」

「稱呼他高階警長魁恩。」

「德不配位，他不配這職銜。」賀許發難了。

蓋迪斯嘆氣說：「後來你有裝了竊聽設備，再去酒吧一次嗎？」

「一週後。這次他又給了我五百。而且他還提議，以後每週都會給錢。」

「這次的見面有錄音？」

「對。」

「你把錄音交給高階警長魁恩？」

「是的。」

1 澳洲警察制度中，高階警長 senior sergeant 比警長 sergeant 高一級，警長職銜中最高的是 senior sergeant first class，在警長職銜中最低的，比警長低一級是 brevet sergeant，其下才是各級警員 constable。

2 澳洲警察制度中，員警 constable 是最低階的，只比試用員警高一階。要升上四階到第一級高階員警後，才能升上名譽警長 brevet sergeant，之後才是正式警長，員警比資深警長低了六階。

另一人咳嗽一聲。賀許看不出他灰白臉色的表情。「結果呢？」

「他兩天後打電話給我，指稱錄音器材可能故障，他只聽到雜訊。我說我有謄寫在筆記裡，願意抄一份給他。他說，『好啊，那你抄一份來。』所以我就抄了一份給他。」

「結果這份報告似乎也同樣不存在。」蓋迪斯說。「之後呢？」

「沒了，就沒下文了。」

蓋迪斯對他笑一笑，按了機上盒。大廳裡出現嘶嘶嘶的聲音。「雜訊。你錄音失敗了，當然就不會有下文了。」

「我的錄音沒失敗。」賀許道。他從公事箱裡拿出筆電，調大音量，按下播放鍵。這時房間裡出現他的聲音，還有另一個聲音說：「今天給五百，之後每週給一百五，你覺得怎樣？」

「崔佛．迪恩的聲音。也就是大崔夫。」賀許道。

蓋迪斯驚訝地吞了口水。「這份錄音證實過真偽嗎？」

「沒有。」

「有正式申報嗎？」

「沒有。」

「那麼又有什麼……」

「在我判斷魁恩這人敗壞警紀後，我就有習慣，所有東西都多備份一件。一次都沒有馬虎。」賀許道。

臉色灰白的那人瞪了蓋迪斯一眼，又看向賀許，這讓賀許感覺或許已經多一個人站在他這邊了。

「接下去說。你在天堂花園警局那一年，有看到他們成功執行很多大型案件嗎？」

「有。」

「搶案調查、證人偵訊、臨檢工作、逮捕人犯？」

「有。」賀許答，搶先在蓋迪斯問下一個問題前他又補充：「但是，更多的時候，該小組說是『有把握』的案件，卻往往空手而歸，或者是沒收的毒品和失竊的贓物沒入後，都沒有經過正當申報程序，沒收進證物保險箱。」

蓋迪斯顯然惱火了道：「證物保險箱的事晚點會再進行。你憑什麼對自己的指控這麼有把握，要是你的工作只是接接電話，或是其他勤務？」

「因為後來我慢慢起疑。有一天我看到刑警雷德在臨檢前撥了電話，結果那次臨檢就無功而返。隔天，他前往前一天臨檢的酒吧時，把手機放在局裡充電，所以我就翻他手機裡的通話紀錄。他當時撥給一支手機。下班後，我前往他們前一晚臨檢的地址，並撥通他前晚撥的號碼，結果聽到電話鈴聲響起，竟然在垃圾箱裡發現該手機。而丟手機的人，還忘了把裡頭的個人資料：照片、簡訊、谷歌帳號、通話紀錄等等刪除。手機主人就是前晚臨檢的對象，雷德提前給他通風報信。」

「你的話可信嗎？」

因為，雷德早就死了。他被判刑入獄後，就在獄中畏罪自殺了。這不是重點，賀許想，他接著拎高了公事箱。「如果你們想看，我可以給大家看我拍下雷德手機的照片，還有我在垃圾箱找到的手機。」

「想必妳也將這些資料，交給內部調查的員警了？狄萊爾警長，他有給妳看這些資料嗎？」

她就坐在賀許後面不遠處，他可以聽到她咳了一聲，在椅子上換了個姿勢，為了不讓她被找麻煩，他大聲說：「東西老是會不見。」

這句話顯然給蓋迪斯找到轉移注意力的機會。他得意的冷笑道：「是被狄萊爾警長弄丟了嗎？」

「不是，不是她，是被其他人，在你底下工作的人。」

臉色很差的那人這時發問：「再談回聯邦調查科的臨檢工作。高階警長魁恩所率團隊臨檢搜獲毒品和貴重物品後，後續發生什麼狀況？」

「從來沒有好好登錄，長官。有時只提及部分物件、有些則是短報數量，諸如此類的行徑。」

「那你判斷他們這麼做的動機是？」

「我相信魁恩一夥人暗槓了部分毒品和貴重贓物，以便日後變賣。」

「賣給考曼徹羅幫。」

「考曼徹羅幫看毒品看得比鑽石耳環還重。」

有人笑了。臉色蒼白的那人道：「你有該小組暗槓所獲贓物轉賣的證據嗎？」

賀許露出不自在的樣子。「有一次臨檢我有參加，當場起獲大量的失竊珠寶，之後他們把查獲的一只勞力士手錶給我。」

「你有轉賣嗎？」

「沒有。」

「你有向上申報嗎？」

「沒有。」

「你私藏了。」

「在我置物櫃中。我不知道該怎麼處理。」賀許道。魁恩足智多謀、交結廣闊，但這話賀許只能跟自己說。他請的辯護律師都比他的高明，而且過去他還逮捕過許多頭號歹徒，都是報紙頭條等級的大新聞；而賀許——孤立無援、婚姻失敗，有段時間，他也的確崇拜過魁恩。

「所以你就不加處置？」

「我有自己建檔做筆記。」賀許道，再次晃動自己的手提箱。「標明時間、日期、牽涉人員、序號等等的資料。」

「你把錶留著。」

「沒錯。」

「數個月後，這錶在你的置物櫃中被搜出。」

「對。」

「因此讓檢察官成功將你與該組涉案成員連結在一起。」

賀許不說話。

蓋迪斯道：「所以其他人到這階段已經都信任你了？」

「沒有全然信任，但就沒往其他方面多想。有我在時比較沒那麼有戒心。就我之前說的那樣，像家具一樣。」

灰臉的人說：「第一次審訊時，高階警長魁恩的律師主張，其小組成員部分行為屬於『立意良善型的警紀敗壞。可以請你針對這點講講你的看法嗎？」

「這個呢，我知道什麼意思。」賀許揚起上唇、面露不屑。「這只是好聽話，意思是說，如果你明明知道犯人有罪，卻找不到證據證明的話，就假造證據栽到他頭上，好定他的罪。」

「你有看過高階警長魁恩假造證據栽贓嫌犯過嗎？」

「他跟我吹噓過這樣的事。」

蒼白臉色的人說：「我們有取得其他線索證詞，顯示高階警長魁恩另外也蓄意挪用證據，或是偽造假證詞，以保護他的線民，或保護與他有生意往來的犯人。這點你可以加以證明嗎？」

賀許不確定這是怎麼回事。蓋迪斯對這段話並不是很滿意，但是他沒說話。他說的那些其他線索又都是誰，賀許也猜不透，他只好照實說。

灰臉的人往後一靠，有點洩氣的樣子，但他說：「你在天堂花園執勤以後，就開始習慣保留詳細的紀錄對吧？」

「對。」

「你還記錄過哪些事，又如何保存？」

「有照片和錄音。還有清單，許多的清單。」賀許道。

「哪方面的？」

「行賄者的清單。臨檢所獲毒品或貴重物品數量、相對於隨後審判時上報的清單數量。車牌號碼。電話號碼。還有我自己對於各個事件的紀錄：某某人在什麼時候、什麼地點說了什麼話、做了什麼事，以及我對於這些事的懷疑和猜測等等。」

「全都沒被人發現？」

「沒有。」

「你肯定藏得很好。」這意味著高層臨檢警局和他家時，都沒有找到這些東西——除了那只勞力士手錶。

「我都存在網路。」賀許道。

那他就要好好解釋這些網路系統的運作方式了。蓋迪斯問：「你是否也儲存了高階警長魁恩所寫的那些資料呢？」

「沒有。」

「那有錄下他或他組員說的話嗎？」

「沒有。」

「為什麼？」

「該小組都異於常人的警覺且多疑。他們很少透過電話、紙筆或是電子方式聯繫。」

「所以你的紀錄就不是很全面了。」

「是的，但……」

「有紀錄顯示，高階警長魁恩在多家旅館、酒吧、房產、賽馬、股市都有投資……你本身是否也有類似的投資？」

「我有一台車齡十年的日產汽車。」賀許道。台下出現一片竊笑聲。

蓋迪斯道：「那你對聽證會眾人說說，你和伊萊莎・蕾伊小姐的關係。」

渾蛋。賀許強忍住氣。「她是位律師。」

「**毒蟲**律師。」

「是的，當時我並不知道。」

伊萊莎・蕾伊不過是他在法庭或是去獄中訪視犯人時，經常會遇到的一名律師，很漂亮，但總是一副心事重重的樣子。後來兩人開始聊上天。賀許覺得她很迷人，但總是心不在焉。一些狗仔小報提到她時，總說她是胸大無腦的美女，但賀許覺得她其實有腦。兩人一起約出來喝了幾次酒，後來也上了床。等到他發現她的真面目時，已經為時已晚。現在他就急著想要解釋清楚。

「你那麼晚才察覺到？」蓋迪斯道。

「對。」

「你太太因為這樣離開的嗎？」

「早在這之前我們就分開了，」賀許道。「但她卻因此而搬離。」

蓋迪斯見獵心喜。「所以你和一個毒蟲律師同床，卻對她全然一無所知？」

「一直到有人提醒我。」賀許道。

當天他在酒吧，忙自己的事，兩名高階毒品科的刑警，不懷好意地跑進他的包廂，一左一右包夾著他。「伊萊莎・蕾伊。」其中一人道。

「她怎麼了？」

他們向他透露：控制警方、有個藥頭男友、該死的魁恩協助她、有照片證明。「你睡到人家的二手貨了，老兄。」

蓋迪斯的意思是：「你指望我們會相信，你對這女人沒有一點概念，也不知道她從事什麼勾當？」

「一直到事態已經不可收拾。」

「那兩名刑警還告訴你哪些事？」灰臉男性又問。

「他們注意到一個模式。要是她的客戶被起訴持有毒品，魁恩就會想辦法幫該客戶脫罪，在法庭作證『是我們誤植證物，庭上。』或者『我們對於被告交保無異議，庭上。』他們會臨檢明知是安非他命製毒工廠的場所，卻空手而回，假稱未查獲毒品或生產工具，也查無工人或是藥頭。」

「他們認為是高階警長魁恩通風報信嗎？」

兩名毒品查緝科的其中一名員警在報告中認為，應該是賀許和律師情人蕾伊間枕邊細語，不小心走漏了風聲，兩人私底下眉來眼去的結果。一定是兩人感情如膠似漆所致。

「但事實上，通風報信的人是你。」蓋迪斯道。

「不是。」

「他們要你跟蕾伊小姐分手嗎？」

「對。」

「結果她怎麼反應？」

其實，賀許不再回伊萊莎電話後，他感覺到她應該很難過。但他並沒有告訴蓋迪斯。他也沒有說自己變得更警覺、家裡鑰匙也全換掉，還買了把貝瑞塔小手槍、辦了一個人家查不到的新門號、換了新手機。他更從此不再遊走警察工作中的灰色地帶。他表親有次發生行車糾紛後，曾要他幫忙查一個車牌號碼，便被他拒絕。一個昔日同學被憤怒的債主討債，求他保護，也被他拒絕，還好，事後發現，這個同學根本就是騙子、詐欺犯。

蓋迪斯道：「我們取得手機通聯紀錄，顯示你曾經打過幾通電話給數名藥頭。」

「這我解釋過了，電話是蕾伊小姐打的。」賀許道。

「我猜是趁你不注意時偷打的囉？」蓋迪斯不屑地道。「還真不少事是趁你不注意時發生的嘛，賀許豪森員警。」

15

週一和週二就這麼過了。

到了週三，蓋迪斯又重提勞力士的事。

「在你看來，他們為什麼要給你這只錶？」

「讓我跟他們同流合汙。不能置身事外獨善其身。」

「那你有被同流合汙成他們一夥嗎？」

「沒有。但他們可能以為有。」

說沒有也不盡然，因為，他們那夥人對於司法制度的蔑視，賀許是有部分共鳴的；法院、法官、州長等的懦弱、黨同伐異，以及不公正本質等，他們都有同感。因此一些為了追求正義，在制度上抄捷徑、法規上通融，這類的作法，就讓他頗感心有戚戚焉。或者覺得最少這樣可以懲罰到某人。一種光明對抗黑暗的同仇敵愾感，讓他也慢慢產生一種歸屬感。

「那只錶你始終沒戴過？」

「沒有。」

「就一直鎖在你置物櫃裡，等著被人找到。」

「對。」

那天內部調查科的官員趁著員警早上換班時，臨檢了天堂花園警局，一些正好下勤務、上勤務的員警立刻被逮個正著。那些請病假的則在家中被捕。警局裡所有人都被請出去、鎖重新更換、電腦和檔案都被沒收。整間警局被徹底搜查。毒品在運動袋裡被找到、槍枝則藏在天花板的凹洞裡，還有成綑的現金，藏在冷氣風管中。之前失蹤的檔案、錄音帶、證物袋，也都從別的案件號碼檔案櫃裡搜出。

「你從一開始就可以向上通報。現在我們都知道了，天堂花園警局的主管並未涉案。你當時其實可以向內部調查科申訴。」

「我不知道裡面誰是可信的。不管當時或是現在，我都認為內部調查科站在高階警長魁恩那邊，給予他許多協助。」

蓋迪斯不說話了，也沒有反應。賀許看來，似乎就是一種無聲的忿怒。

「但你非但始終未通報內部調查科，反而只是從偵查庭後一直強調自己沒有涉案。」

第一次的偵查庭前後進行了長達十個月的時間。當時賀許將自己的紀錄，包括和大崔夫、酒吧老闆等人的對話錄音都上繳，後者本來就已經列入那次偵察庭的偵訊對象。之後賀許才知道，原來內部調查科早已掌握大部分的資料，這讓他感到安心，因為他自己的那些資料多半能證實他們的看法。這讓他覺得自己不是抓耙子、內奸。

那次偵查過程中，魁恩的部屬一個一個中箭落馬，有的則是繼續上訴，最後只剩下魁恩和賀許沒事。但之後卻開始有人搞下三濫的手段。他會在很晚時接到電話，另一頭沙啞的聲音，問候他媽媽、妹妹、外甥女身體健康。信箱中還多次收到子彈，車道上被倒了一整車的水泥，一週內被警察攔檢酒測三次。

在法庭上也出賤招。魁恩聘的律師刻意傳那只勞力士手錶為證物，指控賀許分到的贓物不夠多懷恨在心，才會反咬其他同組員警。賀許認為他們的供詞只會自傷，因為這不就表示律師都認為自己的客戶有罪了，但庭上卻無人指出這點。其他對他的指控還包括：沒有目擊者可以證明他的說法、遺失關鍵證物、收賄、收受饋贈、洩漏消息給媒體等。還有他手機上撥給藥頭的那幾通電話，也成為證據。

魁恩的組員雖然一一中箭落馬，他本人卻始終屹立不搖。兩名員警被判入獄服刑，另兩名要繼續上訴，一名資深員警逃亡了，還有那名叫雷德的員警則飲彈自盡。

這整件事唯一的光明，就是讓賀許看清了一些事。他看過很多警察，這行幹久了，心態慢慢會走偏。而這種走偏往往是不自覺、不是刻意的；也就是說，多數都是因為未能從大處著眼、欠缺長遠的眼光。有時，遭遇一些不公平待遇，或是覺得不合理，這種心態慢慢發酵；開始會感覺自己做這麼多，卻沒有獲得更好待遇、更多大眾肯定。會覺得，不然至少也應該多些好處、獎賞，像是升官加薪、美女如雲、出差開會還有勞務津貼等等。總之，就是覺得應該更被尊重。日久，這種情緒就會積累成不滿。而這時，那些本來就有心違法的壞警察，反而因為懂得規避而逍遙法外，另一方面，媒體卻只會成天盯著收賄的警察報導，而不會給那些幫助孤兒做分外好事的警察更多篇幅。這種情形下，身為警察，又怎會不凡事炒短線、執法時睜隻眼閉隻眼，圖利特定人士呢？

「你有在聽嗎，賀許豪森員警？」

賀許眨眨眼。「有，長官。」

「你這是想說服我們，說你遭人誣陷，只是因為你被擺在一群貪贓枉法的警察之中，錯不在你？你服從一名高階員警，也是出於不知道他違法情事，而誤信奸人之言？」

賀許一直就擔心這一刻，而這一刻終於到了。「對。」

蓋迪斯今天身穿一套深藍色西裝，淺藍色的襯衫，領帶則是再深一點的藍色，領結打得很平整，壓在他瘦可見骨的脖子深處。金框眼鏡閃閃發亮。一絲不苟到和灰臉男形成強烈對比，灰臉男今天一早到現在都還未開過口，卻已經一副精疲力盡的樣子，他鬍子也沒刮乾淨、滿臉皺紋，紋風不動坐在那。蓋迪斯卻是一直動個不停，這時他拿起一只盒子，穿過房間，走到賀許面前。

接著朝桌上倒出一只蘋果手機還有幾把鈔票。「這些東西是上禮拜在你私家汽車裡翻出來的。你是否能夠告訴我們，這些是從何處得來的？」

賀許拿支筆戳戳手機，又戳戳鈔票。「以前從來沒有見過。」

蓋迪斯樂壞了。「喔，是嗎？你以為我們會相信嗎？」

賀許聳聳肩。「你高興信什麼就信什麼吧，反正這些東西我從沒見過。」

「你再看仔細一點。」

賀許便用手帕從桌上拿起手機，放在手掌上，開機，看著螢幕亮起。「是 iPhone 4」，這才說了話。這過程他爽壞了，但不讓人看出來。「顯然收訊有問題。」他又看一眼道。「好像到開機畫面就卡住了。拿到 eBay，或許可以賣個幾塊錢。」

「別在那邊耍寶。」蓋迪斯道。他看著檔案，又說：「這支 iPhone 5，原本和這些鈔票一起收在天堂花園的證物保險箱中。」

「真的假的？這是最新款的 iPhone？」賀許在座位上搖來搖去。「在座有人有 iPhone 5的嗎？」

蘿西・狄萊爾看出興味來，便走過房間，掏出自己的手機，她穿著裙子，丰姿綽約，一轉身裙子轉成了一個半圓。賀許把兩支手機擺在一起比較。「看到沒？五代機身比較長、比較薄。這支是四代。不小心很容易搞混。」

他把手機遞還給蘿西，對她使個眼色：希望他不會把氣出在你身上。她笑了笑，走回座位。賀許轉頭看著蓋迪斯，他神情變了。他看向屋裡後方一個站著的男性。那男子轉身往外走。

賀許對蓋迪斯笑道：「我說，你的調查員應該有確認過手機上的國際行動裝置辨識碼 IMEI吧？他有比對這支手機和證物箱裡那支的 IMEI 嗎？」

蓋迪斯怒吼：「在急救箱擺一支手機和兩千五百元現鈔，本來就是很不尋常的事。」

賀許聳聳肩。「我說過了，我不知道這東西怎麼進到我車裡的，更何況，它們真的是從那裡找到的嗎？」

蓋迪斯對他搖了搖檔案夾。「我的員警依法正式搜查，每一個步驟都經過拍照、也有證人，完全沒有違反證物監管程序。」

「喔。那很好，既然這樣，你肯定有這些百元鈔的序號紀錄了？」賀許道。

蓋迪斯沒上當。他靜止了一下便走出房去，一副「有人辦事不力」的樣子。灰臉人端詳賀許，顯得不安、喃喃自語。蓋迪斯又回房來，他說：「你這是在懷疑我們嗎？員警。愛說謊的人，總是認為別人跟他們一樣滿嘴謊話。你以為偷換手機和現鈔，就可以讓本局面上無光嗎？」

「長官，你過往的確和一些狡滑又詭計多端的人交過手。」賀許道。他伸手到公事箱中取出筆電。「像這段監視錄影畫面中的人一樣。這畫面中，可見一名婦女打開我的車門，探頭進去。不知道她是何人。是你千金嗎？長官。是你派她辦這事的嗎？」他又看一眼螢幕。「她還真有點你的大膽作風。」

偵訊結束後，蘿西．狄萊爾拉住他。

「你真是聰明絕頂。蓋迪斯氣壞了。」她嘴角一歪，做了個鬼臉。「這下被你制敵機先，智勝一籌了。我猜，他們搜到的錢，其實是你的？原本的那些鈔票你留下來，拿來零花，一張一張花掉？最新款蘋果手機，大概也在你手裡，我猜。」

「以後就知道。」賀許道。

蘿西聳聳肩。「不管怎樣，他們可沒有這麼快會放過你。」

「去他們的。」賀許道。

「改天再說。我想介紹某人給你認識。」

她抓住他手腕，拉著他到之前那個懷著敵意的女子徘徊的地方。「保羅，這位是庫盧姆巡官。」

賀許不動聲色。這不會又是來找麻煩的吧，都已經被蓋迪斯拷問三天了，還不夠嗎？

「哪一科的？」他問。知道是哪一科，其他的問題就大概有底了。

庫盧姆的眼睛縮到像是小石子一樣。「性犯罪。」

賀許打了個寒顫。他的性事表現不算盡如人意，但自認應該還沒有到違法的地步。

蘿西看出來了，投以同情之心，伸出她漂亮的手按著他的手腕。「我們想請你再待個二十四小時，先別回去。」

「這是上級交待的嗎？」

「不全然是。」庫盧姆道。她拿了一張紙條給賀許。「明天中午到這個地址。別讓其他人知道這地方，也別被人跟蹤。」

16

感覺已經玩夠了，賀許把原來的手機和兩千五百元現鈔拿給蘿西，還有他當初在發現處拍的照片，也一併交給她。再請她寫一張收據，之後就回到住宿的汽車旅館。

隔天他轉乘多輛計程車，每輛都只開一小段，最後來到茶樹谷（Tea Tree Gully）商店區的停車場。穿過一道標示「維修」的門，爬上一層樓。敲了這上頭唯一一扇門。

應門的人是蘿西．狄萊爾，她帶他來到客廳，裝潢像是一九七〇年代的汽車旅館。「棒極了。」

「證人藏身地。」

庫盧姆就站在窗邊。「請坐，警察同仁。」

房裡有幾張扶椅和一張沙發，但賀許選了靠牆角小餐桌旁的硬椅。兩位女士互看一眼後，過來坐他旁邊。「庫盧姆巡官想拜託你一件事。」蘿西說。

「為什麼搞得這麼神祕？」

「你他媽給我閉上嘴、乖乖聽我說，會省事快速多。」庫盧姆道。

她還是覺得我手腳不乾淨，賀許心想，不然就是覺得我走偏了。「嘴巴放乾淨點。」他雙手交叉胸前。「有屁快放。」

「你被派駐在提佛頓。」

賀許沒答話。她這不是在問他，只是有什麼說什麼。可能他的人事檔案就攤在她大腿上。庫盧姆拋了個眼神給蘿西．狄萊爾，似乎要她幫忙。

「保羅。」狄萊爾道，手肘撐在桌子上。

「啥？」

「巡官想請你談談柯洛普警長和其他員警。」

賀許一股怒氣立刻飆上來，這段日子他老是這樣，但他說話卻是冷靜、不露聲色。「我不是抓耙子。不是吹哨專家。」

「沒人說你是。」

「大家都這樣說我。你現在不正要我爆料嗎？」

「保羅。我們遇到難題，卻找不到監視的方法。」庫盧姆道。

「是性犯罪案件嗎？柯洛普他們一夥幹的？」

「這我會立刻說明。」庫盧姆道。她不再像剛剛那麼咄咄逼人；她原本以為事情會很順利。「首先，你能不能先幫我們說明個大概？」她瞧了蘿西一眼。「內部調查單位接到關於雷德魯斯警局的數起申訴，但我們不明白來龍去脈。」

賀許瞪著她。「我發表看法或做任何事之前，我要先知道，妳和柯洛普警長、尼可森警員、安德瑞沃瑟警員，還有新來的女員警珍妮佛．蒂伊有沒有私交？不准說謊。」

「沒有關聯。」庫盧姆道。

「從沒和他們共事過？」

「沒有。」

「妳也不是他們任何一位的遠房親戚，或是前女友、警校好友？」

「不是。」

他又看著蘿西．狄萊爾。「妳呢？」

「不認識他們，保羅，也沒跟他們共事過，也不是親朋好友。」

賀許咬著下唇，不置可否。

庫盧姆道：「拜託，警察同仁，這真的很重要。」

她不連姓稱呼他時，他聽得比較順耳。「我只有一則鎮上八卦可以提供。別的沒有了。」

庫盧姆表情說著她很欣賞賀許兜圈處理的方法。因為，如果純粹只是道聽塗說，他就不是抓耙子或告密者。「好的。」

賀許恢復平靜。「是這樣的，他們在當地不受鎮民歡迎。鎮民覺得他們很傲慢、高高在上、手段粗暴。這裡只是個平淡、沒事可管的鄉間小鎮。或許可以說是因為柯洛普在那邊待太久的緣故。他的人脈遍布各處，權力又過大，就以為是土皇帝。」

「就跟魁恩一樣嗎？」蘿西問。

賀許點點頭。「跟魁恩一樣。」他想好後才說：「柯洛普喜歡一切井然有序。這是他的作風。但他和其他員警過度強調這點，設下測速陷阱、酒測臨檢等等。還有像是未經裁決即刻開立罰單、只是擅自穿越馬路就被大聲咆哮。」

他接著回顧尼可森和安德瑞沃瑟講到蜜莉亞．唐納文還有她哥哥的情形。他們對珍妮佛．蒂伊的態度。他向庫盧姆正色道：「只要是女性，就會成為他們攻擊的目標。」他想了一下又說。「或是原住民。」

三人安靜了下來。柯洛普是魁恩的翻版嗎？賀許納悶著。他在腦海中想著魁恩那副趾高氣揚、頤指氣使的態度、違法犯紀手段之高明獨特，怎麼說，柯洛普都不能和他相提並論。但這兩人都很強硬，這樣的人在澳洲全國各地警局都不難看到。

「可以說得再細一點嗎？」

賀許第一個反應是不要再說了。光憑印象，沒有真憑實據不可靠。但他也只有印象可以依據。「我沒有真憑實據，也不認識鎮上的女孩子。」

「你認識啊。」庫盧姆道。賀許聽了很反感。他就等她繼續。

「蜜莉亞．唐納文和潔瑪．皮徹。」

賀許還是等著她往下說。蜜莉亞．唐納文交往的年長男性，會是鎮上的礦工嗎？

「保羅。有人指控，雷德魯斯的員警會要年輕女孩用性交換刑責，以免受罰。只要順手牽羊、酒駕、持有毒品等等落入他們手中的話。」蘿西說明。

「所以，如果你能跟你那些同事走得近一點。」庫盧姆道：「你……」

賀許不理她，對著狄萊爾發火了。「妳們這樣，讓我想到有個詞，叫做『刻意誤導以獲取所要證詞』，我幫夠多忙了。這次會面就到此結束。」

「保羅。有個人想讓你見見。」蘿西．狄萊爾道。

庫盧姆起身，走進房裡另一頭短廊。敲敲門，稍微推開後，探頭進去。賀許聽到有人低聲對話，之後她往後站，請裡面的人出來。

一名少女走了出來。

「別怕。」庫盧姆道，輕聲帶著女孩到沙發旁，招呼她坐下。蘿西離開餐桌這頭，坐到她旁邊，對女孩微笑，微笑中散發溫暖光彩，接著庫盧姆也坐下，這一來，沙發上的三個人，一同盯著賀許一人看。

「保羅，這位是艾蜜莉．哈伯。」

哈伯看起來不到十五歲，但其實應該超過了。很漂亮，但還沒有完全長大，耐看型的少女，圓圓的臉上還帶著稚氣，褐色長髮掛在兩側，頂上則不是很整齊。她的體型瘦削，幾乎可以說是皮包骨，外頭罩著淡紫色T恤，碎花迷你裙，上面有五、六個叮噹響的環飾。她發現他在打量她，就對他撇嘴一笑，眼神帶著一絲邪氣的狡猾。這出乎他的意料，他於是極力不回應她的笑容。因為那不是個不經意、尋常的笑容。

然後，她又好像立刻就把他拋在腦後，隨即拿出一支手機，開始把玩了起來，瘋狂地傳簡訊，臉上帶著一絲淡淡的冷笑。賀許看著庫盧姆，又看著蘿西，挑起一邊眉毛。兩人都微微聳肩，似乎在說她就是這樣，能有什麼辦法。

蘿西輕輕觸碰艾蜜莉的手腕。纖細、修長、有日曬痕跡的手指。賀許不讓自己看她們，轉頭注意聽她說話，「去年底，艾蜜莉涉入一樁……」她遲疑了一下。「一起事件，裡頭還有別的少女，還有一群男性。」

艾蜜莉抬起頭，眼神澄澈、明亮，毫不遲疑地說：「性愛事件。」

「對。」蘿西接道。

「那些男人都戴著面罩，我們則什麼都沒穿。」這起事發經過，她之前已經跟別人說過了。

賀許自覺好像應該開始加入談話。「什麼時候的事？」

艾蜜莉聳聳肩。「好多次了。都在別人家裡。我的意思是，我茫掉了，你懂嗎？完全不省人事了。」

「她講的事都發生在阿德雷德。在郊區，離市中心比較近或比較遠的地方都有。」庫盧姆道。

「有時候也會在鄉下。」哈伯道，急著糾正她。「他們會派大車來載我們，大家一起過去住個幾天。酒和其他開銷都不用我們出，成天就是一直狂歡派對。玩到全身酸痛。」

鄉下。賀許問：「哪裡的鄉下？艾蜜莉。」

「我哪會知道。」

賀許對著狄萊爾和庫盧姆皺眉頭。庫盧姆道：「把妳在報上看到的事告訴保羅。」

哈伯精神一振。「喔，對。好，是這樣的，那個被撞死的女生，我認得。」

「蜜莉亞．唐納文。」

「對，我認識。」

賀許記得很清楚，那天溫蒂．史崔特在後院晾床單時曾說過，她覺得蜜莉亞．唐納文超齡世故。

「你們到鄉下狂歡時她去過一次？」

「我就是這意思。」

「還有誰在？」

哈伯又玩起手機。「啥？喔，對，還有另一個女孩。」

「是不是叫潔瑪的？」

「不確定。可能是吧。」

庫盧姆也加入話局。「艾蜜莉之前也曾在週末派對中吸毒過量，差點沒命了。事後被人丟包在巴羅沙峽谷一家醫院外面。嚇到妳了，對吧，小艾？她把事情跟一名輔導員說，就是那名輔導員通報我們。」

賀許看著女孩，想從她臉上找到確認。她聳聳肩，眨眨眼向他示意。

「潔瑪在這些場合中扮演什麼樣的角色？」

聳肩。「肛交？淋尿？大家做的都一樣。」

「我是說，會不會是她吸收蜜莉亞進去的？」

「才不。」

「蜜莉亞．唐納文在的派對中，妳見過她幾次？」

「不知道，不是記得很清楚，可能就一次吧。」

「什麼時候的事？」

「你這是不相信我囉？他不相信我耶。」

「小艾，沒事的，他才剛聽說這件事，所以很多地方不知道。」

「那他可以不用問這麼多。」

庫盧姆道：「艾蜜莉，我知道這可能不容易，畢竟時間已經隔了太久，但，要是妳看到那些參與男人的照片，雖然沒看到臉，只看身形或是肢體語言，妳覺得妳認得出來嗎？」

艾蜜莉很稚氣地聳了聳肩。「可是我完全不醒人事了，只是依稀看到他們眼睛矇著黑面罩，還有一個傢伙穿著制服。」

「制服。」

她冷笑著道：「**警察**制服。」

庫盧姆和狄萊爾瞪著賀許，彷彿是在說，這下你懂為什麼我們要找你幫忙了吧？

賀許問：「他是來的時候就穿著制服？妳只看到一眼？」

艾蜜莉哼了一聲。「他全程都穿著制服，像是深怕大家不知道警察多無恥一樣。我要上廁所。」

她從沙發上跳起來，跑到走道最盡頭一個房間。賀許看她走後便問：「艾蜜莉怎麼會跟這些人扯在一起？是有人吸收她進去嗎？」

「一個叫莉莉・亨福里斯的女孩，她們都進同一個少年訓練所。」庫盧姆道。「亨福里斯先出來，後來愛蜜莉出來後，就變亨福里斯在罩她。接著兩人的交情就發展成，『要不要跟我認識的那些男的狂歡，他們都很酷。』艾蜜莉點頭了。一開始幾個月，兩人參加了幾次這種派對，地點在城裡，也有在鄉下。派對中會做愛、有酒、古柯鹼，可能還有神仙水（GHB）。有一天，艾蜜莉醒來後，發現自己躺在巴羅沙峽谷的醫院裡，全身酸痛、到處是撕裂傷和瘀青。身上的傷好得很慢，對怎麼躺在醫院的事，她腦海裡開始出現片斷的畫面。他們的作為嚇到她了。最後，她終於想起自己的身體變成這樣，原來是被他們搞的，便把事情告訴她之前的輔導員，輔導員於是和我們聯繫。」

「片斷的畫面。」

「戴著面罩的男人、有人對她動粗、另一人則叫對方下手別那麼重，這類的片斷。」

「那我們找莉莉．亨福里斯來談啊。」

「她不見了。」

「不見，是說可能橫屍荒野，還是下落不明？」

「下落不明。東西全帶走，跳上飛機，跑去黃金海岸了，艾蜜莉說的。」

「什麼時候的事？」

「小艾還在住院的時候。」

「嚇壞了。」

「對。」

「那應該要查查潔瑪．皮徹，是不是也跟她們兩個一起進過少年訓練所。」

庫盧姆笑了。「我們比你早一步想到這點了。亨福里斯和皮徹是同時進去的，比艾蜜莉早。」

賀許盯著蘿西・狄萊爾。「潔瑪不見了。我想盡辦法都找不到她，妳資源比我豐富。」

「我會幫忙。」

賀許點頭表示謝意。「艾蜜莉的爸媽、手足呢？」

「保羅，這些都是從訓練所拘留出來，就被送到寄養家庭的孩子，爸媽不管的。」

賀許絕望地點點頭。「妳們是什麼時候知道她的事？」

「三個月前。當時我們不知道從何查起，但前幾天，她突然傳簡訊給我，說報紙刊的蜜莉亞・唐納文照片，是她認得的人。」

賀許拿出手機。「我有潔瑪・皮徹的快照。可以給艾蜜莉看看。」

「好辦法。」蘿西道，然後對庫盧姆使個眼色。「她進廁所有點久……」

庫盧姆眨眨眼。「糟了。」

她一溜煙跑過去，廁所傳來敲打聲和爭吵聲，賀許和狄萊爾趕忙跟過去，看到庫盧姆蹲在廁所地板，一直甩艾蜜莉的耳光。

「妳吞了什麼東西？艾蜜莉，拜託，艾蜜莉，快醒醒！妳吞了什麼東西？」

看到艾蜜莉慢慢甦醒，賀許便起身離開。她喊痛，要大家走遠點，不要煩她。

17

當天黃昏，賀許回到鄉下那邊。禮拜五整天巡邏，到了晚上，他接到柯洛普的電話。

「聽說你在魁恩聽證會反敗為勝，跌破眾人眼鏡啊。看來是休想在你身上占到便宜了。但既然你沒被開除或入獄服刑，容我提醒你，明天局裡可是需要你大駕光臨喔。」

「維持群眾秩序，我記得。足球賽暴動。要是不小心，可能會被他們毒打一頓。」

「反正明天就給我滾過來，參加十一點的簡報。」

星期六。賀許沖完澡穿上制服，將小型貝瑞塔手槍裝進腳踝槍套，駛往雷德魯斯。柯洛普說：「能請動你的大駕，真是三生有幸啊，賀許豪森警員。」

賀許看了一下錶，早上十一點。「我有遲到嗎？長官。」

「在我底下做事，只能**早到**不能遲到。」

「這點我會銘記在心，長官。」賀許道，還拋給尼可森一記勝利的冷笑。安德瑞沃瑟也在，還有蒂伊，但柯洛普另外還從克萊爾找來兩位員警：雷維爾和莫爾納。都一樣身材魁梧、面無表情，看上去威風凜凜。

「兩位好。」賀許向他們眨眨眼。

「別耍寶了，快坐好。」柯洛普下令。

他在白板上釘了七張照片，五名白人和兩名原住民的大頭照；其中四名是年輕人，三名中年人則約三、四十歲。多半都臭著臉，吃過苦，但都沒什麼工作、教育背景，也沒有女友家人和經濟能力。柯洛普對這些人的看法很簡單。他用教鞭往這些照片上一甩。「要是今天或今晚出現什麼麻煩，那就都是這幾個人惹出來的。」

「或者是一臉領救濟金的人，長官。」尼可森道，咧嘴笑著環顧四下。

下面傳來竊笑，惹惱了柯洛普。賀許這時盯著這幾張照片瞧，其實這些照片中的人，跟尼可森和安德瑞沃瑟沒多大不同。柯洛普這些手下，也一樣教育程度不高、缺乏生活和工作經驗。很排外，只要是跟他們不同的人，便疑心很重。之所以會當警察，純粹只是因為地位。等於是國家發執照，允許他們欺壓老百姓。

「就如我剛剛所說，賀許豪森員警。」

賀許眨眨眼。「是，我聽得很清楚，長官。」

「如我剛剛所說，這幾個澳洲男性模範生，平常清醒時就已經很麻煩了，一旦喝醉，更是惡夢。再加上足球總決賽的刺激……」

免不了就是頭破血流，又是滿地碎玻璃的場面。

「接下來的勤務時間很長，但我幫大家爭取到加班費。如果順利，雷聲大雨點小是最好。但要是各位還有印象，去年，有人拿玻璃容器攻擊，導致傷者一眼失明，羊毛商酒店也上演全武行，打到住院，還有年輕人在那間汽車旅館外飆車，造成一人死亡。」

柯洛普講到這裡哽咽了一下。賀許不禁好奇。這人似乎有感而發。他說話時激動了起來、人挺得好直，就像這座小鎮是他所有，而教化鎮民是他的權力。

澳洲有很多像他這樣擁有自己封邑的硬漢。在這個國家，男人飄忽不定又孤傲難馴，不肯定下來。這些人聰明過人，出庭作證時，總會讓法官、地方法官、律師傷透腦筋。柯洛普派駐這裡多久了？十二年嗎？

柯洛普把教鞭甩到桌上，雙手抱在胸前。「去年的憾事今年不要再重演。史波齡警司也不想看到憾事重演。明白嗎？」

「是的，長官。」聲音此起彼落，響遍房間。賀許想著，地方警署署長盯得可真緊。

「有問題嗎？沒有？那好，大家各就各位吧。」

賀許瞄了一眼手錶：快中午了，足球賽兩點開始。他又瞄了蒂伊一眼，口中無聲念著吃飯。她點點頭。

「啊。兩小無猜來電了呢。」尼可森說。

蒂伊不理他，但臉紅了，收拾東西時，眼睛直盯著桌面。

安德瑞沃瑟皺著眉露出擔憂的表情。「希望你不會射後不理。賀許豪森員警。為了你的方便，本警局男廁還特地裝設了保險套販賣機。」

「才不，我覺得他應該比較喜歡直接接觸。」尼可森說。

「如果是這樣，他肯定會失望。」安德瑞沃瑟道。「他會發現缺少磨擦感，懂我意思吧。」

「我懂，她在警校使用過度了。」尼可森道。

「瞧瞧賀許豪森，氣到火冒三丈呢。」

「你們真有趣。」蒂伊道。

「我們也這麼覺得。」

這幾個小丑，賀許心想，被告發檢舉也是剛好而已。

*

一小時後，他在雷德魯斯足球場無聊地巡邏著，留意容易惹事生非的人，彷彿又回到多年前他還是菜鳥警校生的情景。

但其實，很多地方不一樣了。首先，在這個只有小鎮和農莊的地方，觀眾少很多，喝酒抽菸都會在私下進行，他們都是車頭對著白色外牆停著，人則躲在車裡喝酒抽菸。偶爾會看到車門打開，裡頭的人跑到後車廂翻找啤酒，除了這點不同外，這邊人看球賽，跟去教會野餐一樣平和。他認出其中有幾個是提佛頓鎮居民，包括繆爾一家、艾德．泰南、雷伊．拉第瑪，他把兩個兒子都帶來，還有個身體結實的老先生在一旁。是他爸嗎？加油喇叭聲此起彼落地響，女人織著嬰兒外套、男人就著熱水瓶喝茶、狗兒在車胎上撒尿。

球賽每節休息時，男人三五成群地下車，站到車外，客氣地閒聊。他們不像女人聊天會眼神交會，這些男人都不看彼此，也不會面對面站著，他們會錯開一個角度，生怕對到眼會有危險。或許，賀許心想，這是一種生殖器焦慮。天啊，他無聊透頂了。

起風了，帶動車上天線綁著的絲巾，賀許把它拆下來，交給坐在駕駛座的年輕人。

「謝謝你。」

他又看了一眼後座的幾個男孩。「奈森？」

蜜莉亞．唐納文的哥哥露出被捉到的表情，黑色的眼珠在黑色的臉上溜溜地轉個不停。坐在他旁邊的男孩，則是被柯洛普列入問題名單的人，泰森什麼的，姓忘了。副駕駛座上的少年是上次開車送奈森回家的人。山姆．韓波。

賀許站直身子，向他們行舉手禮。「那就好好看球賽了。」

「嗯。」

賀許轉身要走時，看到安德瑞沃瑟在瞄他。

「跟番仔交朋友啊？」

賀許眨眼，使了個眼色。「你是想要我送你去接受警員親民教育嗎？」

「滾啦。」

時間過得好慢。賀許走得腳好痛。儘管兩隊比數拉得很近，但很少是靠六分球球門踢進得分，多半是靠一分球得分，賀許看得興味索然。近中場時，他走向一輛停在球場大門內的廂型車，買了四個越式春捲。車上賣春捲的人是個越南或泰籍女性；他看著她在一口滋滋作響的油鍋裡炸著春捲。球賽半場笛聲大作，人們紛紛下車，也都跑到這台車窗口前排隊，一個不好就要發生暴動的感覺。賀許緊張地盯著人龍，還好什麼事都沒有，隊伍中大家秩序良好。拉第瑪一家這時來了。傑克朝賀許輕輕揮手，雷蒙眼睛亮了起來。年紀大點那個兒子，胖胖的，一副做錯事的委曲樣，像是想跟他們保持距離。

柯洛普開了警車過來，駛到餐車前面，步下警車，彎下腰、探頭進入車後座，拿出一袋春捲還有新的紙杯、紙盤包裝。賀許看他把這些東西交到餐車中那太太的手上，在她臉頰上親了一下後道別。他慢條斯理地走開，在一票排隊買春捲的觀賽者面前，像個接受喝彩的大將軍，大搖大擺地走過去、瞇著眼睛、向大家問好、射出惡狠狠的眼神。他特別與雷伊．拉第瑪握了手，還熱情地摸傑克的頭，把他頭髮弄得好亂。

蒂伊出現在賀許身旁，碰碰他手肘，穿著制服的她，個頭小小的，但很有精神。「這應該算什麼？管控群眾？還是在幫春捲攤服務顧客？」

「同仁，不好意思喔，那可是我們頂頭上司。那女人是誰？」

「他老婆啊。泰國人。」

「不錯的外快管道嘛。」

「你是指春捲還是郵購新娘？」

球賽終場笛聲響起時，雷德魯斯隊超前四分，有兩個人在打架，被賀許拉開。蒂伊為了要閃一台疾駛而過的旅行車而滑倒，兩邊小腿都被碎石子刮傷。安德瑞沃瑟臭罵了一名尖叫的婦女。尼可森和其他兩名員警合力把一名男性送去警局拘留。

然後一切戛然而止。織毛衣的女人和喝茶的老者，以及累壞了的務農家庭，全都人去樓空，留下一地食品包裝紙，隨風像是吵架的小鳥一樣打轉。「別以為這樣就沒事了。」柯洛普道，他又從警車裡出來。「只是暴風雨前的寧靜。等到九、十點左右，愛惹是生非的傢伙就會開始鬧事打架。所以，趁現在趕緊去吃飯，然後就要展現警方魄力。」

六點，所有人分成兩隊，開始巡邏小鎮各街道、酒吧，還有外圍連繫道路，賀許、尼可森和雷維爾一車；安德瑞沃瑟、蒂伊和莫爾納一車。

賀許樂於躲在後座，讓尼可森開車。大家開遍鎮上各街道、進出三間酒吧和停車場。街上路燈其實不夠；街上也沒什麼車。到這時間，酒吧生意也很冷清了。每次只要臨檢酒吧或是高級酒館，他就覺得好像沒事闖入私人住所、打擾到住戶一樣不好意思。酒客屢屢側目，但打量的不是他，而是他身上的制服。

八點，他在羊毛商旅館前等候，尼可森和雷維爾則和幾個在酒品專賣店附近蹓躂的少年說話。雷伊．拉第瑪在一個亭子裡與一名女性坐在一起，但那女人不是他老婆。很漂亮，但一臉疲態，穿著黑衣。賀許猜想，拉第瑪應該是讓下午那個老人幫忙把兩個兒子帶回家，所以就跟他點點頭，回到車上。

八點半時，他手機響了。

「哈囉？」

「賀許……先生。」有個聲音吞吞吐吐：「……賀許……霍森。」

「是？」

「這裡是獨木舟飯店，關於您八點的訂位。」

「不好意思？」

「八點，十二位的訂位。」

「我不懂。」哪有人訂位？

「這是我們一年裡最忙的一天。要是您再不來，我們就要把座位讓給下一位客人了。」

「你們可能是被耍了。」

「這是無法退費的喔。」

「不好意思，但我並沒有訂位。有人在耍你們。」賀許道。

「您留了這支手機。說有十二人要來，訂了八點的桌位，還預付了二十澳幣的訂金。」

賀許掛掉電話，把手機放入口袋。尼可森問：「有問題嗎？」

「二十澳幣？你們這些傢伙為我花了二十澳幣？」賀許道，他搖搖頭，簡直蠢極了。

時間愈拖愈長。警用對講機來回地在警車間呼叫，警車對基地台、基地台對警車。賀許偶爾會看到另一台巡邏車，有時是在酒吧外面，有時則是反向開去。除此之外，他都在打瞌睡。他一早上班到現在，一整天都只能臨時買些油炸食物裹腹，肚子很漲。在後座扭來扭去，想調個舒服點的姿勢。他受夠了，沉鬱的夜空、夜露，還有令人不安、要亮不亮的光線。有什麼讓他渾身不自在，不是這台巡邏車裡，而是一種摸不著、看不到的東西，躲在暗處裡的東西。他猜想自己應該是在等待有人滋事。他打瞌睡時，尼可森和雷維爾則聊著天。

「那馬子跟你們多久了？」

「你說蒂伊嗎？有幾個禮拜了。」尼可森道。

「奶子很正。」

「把她惹毛了，她搞不好會掀起來給你看。」

「傳言說她睡遍警校所有人是真的嗎？」

「從上到下。」

「上面和下面。」

夜裡，輪胎在他們三人下方隆隆作響。

雷維爾掏出皮夾。「賭十塊澳幣，我比你先上到她。」

「阿呆。」

「真的啦。她看我的樣子我看得出來。」雷維爾道。

尼可森搖了搖頭。「要賭就賭大點：每破一關十元，先上到後面、先顏射、先尿到。」

「賭就賭，誰怕誰。」

「只是她值十澳幣嗎？」

「有道理。」雷維爾道。他轉向賀許。「你參一腳嗎？」

「我不賭的。」

雷維爾瞪了他一會後，轉開了頭。「渾蛋。」

大家不講話了。警用無線電喀答喀答地響著，報告說特魯洛街五號有可疑噪音。巡邏車沿著大街爬上去後，來到鎮裡一座小山丘，這裡的石造房子靜靜躺在洋夾竹桃樹叢後面，鬼膠樹根長到把人行步道都擠裂開。附近山上有座廢棄的舊時銅礦，一個黑色的大洞，深不見底的烏黑積水閃著月光，起重台和煙囪的影子，被月色投在山坡上。這裡風比山下強勁，吹得松樹無助地嗚咽。雷維爾下了車，敲敲門，沒有回音。

回到車上後，他說：「沒人在。」

「那塞張名片在門縫下吧。」

賀許忍不住了。「不到後面巡巡看嗎？」

「原來還活著喔。」尼可森道。「這地方沒有半點人跡好嗎？又不是閒著沒事幹。」

「那我去巡巡。」賀許道，下了車。

「操他媽童子軍。」

聞著花床飄來的香味，賀許踱步走過大門，來到旁邊的小徑，沿著走到後院。這讓他想起奶奶在濱世市（Burnside）的花園，草坪剪得很乾淨、三色堇花床、爬滿長春藤的花棚、破茶壺中種了一株天竺葵、旋轉的曬衣繩。

紗門半掩著，一絲微弱光線灑在水泥台階上。裡頭剛剛不久前才有過動靜，賀許看得出來，塑膠地板上有什麼東西鼓起來。他推開門，地上有個女人，失去意識了，上半身旁盡是門上的碎玻璃，大約七十五歲，裙子被拉到大腿上擠在一起，血流滿地。應該是滑倒了，賀許心想。鄰居則是聽到玻璃撞碎的聲音便報了警。

他打電話叫救護車，一陣子後，黑暗中傳來人聲：「有人嗎？」

賀許朝側籬笆走去，看得到一點光亮。「怎麼了？」

一位老先生聲音顫巍巍的。「克莉絲朵還好嗎？」

「她跌倒了。我叫了救護車。」

「那就好。」停了一下。「你是新來的。」

「臨時勤務。我派駐提佛頓。」

「可以的話我都會看著克莉絲朵。但天色很暗，今天外頭又亂哄哄的，所以我就不敢報案，怕被那些警察吼，罵我白費他們時間。」鄰居說。

他這話有點挑釁，算準了賀許不會那樣吼他。

「我的同事常會吼人？」

「超會吼的。而且動不動就要酒測。」

賀許回到老婦人身邊。她的呼吸很淺很快，脈搏則很慢。他判斷她應該沒有生命危險，但要是照剛剛尼可森的意思放任不管，就可能枉送一條命，尼可森真是個懶蟲。救護車聲傳來，他出去跟救護人員打招呼；警方正好在這時呼叫：所有員警，羊毛商飯店發生爭執。這下他得徒步前往了。尼可森和雷維爾竟然拋下他。

他還沒到街上的半路時，又轉過身來：「要是順路的話，你們可以載我到羊毛商飯店嗎？」

「好啊，沒問題，這很容易。」救護車駕駛回。

「搞不好到那邊，還會用得著你們。」賀許道。

因為是鬥毆，救護車讓他在廣場另一頭下車。賀許經過圓頂建築時，看到兩個年輕人共飲一瓶飲料，然後聽到有人咆哮，又看到一堆人擠在一起，人影穿梭在路邊車輛之間，慢慢走開。

走上步道後，賀許推開人群走過去。尼可森和雷維爾背靠著背，夾在兩群人中，都是年輕人，有男有女，打到不可開交。他們兩個半蹲著，拉長手上警棍，一邊揮舞著警棍、一邊後退，口中大叫著：

「分開、分開。」

「晚安，各位。」

「你他媽的再給我慢慢來啊。」

賀許朝著當中一群人搖搖手中警棍，又對另一群也揮了揮。他們嘲笑他，那群女生還尖叫，男生則吐口水、挺胸挑釁。

說時遲那時快，尼可森出手攻擊，口中大喊：「被我逮到了。」眾人往後退，一個年輕人退後時，尼可森已經逼到面前，對方一個踉蹌、尾椎著地坐倒。他慘叫一聲，賀許因此認出他來：奈森・唐納文。尼可森見狀大笑，開始揍那個年輕人，警棍毫不留情地直往他身上招呼。雷維爾也加入了，用靴子踢奈森的脊椎。

尼可森住手後，對雷維爾說：「這個我來處理。你去抓其他同夥。」

「好。」雷維爾道。他笨重地移動到酒吧另一頭，跑不太動。

尼可森正準備再次揮動警棍時，賀許抓住他的手臂。「夠了。」

「怎樣？」

「你已經達到目的了。」

尼可森甩開他的手。那群暴徒看了也很不滿。此起彼落地對著尼可森喊道：「對付那個討人厭的傢伙。」

「死番仔，打爆他的頭。」

「打死他……黑龜孫子。」

賀許刻意挑了一名雷德魯斯當地的小壯漢下手，是個二十出頭的小鬼，他旋轉手中的警棍，朝他胯下一擊。

小鬼痛到彎下腰。幾個同夥都嚇壞了。「為什麼要這樣？」

「給我滾回家去。今晚到此結束。」賀許道。

「尼可，叫你同事別來煩我們。」他們說。

賀許又伏低身體，作勢攻擊；一群人後退，一個接著一個，開始倉皇朝夜色中逃竄。

他接著回到尼可森身邊，後者正用膝蓋壓制著奈森的背部，朝著他大吼：「你會乖乖聽話嗎？」

賀許拉住他的手。「我說了，住手。」

尼可森用力甩掉他的手。「手放開。」

「放開他。」

尼可森站了起來。兩個人都氣喘如牛，奈森整個人趴在地上。「你最好說出個合理的理由……」

「再怎樣也沒必要把他整個人壓在地上這樣打吧。」

「這有什麼他媽的了不起的。你都看到了，破壞安寧、襲擊執法員警、叫囂惹事。」

「這可不是我看到的情形喔。他們都已經在往後退了。」賀許道。「也沒有人真正在鬥毆，也沒破壞什麼東西。」他彎下腰，扶著奈森的手臂。「起來吧。」

少年聽他的話照做，身體瑟縮一下。

「你還好嗎？」賀許問道，看到他身上很多擦傷、流著鼻血。

「他以前下手更狠。」

「你可以平安回家嗎？」

奈森聳聳肩。

「可以搭你朋友的車？他們有喝酒嗎？」

「沒有。」

「你回家吧。」

尼可森不爽了。「真了不起啊你。人民救星。」

賀許不理他。他聽得到隱隱有叫囂聲在夜色中傳來，但因為距離而不太明顯。他也看到有些人影晃動，但又像是燈光在搖曳，全都在遠遠的暗處。所有的紛亂緊張，在這樣的暗夜、距離中，都難以感受，然後就見到雷維爾一個人，腳步沉重地從黑暗中走來，扶著受傷的右手，血從手肘一路滴下。他似乎自己也想不到會這樣。「我竟然割傷自己了。」

「發生什麼事？」

「這可能要縫個幾針。」

賀許撈出一條手帕，按住雷維爾手掌那道很深的割痕。「發生什麼事了？」

「你走開。」雷維爾道，他往後縮。「我自己在鐵屋簷上割傷的。」他搖搖頭。「我靠這隻手尻槍的。」

「又來個智障。」尼可森道。他停了一會，想了想。「我們就這麼跟上面交待。有人鬥毆，被我們阻止，當中有人拿了小刀把你割傷。但肇事者事後逃逸。因為太暗、場面太混亂，所以看不清楚對方樣貌。」

他靠近賀許，用胸部跟他對撞了一下。「這個版本你同不同意，警官大人？」

賀許聳聳肩。「你高興怎麼說就怎麼說，但我看不出這能有什麼好處。」

「可以幫我們這位老兄賺到一萬澳幣的公傷補助啊，就這好處。」

「嘿，對喔。」雷維爾道。

「不關我事。」賀許道。

「只要你跟我們口徑一致就好。」

接著一群人驅車前往醫院，大家都累壞了。街上已經空無一人。車子靜靜地爬上山路；就連警用無線電也安靜下來。賀許昏睡過去，在後座他常坐的位置上，攤直四肢躺臥著。

「他們會信嗎？」路上，雷維爾突然問起，聲音小到賀許聽不太清楚；他眼睛閉著。

「這我內行的啦。」尼可森道。

「我有經驗。」

「跟你說個故事。」尼可森道。「有次我跟個馬子開我的車出遊，她負責開車，結果她把車撞了。」

「是喔，然後呢？」

「老兄，她可是沒有駕照的。」

雷維爾這才聽懂了。「所以你就說開車的人是你。」

「你懂的。」

這裡算不上什麼醫院，能做的治療不多、病床也很少，而且這天麥克斯考醫師和其他醫生、幾名護理師已經忙到不可開交。候診室同樣爆滿，三名員警只好靠著牆、站在通道間。通道盡頭是間小型手術室，擠得水洩不通；霓虹燈吱吱作響；四面的白牆亮得讓人睜不開眼睛。四個男人還有一名少女坐在手術室外的塑膠椅上，抱著頭，有的一臉無助、有的神情痛苦。滲著血的繃帶，說明了原因。尼可森愛極了這場面，跟下午足球賽時的柯洛普一樣，他大搖大擺地來回走動，得意洋洋地張牙舞爪。這裡每個人他都知道姓啥名啥。

終於，雷維爾從手術室出來，綁著繃帶、臉色蒼白、擠出笑容。「又是一尾活龍。」

「也真久。」

三個人又驅車前往廣場，穿過一個個被及腰夜霧籠罩的地區。晨露在路邊車上閃閃生輝，溝渠之中，不時見到碎玻璃閃爍著光芒。賀許覺得自己都被掏空了。「可以不要再巡邏了嗎？這座小鎮已經沒有絲毫動靜了。」

「還不行，老闆有交待。」

沒過多久，警用無線電就喀答喀答響起來了：快到那間汽車旅館，可能是酒醉鬧事。

尼可森急忙調轉車頭，用力踩下油門。小鎮快速在他們後面縮小，在矇矓的外圍地帶，可以看到一個寫著「廉價」的看板逐漸映入眼簾。尼可森此時放慢車速，掃視汽車旅館外停著的車輛。這是標準的警察巡邏程序，賀許以前做過幾千萬次了，所以就跟呼吸一樣自然。這地方感覺一點動靜都沒有。他又閉上了眼睛。

等他疲憊的身心稍微恢復精神後，他睜開眼睛。他們的警車已經開到汽車旅館入口車道上，裡頭有一對車燈，正朝他們射過來。他不由自主地大叫出聲。對面那台車對著他左肩部位靠著的車身撞了過來。他大驚失色，只聽到撞擊的聲音，一時之間氣氛緊張。

接著突然安靜地聽得到手錶的滴答聲，直到雷維爾打破沉默：「那王八蛋竟然就這樣撞上來。」

三個人都下了車，賀許被迫從另一邊車門下車，再跑到被撞的那邊查看。他先眨眨眼睛，讓腦袋清醒，揉了揉撞得很痛的肩膀，四處查看車身，看有哪些地方受損。剛剛那擦撞聲雖然很大，但對方那輛本田車卻只破了一個車頭燈，擋泥板凹陷；而他們的警車也只有後門被撞凹。

另一邊，雷維爾正在把本田車的駕駛拉下車。

「你這白癡。你知道你剛撞了警車嗎？」

「啥？」

「你喝多了是吧？判斷力受到影響了？」

「啥？」

駕駛試圖想要振作精神，這時賀許認出他是誰了。「拉第瑪先生？」

雷伊．拉第瑪，但他無視賀許的存在，轉向尼可森，提醒著他：「尼克？尼可？」

「別他媽的動。」雷維爾道。他朝尼可森說：「你認識這傻大個嗎？尼克。」

「你喊誰傻大個？」拉第瑪道，不想理會他。

「先生，請你不要離開原地。」

「我又沒做錯事。為什麼要攔我下來？你們這樣開車，我哪可能避得掉？」

「先生，請你冷靜點。」

「我很冷靜。」

拉第瑪伸長脖子，一直要跟雷維爾後面的尼可森講話。「尼克，你他媽的行行好。」

尼可森一直不想過來，希望事情就此平息。他搖搖頭，露出嫌惡的樣子，之後終於靠近了點。「沒事的，他不會做傻事的。」

「你跟這個王八蛋說，叫他別碰我。」拉第瑪道。

「做你的大夢。」雷維爾道。「你這下麻煩大了。」

「操你媽的。」

「冷靜點，雷伊，好嗎？」尼可森道。

「我他媽的很冷靜。」

尼可森還是一臉嫌惡，轉向賀許，指了指兩輛車。「別光站那兒不動，來幫忙處理啊。」

「這不正在弄。」賀許道，接著鑽進警車，拿出相機，開始拍照。

「他媽的你幹麼？」

「申請保險理賠用的。還有要跟上級報告。」

「你是白癡不成，我是要你把這車道清空好嗎？」

賀許爬進本田車，倒車開了幾公尺，車上的金屬吱吱叫，然後他下車，猜測應該是散熱器壞了，便打開引擎蓋。散熱器被撞到太靠近風扇，但沒有碰到。沒有外洩。他拿相機又多拍了幾張照片，再回去拍警車的擦撞部位。車後一塊鑲板被撞凹了，卡到輪胎。

最後，他把本田車倒回到汽車旅館停車場，停在一個空車格外面，這時他注意到旁邊的房間門口露出一絲光亮，另一扇門前也露出光亮，接著又是另一扇門：住宿的房客紛紛探頭查看外頭的喧嘩。他們發現他在打量他們後，就一一縮回去，急忙拉上窗簾。

但有一名房客沒有躲回去。她走出開燈的房間、赤腳踏上沾滿露水的草坪上，裹著一件很大的汽車旅館睡袍。賀許認出她，是之前在羊毛商旅館和拉第瑪喝酒的女人。

她走上前，來到眾人站著的汽車旅館入口處，叫道：「雷伊？」

拉第瑪僵住了，整個人坍了下去。「喔，老天爺，芬諾拉，拜託妳，回裡頭去。」

她停下腳步。「怎麼了？出了什麼事嗎？」

「晚點再跟妳說。拜託，芬，進去就是了。」

她反而靠更過來。「你是撞車了嗎？」

賀許把本田車的鑰匙收進口袋，攔住她，輕輕按住她手腕。她縮了一下。「讓他們自己去解決。」他說。

她不再緊張，順著賀許的手勢轉過身子，走過草坪，回到房間門口。六號房，賀許記在心裡。在兩人身後，三個大男人吵了起來……

「我才沒他媽的喝醉。」

「先生你可願意……」

「我打你時可沒怎麼揮拳喔。別碰我。」

「雷伊，麻煩你對著這個吹一下。」

賀許陪著那位女士走回房間，自己則留在門口。房間內裝很制式，沒什麼特別，但床很亂，一瓶空香檳酒瓶倒插在冰桶裡。他轉而注意起這位女士，她靠坐在床緣。亂髮中看得出來是手姿綽約的四十多歲婦女，風霜上了臉，有一種疲累過頭、還是因為酗酒而讓美貌加速老化的感覺。應該常在戶外，他猜想，古銅肌膚，映著雪白睡袍，格外黝黑。這時睡袍不小心開了；裡頭一絲不掛。她自己的衣服堆在一張椅子上。她好像讀到他的心思，連忙拉緊浴巾，遮住胸前到膝蓋這一帶。是女友嗎？還是鏡花水月？

「他剛是要開車去找賣酒的店。」

賀許點點頭。拉第瑪的吼聲更大了。她看向賀許身後，咬著下唇。

他拿出筆記本。「請問貴姓大名？」

「芬諾拉。芬諾拉・阿姆斯壯。」

這名字似曾相識。「住荒涼路上？」

「你怎麼知道？」

「妳剛有喝酒嗎，芬諾拉？」

「我不愛喝酒。」她停頓一下。「這有什麼關係嗎？」

「等下可能要妳載他回家。」

她低頭看著地上。「真是一團糟。」

「妳方便開車嗎？還是要我打電話請人來載妳？」

「不！絕對不要。聽我說，這件事可不可以不要讓人知道？你可以不要提到我的名字嗎？我沒有犯法。」

「我盡量。」

「是這樣的，他太太離開他了。搬回娘家去。」

「這我知道。」

「你知道？怎麼會？」

賀許聳聳肩。

「我忘了，你們都一夥的。你有要取口供嗎？」

「短短的就好。」

賀許取完口供後，把本田車鑰匙給了她，便回到街上。拉第瑪正在揮拳，但都揮空了；尼可森和雷維爾和他纏鬥，大吼大叫著。

尼可森看到賀許後便嘶吼著：「看在老天爺的分上，把我們的車移去路邊。」

「不知道還能不能開，你看。」

他們一起查看後車板，卡在輪胎上。「靠。」

拉第瑪現在清醒一些了，所以終於注意到賀許也在。「瞧瞧誰來了。」賀許點點頭打招呼。「拉第瑪先生。」

拉第瑪對他揮拳。賀許俐落地閃了一下，卻太慢了，他的拳頭正中他的腮幫子。

他揉了揉臉頰。「噢，好痛。你要不要解釋原因？」

拉第瑪擺出要幹架的姿勢，雷維爾把他往後拉。「白癡。」他看著賀許。「怎麼樣？」

賀許嘆了口氣。「雷蒙．拉第瑪。」他朗誦正式逮捕聲明，拉第瑪一邊掙扎著不願就範，雷維爾則一邊罵髒話。

「你明白上述對你的指控嗎？拉第瑪先生？」

「你這是在逮捕我嗎？」

「老兄，你已經被逮捕了。你是都沒在聽喔？你已經被逮捕了。今天晚上要在拘留所過夜。」雷維爾道。

同時，尼可森搖著頭，他無助地捧著臉頰。「車都不動了，怎麼送他去拘留所。」

「可以呼叫其他員警來載我們。」雷維爾道。

他們這時都忘了賀許的存在。他正看著草坪後的芬諾拉．阿姆斯壯，她站在六號房間外，身上換成了黑色洋裝。

拉第瑪又開始掙扎，想要甩開尼可森和雷維爾，大叫著：「那你呼叫比爾．柯洛普來啊，他來就能解決。」

「再吵就再給你加一條罪名，妨礙公務。」雷維爾道。

「操你媽。」

暗夜中憑空冒出一對車頭燈，警笛高亢地響著，另一輛巡邏車急停在他們旁邊，車胎都擦到了路邊高起的邊石。車上副駕駛座的窗子咿咿呀呀地搖了下來，安德瑞沃瑟探出頭來，好整以暇地道：「晚安啊，各位。」

「怎麼那麼久？」

「在忙啊。」

「忙什麼？」

安德瑞沃瑟和駕駛座上的莫爾納使了個臉色。「帶蒂蒂參觀本鎮。」

賀許不作聲，他看進車裡，後座是空的。「你們把她怎麼了？」

「她去處理正式的警察工作了。」安德瑞沃瑟道，一邊幫忙把拉第瑪綁進後座。尼可森和雷維爾隨後也上車，尼可森搖下後車窗說：「你留在這裡守著那台警車好嗎？看能不能開。」

「我不是應該……」

賀許想說什麼，大家沒等他說完就走了。他被拋在原地，這條路也同樣被拋棄了。汽車旅館房間透著的光也都熄了。這邊的街燈特別昏暗，在夜霧下更是矇朧。賀許無奈地聳聳肩，回到警車上，拉拉卡在車胎上的那塊鐵片，感覺好像拉得動。他又更用力拉，竟給他拉得更回去。他摸摸輪胎表面，沒有被刺到。

接著他打電話給蒂伊，在這樣杳無人煙的夜裡，她的聲音顯得更遙遠、更害怕。「嘿。」

「喔，嘿，妳在哪？」

「不知名的鬼地方。那群渾蛋把我丟在這。」

「哪兒啊？我去接妳。」

他聽到她那頭的周遭：開門吱吱作響、敲門、有人低聲說話。接著她的聲音才變大聲點：「看來應該是給你方向，會比告訴你地址容易找到……」

一分鐘後，賀許已經朝東北走，穿越陰暗的小鎮，來到路標寫著「摩根」（Morgan）的路上，摩根鎮在墨累河（Murray River）沿岸，座落於鹽草平原最外圍地帶。賀許沒要開那麼遠。在往前開了一百公尺後，他轉到另一條路上。看不到漂亮的石砌屋子了。這種地方的人們，只能靠著幾畝貧瘠的土地糊口，住廉價纖維建材屋，養著挨餓的寵物。半夜，天空黑得濃郁。車燈照到蒂伊就在鄉間圍牆旁，她上了車。「謝了。」

賀許踩下油門，開上朝小鎮方向的空蕩方向。「發生了什麼事？」

過陣子她才說：「性事。」

「性事。」

「性事、性別歧視、性騷擾。」

「喔。」賀許道，說得慢條斯理。

「含沙射影罵我、別的我都能忍受。念警校一路上都不少見。但他們竟然想要對小孩子動手。」

「多大？」

「約十四歲，我們去載她時，她喝得酩酊大醉。明明是我扶她過馬路，安德瑞沃瑟卻偏要以擅自橫越馬路的罪名逮捕她。這年頭還有誰在抓人擅自橫越馬路的？」

「在這座小鎮是很正常的事。」賀許道。

「她和一群年輕人在一起，全都有點醉，但沒什麼危險性。安德瑞沃瑟打算和莫爾納一道帶她回家，要我留在那顧著她的朋友。」

她停了一會。「你真該看她當時的表情。還有她幾個朋友的。大家都嚇壞了。」

「他們都知道會出什麼事。」

「我也這麼覺得。」

賀許繞著小鎮廣場開，街燈朦朧，什麼動靜都沒有。

「所以我就告訴他們不成，我也要去，等我們送她到家後，我陪她走到門口，確定家裡有人在。」

她哼了一聲。「他們氣壞了，就拋下我。」

賀許開得極慢；兩人享受著車裡的溫暖感受。經過礦坑後，又回到廣場、經過汽車旅館，已經沒看到芬諾拉．阿姆斯壯的本田汽車了。時間過得好慢。小鎮一片沉寂。

過沒多久，蒂伊說：「你應該知道，你的過去我很清楚。」

「好。」

「那你是洗心革面了，還是依然沒變？」

他沒說話，只是自顧著開車。到了凌晨一點，柯洛普警長的聲音在警用無線電裡響起：「好了，男孩和女孩，今天可以休息了。」

回到警局後，柯洛普把賀許帶到一旁，低聲卻很凶地對他說：「你他媽給我逮捕雷伊．拉第瑪幹麼啦？」

賀許不忍了。「所以只要是你朋友，犯法都沒關係嗎？」

「我不是這意思啦。但也不用讓他晚上在這邊拘留啊。」

「他活該，警長。而且關他進去的是尼可森。我只是負責逮捕他。」

柯洛普搖搖頭，一副這世界太荒謬的樣子。「違警法庭法官答應明天早上十點，為他開庭。」

賀許露出頭痛的表情。柯洛普得意笑道：「這就是給逮捕他的人最好的教訓。」

「長官。」

柯洛普接著不情不願地喃喃自語：「通常，我們執行完任務後，會喝個幾杯啤酒。」

賀許以前待的警局稱這是「先苦後甘酒聚」。想來在這邊應該也是一樣的。「太棒了。」他道。

到茶水間時，尼可森和其他人都已經到了，還把蒂伊趕到角落去。「來啊，親愛的，別上心，留下來跟我們喝個幾杯嘛。」

「想得美。」蒂伊道。

「別這樣嘛。妳也該好好放鬆放鬆啊，我們還特別為妳在冰箱擺了一瓶白酒呢。」

「去你的，晚安。」蒂伊道，歪過頭拿掉馬尾上的束帶，一甩頭，讓頭髮散開，任由髮絲在脖子和臉頰上飄動。這一刻，賀許想起了自己就在不久前，也看過同樣的一套動作。

他伸出手去。「妳……」他說，但沒說出口，**在我車裡擺東西的人就是妳**。

他沒說。她擺了一個你要寶啊的表情，帶著一絲感謝的微笑，謝謝他的照料，接著就出了門去。

「臭婊子。」尼可森道。

賀許這時才發現，他手上已經握了一瓶酒。時間慢慢流逝，雷德魯斯的員警們躺得滿地都是，酒瓶、披薩屑、菸蒂丟得滿地，茶水間的桌上都是垃圾。兩點過去、三點過去，空氣愈來愈沉重。尼可森和柯洛普比著腕力，一邊比，一邊朝地上丟更多垃圾。終於椅子也撐不住他們的重量，就這樣連人帶椅跌到地上。前方辦公室電話響了，也沒人應。安德瑞沃瑟又找到一疊色情光碟，賀許也一起看，他只看了三十秒左右，其他人多看了一會兒，鬼吼鬼叫的。眾人一下聊天、一下又陷入漫長的停頓，然後又再聊起來，背景播放的色情光碟，兀自閃著，無人理會。當啤酒喝光後，柯洛普步履蹣跚地走到車上，又搬來三手啤酒。瓶蓋拉開、氣泡冒出。這是警察放鬆時的聲響，而另一邊，小鎮正在沉睡中，就好像主旋律和對位一樣，各走各的調。

其他人催促著：「乾了啦。」賀許則說：「隨意。」其他人又說：「耍孤僻。」

賀許不是沒有縱情豪飲過。他也曾是箇中好手，大口喝酒、打個飽嗝、再一口灌下。鼓譟、大笑到凌晨三點、然後四點，但最近，這些人都已經忘了過去的他。在深夜那種時刻，有誰來來去去，很難記得他們的動向，也記不得誰是誰，但終究，賀許還是發現，尼可森和安德瑞沃瑟不知何時已經不知去向。不合群。

他掙扎著站起來。「該上床睡覺了。」

「還早啊。」雷維爾大叫。

「也不早了，跟你保證。」賀許道，撿起帽子和夾克，還有皮帶上繫的那些打擊犯罪的配件，這些曾經害他受傷、受苦的配件。「晚安，晚安，各位。」

柯洛普對他搖搖啤酒罐。「來啊，別盡顧著傻笑，來喝酒啊。」

賀許搖搖頭。「我累壞了，長官。」

柯洛普覺得很掃興。「到時候出庭你給我準時到。」

清晨冷冽、安詳、潮溼的薄暮時分，晨露一串串掛在賀許的警車玻璃上。賀許上車、啟動雨刷，發動引擎，接著就往回開，穿過廣場，前往城郊，來到農作物翻湧如潮水的地方，車上的引擎，已經跟他一樣遲鈍、沒有太大反應了。之後開過歐佛蘭德酒店（Overlander Hotel），這是一家老店，提供雙人床加早餐的過夜住宿，再穿過中學，這讓他想到溫蒂·史崔特，也想到蒂伊員警，還有自己的愛情生活，就在自己最低潮時悄悄流逝了。

當車子來到布萊恩山和提佛頓中間，一個看不到對面來車的彎道時，尼可森和安德瑞沃瑟突然出現在他車尾，他們躲在一棟不見天日的農莊大門處，故意從後面用警笛閃他。賀許停下車子，熄火，搖下車窗。「兩位。」

安德瑞沃瑟咧嘴笑，拿著酒測儀對他晃了晃。「我們有理由相信你喝酒……」

賀許假裝在搔腳踝，但其實是把藏在那的小貝瑞塔手槍拔起來，藏在口袋裡。這裡人跡罕至，高速公路像是黑色緞帶一樣，月兒將黑影推向整座村莊。晨光在夜色中為地平線染上一絲微光，不久就會有早起的農夫和跨州卡車來此，但這些卻無法讓賀許安心。他們打算怎麼玩？「**我們逮到他飲酒開車，他整個人失控了**。」

但他們得先逮捕他，並沒收他的警用手槍才行。從安德瑞沃瑟奸詐的冷笑，賀許看得出來，他算準了賀許的酒測值一定會超過標準的〇點〇五。「請你朝這裡吹，先生。請務必以穩定、持續的方式吹，辦得到嗎？」

「我一定吹到底。」賀許向他保證，開始吹著。

「使盡全力，尿壺。」尼可森道。

安德瑞沃瑟拿回酒測管子，確認酒精濃度，臉上還是帶著一副你死定了的表情，但那笑容瞬間消逝。他搖了搖管子，像在搖溫度計一樣。「這我才他媽的不信。」

「零點零，什麼都沒有？」賀許假裝貼心地問。

「還要再重新測一遍。」

賀許照做。他說：「可能我們兩個都沒做對。要不回去警局，直接測血液中的酒精濃度好了。」

安德瑞沃瑟不甘不願地等了一會後說：「回你他媽的家去吧。」

賀許轉動車鑰匙，鎮定地朝提佛頓開。巡邏車跟了他幾公里，在後照鏡中形成一個孤單的小白點，然後才轉到大路，賀許看著它的紅色車尾燈急著往南開去。這時東方露出一絲晨光，讓賀許又想到溫蒂．史崔特和凱蒂就在東方那頭，而這道陽光會先照到她們，再照到他。他又想到雷德魯斯警站裡的茶水間。洗手槽、盆栽，沒人注意到時，沉溺於啤酒中的醉樣。

「又被我搶先一步料中了，你們這群渾蛋。」他說。

18

星期日早上，鬧鐘在八點響起。賀許像是被人重重搥了一記，躺在那裡起也起不來，心裡一直在想自己究竟是誰，又是置身何處。他硬把雙腳往床下晃出去，立在床邊那塊斑斑駁駁的墊子上，伸了個懶腰後，瞪著地板瞧。

但一點也無助於他恢復神智。他又沖了個澡，泡了咖啡，坐到後院長滿青苔的椅子上，把咖啡配著土司吃掉，這裡一棵金桔樹一直搔著他的脖子，陽光灑進來，想給他一番鼓勵。

但他依然覺得沒有起色，便到外頭散步個三十分鐘，探索小鎮一番，向泥地上瘦骨嶙峋的那匹馬打招呼，籠子裡有隻粉紅色鳳頭鸚鵡，一個老頭在給玫瑰澆水。

「好美的早晨。」

「還很難說呢。」老先生說。賀許心想他說的也太對了。

九點整了，這一小時真平靜。賀許用辦公室的電話撥出號碼。「希望這樣能讓妳起床了。」

「你肯定很早起，」蘿西・狄萊爾道。「什麼事？」

「昨晚聽到些事。」賀許告訴她尼可森女友出了車禍，撞爛他的車。

「無照駕駛嗎？」

「這可能表示這女孩子還沒成年。」賀許道。

「太好了。我們找你加入，就是想知道這種事。」

這一說讓賀許馬上覺得自己在告密。不過他說出下一句話後，則覺得好過些了：「我也知道是誰栽贓東西在我車上了。」

他來到雷德魯斯時，警局和拘留室都空無一人，他便到法庭附近走走。法庭是在地方議會邊間一棟用木頭隔板造成的屋子，他心裡納悶，會不會柯洛普已經放走雷蒙．拉第瑪了。

十點不到，法院已經開庭了，地方法官坐在較高的桌子旁；書記官，一位中年婦人，則坐在另一張小邊桌上。柯洛普兩腳開開跟兩位被徹夜留置的醉客坐在旁聽席前方的凳子上。這是禮拜天，又還很早，沒人來旁聽。

雷伊．拉第瑪坐在側廊、柯洛普對面的長桌前，旁邊有位穿著瀟灑時髦西裝的人。律師吧，賀許猜想，旁邊擺著公事包和檔案。拉第瑪、他的律師還有法官三人，有點可愛地正在針對足球比賽鬥嘴，談著冠軍賽的踢球進分和空中接球的機會點。賀許溜到柯洛普警長旁邊坐下，還偷偷打了個哈欠。

但這一切全被法官看在眼裡。名牌上說他叫大衛．寇爾特，樣子肥肥圓圓的，四十五來歲，像個之前在小鎮當初級律師的人。他這身打扮，像是準備等等結束後要去打高爾夫球。「我們聊天讓你感到無聊嗎？老兄。」

「昨天晚睡。」賀許道。

這下換他成為全場焦點了，法官、律師和拉第瑪，三人都對著他笑。但柯洛普可快要爆炸了。賀許慢慢往旁移動，躲開目光焦點。

三十分鐘過去。兩名醉客都被判罰款。書記官正在整理文件，起身後，用一根手指對著法官和律師揮手便離去了。

「警長？」賀許低聲問。「拉第瑪先生呢？」

「已經判好沒事了。」柯洛普的情緒聽來斷線了。「他以妨礙治安罪名認罪，被處以最低罰款。」

賀許看了看錶。「我沒遲到啊，警長。」

柯洛普兩手環抱胸前哼了一聲。他們事前喬好條件了，既然這樣，柯洛普又在氣什麼？他的好朋友不都被輕輕放過了嗎？他的不滿，該不會是衝著法官和律師來的吧？

法庭空了，只剩柯洛普、拉第瑪和賀許三人。柯洛普貌似很想走，很馬虎地跟拉第瑪握了握手，嘴都不肯張地說：「嗯，算你走狗運。」掉頭就走。

「老兄，我沒有要辯解，是我自己不對。」

柯洛普已經快走到門邊，舉起手來道別。

拉第瑪氣到了，大叫：「老兄，等等，我以為你會載我們一程的。」

「你去拜託賀許豪森員警。」

操，賀許心裡暗罵，法院只剩他了。

被關了一晚再加上疲憊，拉第瑪原有的活力和氣勢全都耗盡。全身衣服皺巴巴，鬍渣也長滿下巴、兩眼血絲、一頭亂髮。但聞言他眼睛一亮，巴巴地望著賀許。「你可以載我嗎？聽我說，昨晚的事我真的很抱歉。我不該對你動手的。」

「我可不是開計程車的。你太太呢？你爸呢？女友呢？律師呢？」

拉第瑪稍微挪了一下。「沒人了。我爸載我兩個兒子去詹姆斯鎮看航空展，而我很顯然也不能打給艾莉。我的律師下班了，和戴夫．寇爾特打高爾夫球。至於芬諾拉嘛，昨晚我大概已經出盡洋相了。」

賀許動搖了。「我現在就要走了，懂嗎？」

「那好。我跟著你。」雷伊．拉第瑪道。

外頭陽光普照，賀許走下台階來到警車前。小鎮的週日平靜安詳，風平天青。「安全帶。」賀許吼著，但光這一吼就用掉他所有力氣，之後就讓車輪慢慢滾著帶他們出鎮，他累到連踩油門加速的力氣都沒有。

「很不好意思讓你跑一趟。」拉第瑪道。

賀許不理他。沒力加速、沒力說話。

「昨晚也很不好意思。我們贏球就多喝了幾杯。」

賀許嘴裡咕噥了幾聲，開過空蕩蕩的小鎮。拉第瑪很疲憊，癱坐在他旁邊，不斷隨著窗外景物移動轉頭、一邊評論，好像他從沒來過雷德魯斯。

「可惡，真可惜，費努肯歇業了。」

費努肯是大型家電用品店，窗戶上貼著「結束營業大拍賣」的字樣。賀許沒話回他。

「想都想不到的事。」拉第瑪道。

賀許搖搖肩膀，像是想讓乘客閉上嘴。

「成本太高、收益太低。」拉第瑪道。「農家收成不好，當地商家自然沒生意。沒有機會給年輕人發展，他們也就沒理由要留在家鄉，城裡有更好的收入、偌斯比道恩斯（Roxby Downs）的錢最好賺，或者去風力發電廠。想靠剪羊毛、牧羊、打零工賺錢討到老婆的時代已經過去了。」

賀許很想指指自身的狼狽，問他：「你看看我的臉，我像是很想聽你講或感同身受的表情嗎？」

「就拿我那塊地來說好了，是祖傳多代的地，但我們現在卻都快撐不下去了。」拉第瑪說。但你卻還一直花錢，累積龐大債務。賀許覺得再不講話也說不過去。「那何不省著點花用呢？」

拉第瑪卻置若罔聞地說下去。「現在經濟景況，再加上我太太……」

「關她什麼事？」

「離婚？那我就毀了。我爸和我都毀了。」

「你卻正在給她找到離婚的理由。」

拉第瑪哼了一聲。「我又不是和尚。總之，她情緒不穩定啊，老兄。去年還想親手了結自己生命。」

「嗯哼。」

「分掉我一半財產，再加上子女撫養費？真是沒天理了。」

賀許累了。拉第瑪渾身發臭，酒酸與菸味全交織在他的襯衫上。他按了一個按鈕，把車窗搖下幾公分，心裡衡量著，該不會還要再花數小時顧著這個人的行蹤，以免他又去騷擾他太太。累壞了。

「我們家又不是有錢人，要是讓她離成了婚，就得變賣這塊祖產來支付了。這可是祖傳多代的產業啊。」

「嗯哼。」

「我是一刻不得閒在賺錢養家的人。不像芬諾拉她家，人家就把風力發電機線路設在她那邊，卻沒設在我們這邊；那租金可是一年好幾千塊的。」

他這是在打著要娶芬諾拉·阿姆斯壯的主意，賀許心想。屏障高速公路沒什麼車。拉第瑪每隔一陣子就會嘮叨幾句，說哪家旅行車怎樣、哪家轎式貨卡怎樣、卡車怎樣、還有車上的乘客等等。但賀許都沒興趣聽，他壓根不在乎哪台白色旅行車的駕駛人很好，或是紅色轎式貨卡駕駛的哪個家人得癌症之類的，他只想睡覺。

「下個彎道右轉。」拉第瑪道。

賀許轉上荒涼路，一頭母牛看著他們。快中午了，他肚子餓慌了。上個禮拜一滴雨也沒有，接下來好幾公里也一樣乾燥，車過處揚起塵土，方向盤將地面的波紋傳達到他手上。車子又來到同一排風力發電機下面，再開一小段路後，拉第瑪就指著他家車道的入口。

「回到空無一人的家中。」他道，說時雙掌扳住冒著鬍渣的雙頰，一副淒慘的樣子。

「你爸和兩個兒子去詹姆斯鎮看航空展了？」

「昨天球賽結束後就過去了。我一個姑媽住那邊。」拉第瑪道。

兒子在外搞女人，看來是跟老爸串通好的了，賀許心想。開在草坪、灌木叢和銀桉樹之間的車道上，輪胎下的小石子輕聲抱怨著。他把車轉向，停在大門前，正對著前往陽台台階鋪路石，這時才發現他家大門開著。他碰了碰拉第瑪的前臂，刻意用了點力、讓他感受到穿過皺掉棉布的手勁。「你昨天離家時，大門沒上鎖嗎？」

「什麼？」

拉第瑪不斷緊張地張望著大門後立刻衝下車，朝屋子飛奔，賀許連阻止的機會都沒有。他一股腦上了台階就要進門去。這可不妙，賀許心想，趕緊跟上去，但繼而一想，要是有竊賊，他們的交通工具應該會在附近才對。他在陽台上等了一會，聽到拉第瑪在裡頭踱來踱去的聲音，一邊看向小木屋、院子和小牧場。

這時在下方沿著小溪處，忽然投射出一道光，是擋風玻璃反射的日光。賀許遮著太陽細看。下面怎麼會有車開下去？難不成有扇門通向那邊，還有條農場小徑？

他探頭進屋子喚拉第瑪：「有發現什麼嗎？被破壞什麼還是失竊？」

「槍械匣被人打開了。點二二不見了。」

賀許想起來上次來時，有兩把點二二來福槍：小朋友用的是魯格製、另一把則是裝在槍袋裡的布爾諾製。這表示魯格製那把還是沒被鎖起來，可能擺在那台轎式貨卡的槍架上。賀許這麼想時，一邊穿過前院，側身從鐵絲圍牆走出去。這時，他發現地上雜草有剛壓過的痕跡，他這才明白，原來這是條農場道路，只是因為春天雜草長了而被覆蓋過去。這道路沿著籬笆，一路往下朝溪邊而去，賀許把四下看個明白：有那間鼎鼎大名的錫屋，一旁是高齡木梨、杏桃還有桑樹。

他側身下切河岸來到溪邊。摸近那台車，朝裡頭看：空無一人，後座有一只手提箱，鑰匙還插在啟動器上。他站起身子，審視四周的果樹，再看向溪旁的蘆葦叢和小池塘，最後查看生鏽錫屋後方。當他接近錫屋、轉過後牆時，他感到心慌，一股寒顫從下往上貫通他的背脊。

他看到艾莉森．拉第瑪就靠在生鏽的錫牆癱坐著，身子斜傾、來福槍的槍托夾在兩腿之間、大姆指扣在扳機護弓上。槍口原本應該抵著她的嘴，他猜想，但死亡時身體往後急拉下已經移位。這不是那柄魯格製槍，而是布爾諾製槍。沒有子彈穿出造成的傷口；她的臉頰上和襯衫前緣內側有血跡，呈現完全斷氣的靜止狀態。

這樣子賀許以前見過。但他還是小心地前進，靠近牆邊沒有人踩過的草地，上前探她的脈搏。沒有脈搏。不過還殘留著一絲體溫，應該斷氣不到幾個鐘頭。他順著原來的腳步回去，用手機拍了幾張照片，跟屍體保持距離。在拉第瑪過來前，他應該有一分鐘的時間可以拍。柯洛普和醫師還有其他人到前，則還有半小時。

他先拍了一系列能建立相對位置的照片，小屋、樹叢、車子和小溪等等，再靠近身體拍攝，拍下四周的泥土和草、大腿和小腿、來福槍，沒戴戒指、握著槍的手，染血的胸口，還有艾莉森．拉第瑪的頭部。接著依同樣的順序，從側面拍過去，先是從左側、再從右側，這時拉第瑪就從上方的小徑沉重地走下來。

「你他媽的在做什麼？」

他話出口後好一陣子，腦子才明白過來，滑下邊坡後停了下來。「什麼鬼東西？」

賀許按住這農人的胸。「拉第瑪先生，你不能……」

拉第瑪一直掙扎著。「她可能還活著啊。」

「恐怕不是了，拉第瑪先生。」賀許道。持續按著他，等他平靜下來。

慢慢的，他發抖的胸口放鬆了。拉第瑪向後退，驚訝得無法闔上嘴。「這下我要怎麼辦？」他上氣不接下氣地說：「我要怎麼跟孩子們說？」

賀許先試著讓他背對屍體。「首先，我要向局裡報案，再來幫你打電話給朋友和鄰居。」

「要怎麼跟孩子們說？」

「你爸他們什麼時候會到家？」

拉第瑪變得很遲緩、反應很慢、死盯著地上。「快黃昏時。」他說，振作起精神。「他有帶著手機。」

兩人一起走回屋裡，在長滿草的河岸上掙扎著往上爬。拉第瑪又開始嘮叨著自己現在的生活、兩個孩子、空虛的內心以及未來會變什麼樣。「她原本打算要搬回來的，我知道她有這打算。」

賀許不讓他再講下去。他走過院子、一手挽著拉第瑪的手肘，感覺鞋跟沾了泥巴塊；鞋尖也沾了一塊、兩邊褲緣也都是。

但艾莉森・拉第瑪腳上那雙白色運動鞋卻是潔白無瑕，一點泥巴也沒沾到。

還有她原本戴著的那顆漂亮鑽石戒指：她事先拔掉了嗎？是愛乾淨，或者是想自殺的女人的一種表達方式？

19

柯洛普第一個到達現場，先聽賀許口頭報告，就用側身擠開賀許。接著麥克斯考現身，宣告死亡，然後是安德瑞沃瑟和尼可森一起帶來封鎖現場的膠帶，還一身酒意宿醉。現在是珍妮佛．蒂伊負責留守雷德魯斯了，賀許推測。他現在能做的只有站開點，眼睜睜看著犯罪現場——應該說事故現場才對——不斷被人踩來踩去。

接著，還一副發號施令樣子的柯洛普，開始沿著河岸走上走下，對著行動電話低聲不知說些什麼。四十分鐘後，靈車到了，準備要將屍體接走；然後又是一台貨車，兩邊車門上都漆著「雷德魯斯汽車」。賀許看著這台車退到速霸陸車旁，兩名男性跳下車，套上沉重的手套。

「長官，這是在做什麼？」

「你問我這是在做什麼是什麼意思？」

「我們要保存現場一切證據，要等犯案現場小組成員過來。」

「你覺得這像什麼？自殺。悲劇一樁，誰都不樂見。我懂警方辦案程序，先生，我已經打給皮里港的犯罪調查組，他們一小時內就會過來，更何況，這台車就擋在路上。」

「但長官。」

柯洛普抬起頭。賀許也聽到了，車輛隆隆的聲響在遠處。

「快給我過來，去做點事。別讓人不小心走過來打探。」柯洛普道。

賀許連手帶腳地爬上了錫屋上方的圍牆，他看到十多台車，有廂型車、轎式貨車還有四輪傳動，全都從荒涼路開下來，想搶先在拉第瑪家旁邊占到車位。老天爺啊。他開始拔腿狂奔。很明顯，過去那一小時裡，鄰里八卦網路已經啟動，這個鄰居打給那個鄰居、鄰居又打給同一個足球俱樂部的其他會員、同一個教堂的教友，還有鄉村婦女聯誼會的閨蜜，大家都聞風而至，還帶了餅乾和砂鍋，當然也不忘擁抱，哭哭啼啼和八卦一番。

而還好，艾莉森．拉第瑪不是死在屋子裡，不然凶案現場早就被他們踩為平地了。

接著又有更多車輛出現。賀許硬擠進前門，但完全沒有用，屋內已經有至少三十個人擠在走道、廚房和客廳，還有更多人在陽台，進不來的則從車裡探出頭來。「不好意思喔。」他怎麼叫也沒用。

他去找雷蒙．拉第瑪，結果被十幾個人圍住，硬是被大家拖來拖去；但他還是注意到了賀許，所以眼神一直沒離開過他。賀許擠不到他身邊。只好比畫著；拉第瑪不理他。這群人隨之移動到別處，重新組隊，但還是不讓別人過去。拉第瑪不見了，同一地方換成是柯洛普在，他費力地喘著，拉著賀許的手臂。「你他媽的在幹麼？」

「我們的證據都快被破壞光了，警長。」

柯洛普把他拉到房間另一頭，跑到草坪上。「什麼證據？你這樣只會惹得大家不高興。快給我滾回溪邊去。」

「是，警長。」賀許道，就這樣離開，看著柯洛普不斷向大家道歉、握手。

*

等到警長完全溶入擁擠的群眾後，賀許假意要前往溪邊。朝著溪邊方向走一段路，直到被洋夾竹桃樹叢遮住後，他順著原路折回，從洗衣房門回到屋裡。這裡有另一扇門可以通到廚房，裡頭有五、六名婦女擋來擋去的。「有事要跟柯洛普警長簡短說一下。」賀許親切地對她們說，但沒打算停下腳步等她們反應，只求快快從她們身邊閃過到走廊去。

通往主臥室的門半掩著。他從門縫溜進後，先停下腳步，環顧房間四周。拉第瑪沒有整理床鋪；髒衣服全堆在地上和椅子上；衣櫥門開著、幾個抽屜裡的襪子和汗衫全蹦了出來。房裡只剩一丁點艾莉森．拉第瑪的痕跡殘留著。賀許走到床左側的桌子旁。在一只滿布灰塵的花樣碟子上，躺著艾莉森．拉第瑪幾顆戒指：婚戒，以及他認識她那天戴的訂婚戒指。

賀許又回到走廊。這次他從廚房出去。完全沒人問他進屋做什麼。

穿越院子時，他看到那台速霸陸汽車。現在被丟在那群小木屋旁的一堆乾草堆邊。賀許受夠了。他踱著步走出庭院，快到溪邊時，又改變心意折返。他回到速霸陸車旁，打開後車廂，拉開行李箱的拉鍊，裡頭裝滿女性衣服。褶得很隨便，有的幾乎沒褶。當然，也可以說成是艾莉森．拉第瑪不愛整潔，不是非假設她愛整潔不可。沒有十二歲男孩的衣服，賀許闔上箱子，再次朝溪邊走去。

靈車的駕駛坐在太陽下抽著菸。麥克斯考還彎著腰看屍體，接著才扶著牆起來，讓給靈車駕駛搬屍體，搬動中，屍體已經硬得像是一袋不聽話的木頭了。

賀許感覺到不友善的目光向他投射過來，是正在拉封鎖線的安德瑞沃瑟和尼可森。他索性沿著溪邊走。這裡如果蓋棟房子、開闢成果園，會是個漂亮的所在，只差這裡會讓他背脊發涼。他覺得這邊應該也容易淹水，拉第瑪的祖先才會選到較高的地勢落腳。那艾莉森・拉第瑪又為何下來尋死呢？這裡對她有特別的意義嗎？他看著地衣、果樹茂密，都快讓彼此窒息了，擠在一起的燈心草，還有被馬蹄踏遍的泥巴路邊。這真是個尋死的好所在。

他拿出手機，找到通訊錄中一組號碼撥打。

身後一個聲音猛地嚇了他一跳：「你打給誰？」

賀許一轉身。柯洛普正搖搖晃晃地走下滿是青草的斜坡。「警長，我們得送拉第瑪太太的車去化驗。」

「有必要嗎？」

「我認為有，警長。」

「這可憐的蠢女人都舉槍自盡了。我受夠了。我要你回提佛頓去，以免有人丟了割草機要報案局裡沒人。」柯洛普道。

「警長。」

「抓耙子。」安德瑞沃瑟和尼可森低聲罵道。「內奸。」

艾莉森的爸媽，賀許回到上頭才想到。大家都安慰著死者老公和兩個孩子，但她爸媽、朋友怎麼辦？

院裡擠滿悼念者的車，賀許只能放慢車速，來來回回地穿梭在車流之間，閃過一座大型的油桶、成堆的松木、隨意停放的車子和轎式貨卡，卻被一頭澳洲牧牛犬攔路擋道，牠好整以暇地沐浴在一束陽光照耀下，一點也不肯讓路。賀許停下車，看看狗兒，心裡想著快走開，又摁了喇叭，試過這些方法都沒效，他只好下車，拎起狗兒的項圈，帶著牠走到另一邊泥地上。

回到警車後，他開在凹凸不平的車道上，很快就來到草坪，但偏偏一台黑色福特探險者休旅車冒冒失失地高速衝了過來，後頭還跟了輛沒有警方識別標誌的福特澳洲廠 Falcon，來辦案的。他不認得 Falcon 車上穿西裝的那些人，個頭很大，座位都不太夠他們坐，用那種警察常見的面無表情臭臉瞪著他，應該就是皮里港的刑警吧。但開探險者休旅車的駕駛他是認得的：地區警署署長，史波齡警司。他等著塵埃落定，心想，看來這下在這裡是英雄無用武之地了。他把車駛回車道，開過大門後，便開上荒涼路揚長而去。

看到溫蒂．史崔特站在車邊時，賀許心裡奇怪地震了一下；她的車就停在她褪色紅屋頂房子的車道上。車子後車廂打開，裡頭裝了一袋又一袋的樹葉，有一袋則擺在手推車上，手推車停在長條泥巴痕旁，顯然是袋子沿路漏出來造成的。她停下手邊的事，打量著他，即使他離她有段距離，都可以感受到她一副準備側耳傾聽的樣子，似乎她知道他有什麼見不得人的事，等著他好好告白。

所以他就順理成章的開上她的車道，抬起手打招呼。「車好多啊。」他一下車，她就這麼說，顯得有些不放心。

看來她還沒聽說，賀許一聽她的語氣就知道了。沒人打電話告知她。他把帽子摘下來，拿在手上心不在焉地轉啊轉。「恐怕得跟妳說個壞消息。」

她聞言，一手擺在胸口，立刻回道：「艾莉嗎？他下手了，是不是？」

了不起。賀許對她說，沒錯，艾莉森．拉第瑪過世了，但講到最後，他卻很婉轉地用警察的官腔結束。「沒有理由認為除了自殺外，還有別的可能。」

「不可能。」史崔特嘖了一聲，眼中滿是淚水。「死在錫屋旁？不可能，她超討厭那裡的。」

她嗚咽了一陣才停下來，往後退，扶住陽台柱子，撐著身子坐在陽台邊，雙手不停來回搓著大腿，不斷搓著，像是要藉此讓自己振作起精神。賀許等著她開口。

她抬起頭。「誰發現她的？」

「是我。」

她陰著臉色，非常認真地問：「這段期間雷伊人在哪？」

「史崔特太太，他昨天整晚都在雷德魯斯警局拘留，一直關到今天中午。而且，是我載他回家的。」

「別叫我史崔特太太。有人跟她那兩個兒子說了嗎？」

「已經有人去處理了。」賀許道。但他並不了解。雷蒙・拉第瑪肯定會通知他爸吧？

溫蒂搖搖頭。「想都知道，雷蒙或他爸會多粗魯地跟兩個孩子說：喔，還有，你媽自殺了。」

「我們總得多給他們點信心。」

「你有信心，我可沒有。」她咬著嘴唇。「我該怎麼跟凱蒂說？」

賀許望向屋子，想著那女孩到哪去了。「到時候妳自然會想到辦法的。」

「你這麼認為？」她眼裡滿是淚水，雙臂抱在胸前，拒他於千里之外的樣子。「真是太可怕了，我知道一定是他幹的。」

「妳今早有沒有聽到槍聲？」

「沒有大到引起我的注意，但這裡總是有人在打獵。總之，當時我在除草。」

房子旁的確有部小型 Cox 乘坐式除草機停在那裡，機身下半部沾滿草，除草機的輪胎也全都沾著溼漉的草屑。賀許再次把目光移回到溫蒂・史崔特身上；她還咬著下唇，若有所思。

「怎麼了？」

「凱蒂又看到那台車了，黑色那台。」

「這個嘛，妳要凱蒂別操心了。普勒和韓森前幾天偷了台 Holden 開了。」

接著他又想到。「凱蒂會不會又偷拿那把來福槍去亂開槍？」

溫蒂．史崔特緊張地皺著張臉。「她會嗎？」但繼而瞬間不擔心了，理智回到她身上。「不會，她不會這樣。」

「正是。」賀許道。「所有跡象都顯示，拉第瑪太太是自殺的。我發現她時，她都還握著槍。」

溫蒂揉揉臉。「真的太慘了。」

她眺望著拉第瑪家，好像在說她想過去，卻知道他們不會歡迎她。為了讓她轉移焦點，賀許道：「拉第瑪太太最近有特別心煩嗎？」

「你是說自殺傾向嗎？沒有，她決心離開雷伊，要離婚。感覺比以前更開朗了。」接著她倒抽一口氣。「她爸媽！」

「我現在正要去看看他們。」

「我是該跟你去的。」溫蒂說，她腦海裡好多事在跑。「但我要等凱蒂回來。」

還有拉第瑪家的兒子也需要妳，賀許心想。傑克。他對她點頭道別，戴回帽子，打開車門。

但他又停下手邊的事，回頭看向溫蒂。「很遺憾妳痛失摯友。」他討厭這種表達方式，卻又想不起更好的說法。「我知道妳們感情很好。」

她眼中再次充滿淚水，雙手環抱住自己。「謝謝。」

「要是有什麼需要的地方……」

她在淚水中撐起笑容。「沒事的。你快去看看艾莉她爸媽。」

賀許便上車離開了。

「我們女兒自殺了，他竟然只是打個電話來報訊？」

海瑟．洛夫整個人好憔悴、哭到淚眼婆娑又氣惱。賀許輕輕挽著她回到屋裡，去到廚房；凱斯就坐在那裡，整個人呆掉了，原本硬朗的樣子瞬間萎靡許多，體面大方的樣子褪色寒酸。男人和妻子，應該早上剛上過教堂回來，都還穿著最好的衣服，原本泡好準備要喝的茶，現在卻一口也嚥不下。

「你們有什麼人要我幫忙聯絡的嗎？」

凱斯．洛夫抬起頭來。「我們另一個女兒正要趕過來。」

賀許站在那兒，手裡轉著帽子，感覺自己好像納粹黨的突擊隊。

「他怎麼跟兩個孩子講這消息？傳簡訊嗎？」海瑟．洛夫道。

近年來大家不管什麼事都是簡訊傳來傳去。您撥的電話現在不方便接聽；還有，您先生正和別的女人搞外遇；我想離婚；這是我私處的特寫。賀許輕聲說：「艾莉森昨晚是睡在這邊吧？」

凱斯．洛夫沒有多餘力氣回答了，無助地看向老婆。老婆說：「今早我們出門時，她還在床上。」

「去教堂嗎？」

「有人要受洗。我姪子的女兒，在高勒（Gawler）那邊。」海瑟道。

兩小時的車程。「你們幾點出門？」

「七點。」

「所以你們就離開半天時間？」

海瑟．洛夫的淚水湧上眼睛，滾落到臉頰。「我們剛剛才回到家。」

「她有跟你們說她今天打算做些什麼嗎？」

洛夫聳聳肩。「睡晚點。休息。有說要幫我的天竺葵換花盆。」

「沒說會出門？」

「沒有。」

「她沒有上教堂的習慣？」

海瑟有點不想回答，便說：「最近沒有。」

「你們想得出她到錫屋的原因嗎？」

「沒有想法，她根本不喜歡那邊……拜託，你這樣像在拷問我。拜託別這樣。」

賀許不想強人所難。「抱歉，真的很抱歉，我不是這意思。」

「不，我才抱歉，我了解這是你分內工作。」

賀許聳聳肩膀，不得不地表示同意。「再問一個問題就好：你們從教堂回來時，屋子是上鎖的嗎？」

「我們從不上鎖的。」海瑟答。「家裡沒什麼值得偷的，而且鄰居我們都認得……」她忽然停住，好像有點不確定。

「怎麼了？」

「是鎖住的。我還去拿備份鑰匙開門。記得嗎？凱斯。」

「啥？」

賀許轉而掃視廚房、走道，然後照著他幾分鐘前進屋子時的路徑，重新思索一遍。他沒注意到屋裡有被人強行破壞侵入的痕跡，也沒看到有人掙扎過的痕跡，他又想著，該怎麼向他們解釋這問題。「可以讓我看看她房間嗎？」

海瑟．洛夫眼神平靜地瞪著他，雖然因為哀傷而沒有精神，但沒有因此頭腦不清楚。「為什麼？」

賀許不自在地搖搖肩膀。「我在想她會不會留下什麼告別的隻字片語。」

「像是訣別信之類的。告訴你吧，沒有。昨晚晚餐時她還滿高興的。雖然不是很樂意傑克週末去陪他爺爺，但……過去幾天她心頭的一塊大石終於被搬開了。」

海瑟又陷入悲傷。賀許走到她前面，雙手抱著她的肩。她稍微遲疑一下，但很快就接受了賀許的安慰。

賀許等了等，看著她身後的老公；他又再次茫然地望向桌子上頭。海瑟這時則往後退，打起精神說：「她以前的臥房，走道直走。」

現在成了空房間了，所有兒時和青少年時的東西都不在了。賀許先大致看了一遍才開始翻找。每個抽屜都是空的，衣櫃裡只有一個鐵製衣架，白色滾球制服裝在乾洗袋裡，兀自在打轉的空氣中發出輕微的聲響。

他又探頭到隔壁房間，有張沒收拾的床、小孩的運動鞋在地上、厚棉布睡衣壓在枕頭下，筆電則在枕頭上，筆電上貼了足球明星貼紙。

回到廚房後，賀許輕聲地說：「艾莉森好像把自己的東西都打包了，但沒打包傑克的。」

他看到海瑟．洛夫臉上愣了一下才意會過來。但她不下評斷，反問他：「嗯，那你怎麼看？」

賀許問：「她有提到打算要去跟雷伊攤牌，把事情解決嗎？」

「沒有。」

「那有提到要讓傑克待在這，不用看到他們夫妻不愉快的場面嗎？」

「沒這回事。」

他們的回答都很簡單，但賀許從中感覺到有兩種可能，最後都可能害她自己送了命：艾莉森．拉第瑪回到農場，試圖合解，卻只是換來更深的挫敗和沮喪，要不就是要告訴雷蒙，他配不上自己，她要跟他離婚。

黑色福特探險者停在警局前，正等著他回來。

賀許停在車道上，蜜莉亞．唐納文屍體尋獲那天，柯洛普來找他已經夠討人厭了，今天這台更惹人心煩。他刻意視而不見，走上警局門廊，掏出鑰匙準備開門。車裡的人見狀立刻行動。車門一甩，後方腳步跟上來。他轉身：史波齡警司全身制服，軍人一般的氣勢、五十來歲的樣貌。整潔、細瘦的手；窄而像是修行者般的臉。

「長官。」賀許道。

「你知道我是誰吧？」

「地區警司，長官。」

「有話跟你說。」

賀許帶著他進到辦公室，心裡祈禱史波齡不會堅持一定要到客廳。但如果在辦公室，是要給他坐辦公桌旁的旋轉椅，還是訪客坐的硬椅呢？

史波齡沒有說他想坐哪。「廢話不多說。今天下午我接到一通電話。」

賀許看著他，眼神一直沒移開。「長官？」

「匿名電話，女性，很簡短：『是她老公做的。』」

喔，要命，是溫蒂。「這個嘛，長官，問題在於，他當時人在雷德魯斯拘留室。」

史波齡吼道：「我們會召開死因調查庭。」

賀許點頭表示贊同。

「你要準備向驗屍官報告。」

啥？「長官，我才剛派到這裡。」

「這才好。」史波齡道，瘦瘦的屁股靠著賀許的桌子，叉著手。「關於電話，還有另外一件事。而且有的是電話，有的則是寫信。」

「長官？」

「多數是同一位匿名者的檢舉，但還有其他十多通是別人。尤其，其中有護理師，還有中學教師、牧師以及當地工黨（ALP）候選人。這些全是雷德魯斯一地的檢舉，提到的都是同一件事。」

賀許等他繼續說。他想到桌子後面坐下，但這樣警司就不方便維持原有姿勢，他只好繼續站著，差不多就是立正的姿勢。

「簡言之。他們都抱怨柯洛普警長、尼可森和安德瑞沃瑟兩位員警執法過當。他們在身體上和語言上對他人的侵犯和濫權、騷擾，還有不當起訴超速違規、設置酒測陷阱等等，不勝枚舉。」史波齡道。

賀許這下聽懂他打算說什麼了。但他真的不想再提心吊膽、左右為難了。「長官？」

「你放聰明點。你發現任何足以佐證這些說法的事證嗎？」

「就跟我剛說的那樣，長官，我才剛到任。」

「對，那你就繼續維持現況。這些耳語傳聞我已經聽了好幾個月了，而今天下午，我又聽說，柯洛普警長和那個可能剛犯下殺妻案的嫌疑人是哥倆好。」

「我到這裡還不夠久到可以注意到他們特定的行為或者……」

史波齡大吼：「是怎樣，難不成你是看人打小報告不成？」

「你特別來這裡找我，就是為了這事嗎？長官，要我跟你打小報告？」

史波齡臉中露出一絲殺氣。賀許不禁擔心自己是不是太沒分寸，他繃緊神經，看著眼前的史波齡正用雙臂撐住身體，好像正要下泳池一樣。

兩人之間的緊張依舊，僵持不去。史波齡接著往後仰，再次雙手抱在胸前。「聽好，我了解你這人的品行，我知道你的過去。我不是來這裡挖你的過去……挖坑給你跳之類的，好嗎？」

賀許不作聲。

「馬可斯．魁恩是警界之恥。他如今的下場全是他應得的報應。」

賀許還是不說話，他感到右眼皮微微在跳。

「但現在，我有事情沒法辦成，需要你協助。不然就會被行為管理單位派員下來稽核，到時候大家就頭痛了。」史波齡說。

賀許緊張了。行為稽核可是比道德申誡嚴重十倍的事。嚴重的話，申誡不過是個別員警遭到微懲，家裡或是置物櫃遭到搜索、財務狀況遭到質疑，但如果是行為稽核，就會牽連到數個小隊或是數個警站。每名員警、每一張文件、每個角落都不會放過。雷德魯斯如果遭到稽核，表示賀許也會遭到稽核，而他已經受夠被政風單位翻來找去的日子了。

他看著史波齡。他了解，因為職務所需，所以必須講究政治、暗中行事、出手細膩。他決定要幫忙。「就只是聽到一般的謠言，長官。」

「說說看。」

「我也說過，我剛到任不久，還有很多事不知道。」

史波齡火大了。「你聽好，我們明人不說暗話，這些事只有我知你知，不管說什麼都不會算到你頭上。我問你，關於雷德魯斯員警行為不法的諸多指控，是否有屬實之處？」

賀許肩頭往後一縮。「這裡不像市中心，我們沒有機車幫或是種族幫派。」

史波齡點點頭。「很好，然後呢？」

「我倒是聽過一些不尋常的耳語，長官。」

史波齡笑了，從桌角過來，拍拍賀許的肩膀。「謝謝你。」

他就這樣走出辦公室，進到小小的玄關，又停了下來，把瘦巴巴的雙臂撐在警站櫃檯上。「還有，要是你確實聽到或看到什麼特別的事，立刻向我報告。」

「是，長官。」

史波齡快快地跟賀許揮揮手，接著轉身就走，到了前門時又停下腳步。「你那台警車，去換個新的擋風玻璃。」

「是，長官。」

「車身去送洗，髒成那樣。」

結果，賀許卻是把車弄得更髒，再次沿著荒涼路開去。

拉第瑪家和院子還是擠滿了車輛，但皮里港刑警已經不在了，而拉第瑪兩個兒子也都和他們爺爺回來了。賀許看到他們在主客廳，雷伊．拉第瑪就站在一群不斷移動的人群中間。因為不知道意圖，所以只能側身擠過人群，中途還停下來，從滿是三明治、海綿蛋糕、啤酒、果汁瓶、長酒瓶的桌上，抓個香腸捲來吃。

拉第瑪家族的兩名成年男性一看到他都僵住了，寸步不離地緊盯著他在人群中的走向。為什麼會這樣？他們的眼光緊緊盯在他身上，好像這世上只有他們和賀許存在，卻看不出什麼含意，只是紋風不動以及警覺。這兩個體格壯碩、下巴發達、非常在意自己所擁有東西的人。

突然間，柯洛普擋在賀許面前，滿臉通紅、渾身啤酒味又氣沖沖。「我不是告訴過你滾遠點。」

「我只是來看看你需不需要人手幫忙，警長。」

「是這樣嗎？你肚子裡打什麼鬼主意我可清楚得很，老兄。」他戳戳賀許的胸膛。「你別來惹事，聽懂沒？這是命令。」

賀許聽著，眼睛卻是看著柯洛普身後，雷蒙・拉第瑪和他爸爸正看著他與柯洛普講話。看到賀許被柯洛普斥責，他們沒有露出活該的笑容，也沒有露出鬆一口氣的樣子。一點都沒有。他不禁懷疑，他們該不會是希望看到柯洛普對他處以更嚴厲的懲罰和斥責吧。

「怎樣？」

「警長，既然你問起了，的確有些事情我想不通。」

「有這回事嗎，少女偵探南西德魯。」

「拉第瑪太太身上有些不尋常的瘀青，警長。鞋子也沒沾到泥巴。有沒有可能，這間房子才是犯罪現場？或者，要是她是被人從娘家擄走，那她娘家就是犯罪現場。還有錫屋、來福槍、她的車等等……我們必須採集指紋、驗血、採集輪胎胎紋。」

柯洛普一副不可置信的樣子。「你在講哪門子鬼話？」

賀許被眼角餘光一個突然的動作分散了注意力。他一轉身，雷蒙・拉第瑪癱倒在沙發上，和兩個兒子蜷縮在一起，傑克朝他懷裡鑽了進去，好像想躲在他保護下；克雷格也一樣，一副受到驚嚇的樣子。三個人好像縮小了一樣：雙眼溼潤、滿臉淚水，都失了年輕人的生氣。

「你看看他們。看清楚。」柯洛普道。

「我只是說……」

「皮里港刑警該採集的樣本都採了，該拍的照片也拍了。你呢，就別插手了。這是個祥和的社區。你呢，只是來這裡旅行的。是過客。」

20

週一一早以和柯洛普通話開始，被小訓了一頓。「只是和警司聊聊天。」

賀許沒有透漏什麼。他可以聽到馬路對面有人吼著、有人甩門：學校假期結束了。

「我警告你，拉第瑪家都是善良正直的好人，如今不幸遭逢遽變，管他警司是不是史波齡，你要是不守分寸，我肯定把你剁成肉醬。」

「是，警長。」

「他為什麼要你做這些事，我不懂。真是讓人摸不著頭緒。」

「長官，我跟你一樣意外。」

「馬屁精。」

從警長聲音中，賀許聽到了一種無能為力、被越權的無奈。「我會小心行事的，警長。」

賀許把腳翹到桌上，筆電擺在腿上，但沒在打字，而是思考著。

在他眼中，警察工作有三個始終不變的真理：多數案件都得以逍遙法外；大半的破案都不是靠科學辦案，而是靠運氣，有人提點關鍵或走漏口風；偵探查訪的工作，往往不如拼湊流言蜚語和零星資訊有助案情。

當然，辦案時講究方法無傷大雅。賀許在空白頁面隨手寫下「訪查」二字，接著列了訪查清單：拉第瑪家族；艾莉森爸媽和妹妹；她的醫生；她的鄰居；她的朋友。因為現在還不知道這些人的姓名，所以就先這麼寫，依關係和頭銜。

溫蒂．史崔特應該幫得上忙：她既是朋友也是鄰居。

但他也擔心這些人只有情緒化、主觀偏見和純憑印象的看法，無法充當證據，最終都只會將他導向一個結論，艾莉森．拉第瑪因為內心失衡而自殺，或看這種心理狀態，現代驗屍官和法醫會用什麼專業名詞。

他翻到下一個空白頁，再列了另一個清單：正式證據，也就是驗屍後的發現和科學證據。她的身體、衣物、車輛、娘家屋子、夫家屋子、來福槍以及錫屋等，與死因相關的證據。

最後則是直覺印象。他望著天花板，在腦海中勾勒自己的猜測。她的死亡，在他或她爸媽、溫蒂．史崔特看來，怎樣都不合理。但他這樣的直覺，是受到他們的影響，還是他自己的判斷？表面看來，並沒有多少證據足以指向這是一起他殺案件，多數證據皆指向輕生。艾莉森．拉第瑪是懂得使用來福槍沒錯，他親眼看過她用，而且她也的確有過輕生紀錄。但沒有留下遺書。然而這也不表示什麼：很多輕生的人沒有留下隻字片語。不過她那雙潔白無瑕的鞋子、身上的瘀青、按在扳機護弓上的大姆指，這些要怎麼解釋？為什麼選在錫屋？為什麼選在自己討厭的地方度過人生最後時光？但從另一方面來看，那些恨不得要她命的人，她丈夫、她公公，甚至還有她大兒子，卻都有不容質疑的不在場證據。

有別的嫌疑人嗎？有祕密情人？這方面溫蒂．史崔特可能知情。

賀許寫下幾個可能的情形：

自殺。

被從娘家屋子擄走，對方以暴力壓制、硬帶往錫屋開槍射殺，再將屍體和槍擺成自殺的姿勢，以便誤導。

原因同上，但可能是在掙扎時被意外殺害，然後就有之後的情節。

她被人誘騙到農場或是錫屋，被意外或刻意殺害後，屍體和槍再擺成自殺的樣子。

艾莉森．拉第瑪個頭嬌小，卻不是手無縛雞之力。一般女人能對她下手嗎？

芬諾拉．阿姆斯壯的名字於是浮上腦海。賀許在電話簿找到她的地址，鎖定衛星定位，朝荒涼路出發。

阿姆斯壯家是石砌的，表面再刷上一層水泥，應該曾漆成純白色，但時日久遠，沾上灰塵和霉垢，陽台的鐵欄杆也生鏽了。這屋子座落在高聳的松林之間，樹林茂密到陽光透不進來，針葉讓屋旁花園得不到養分，也塞滿了溝渠。賀許沒見過比這更蒼涼的屋子了，數代以前選擇落腳這片松林，又選擇以水泥造屋的前人，這樣的決定讓人費解。反倒是屋旁那些農具棚舍，得以座落在沒被樹林遮蔭的空地上，從這些棚舍的狀態可以看出這是一座還在忙碌運作的農場。

他走上陰鬱的台階。這裡有股風發出低沉的聲音，嗚咽著在煙囪、屋簷和陽台柱子之間竄流。正當他要朝前門敲下時，芬諾拉．阿姆斯壯從集雨槽後頭現身，一邊拔掉帆布手套。賀許步下陽台，謹慎地打量她：牛仔褲、格紋襯衫、陰著張臉、渾身柴油和新鮮牧草的氣味。

離他胸前大約一公尺時，她停下腳步。「我就在想你應該會過來。」

「是喔？」賀許道。

「別裝了。」

「好吧，或許妳可以交待一下，週六晚上在汽車旅館之後的行蹤？」

阿姆斯壯歪過頭，她下巴沾到一抹秣草屑，讓賀許恨不得能幫她擦掉。「我知道你想聽到我說，當天我返家後，內心一片紊亂，就把所有問題怪罪到艾莉森．拉第瑪身上，隔天一早便去把她殺了。」

「如果真是這樣，那就省事多了。但真是這樣嗎？」

「才不是。」

「妳認為她是被謀殺的嗎？」

「我沒資格說什麼，但我不太相信。」

「週六我離開汽車旅館後，妳一個人都做了什麼？」

「當然不會繼續留在那糟糕的汽車旅館。」

「妳回家了？」

「我心情很亂，但回家無濟於事，我就去了我妹家。」

賀許拍拍夾克口袋裡的紙筆，取出來後，敲一下筆，找到空白頁。感覺得到她在盯著他。

「可以了嗎？」她問，翻了白眼。她把所有人的地址、電話和名字都告訴他：妹妹、妹夫、外甥。

「他們都可以證實這些事？」

「是的。」她又歪過頭。「你是認為她的死因可疑嗎？」

「只是備齊一些基本的資料。」賀許若無其事地說。「要在驗屍法庭上報告。」

「啊哈。可是比爾・柯洛普認為是自殺喔。」

這是在讓他知道她認識有權勢的高層。「再談回週六晚上。」

「我心情很差，又很氣，沒辦法想事情，所以跟自己說，應該要跟他有個了斷，這也不是第一次了。我只好去找唯一一個肯聽我說，又能夠勸勸我的人。」

「大半夜的。」

「她是我妹啊。」阿姆斯壯說。

「所以妳留下來過夜？」

「待了兩晚。今早才回來。」

賀許此時已經將她從可疑名單剔除了。她是個直率、固執的女性，除了很需要妹妹的安慰，而且看起來講的基本上也都是真的。有什麼講什麼的女人，只差她的感情生活卻不是這樣。

又或者，在她心裡，她的感情生活也是直接了當沒什麼好瞞的。「妳對拉第瑪和他老婆的婚姻了解多少？」

「你是問我是不是到處睡嗎？喜歡睡人家老公？是他跟我說他的婚姻要結束了，她想要離婚。」

「他什麼時候跟妳說的？」

「好久以前。年初的時候，我們剛開始交往時。」

「拉第瑪太太知道妳嗎？」

阿姆斯壯聳聳肩。「我們沒故意要讓她知道，但，是的，她知道。」

「她有找妳談這件事嗎？說些氣話、罵人之類的？」

「我對這個女人了解很少。別誤會，她的死我也覺得很難過，不管怎麼說都是。還有她那兩個可憐的兒子，以及她的雙親。」

賀許點點頭。「妳跟拉第瑪先生怎麼開始聯繫的？」

「我們兩家的籬笆相連。有一年聖誕節過後，草地起火，有部分籬笆要換掉。」她聳聳肩。「那之後我們就有在聯絡。」

「草地起火。」

「路過的汽車駕駛隨手將菸蒂丟出車外吧？我也不知道原因。這很重要嗎？」

「剛說到你們就開始聯絡。」

阿姆斯壯到現在終於流露一絲真性情。「是這樣的，他對我有些用心。不是我主動去勾搭的，但事情就這樣發生了。感覺很好。」

「妳以後還會再見他嗎？」

「關你什麼事。」

「妳跟柯洛普警長關係多好？」

「你上司，柯洛普警長？你講的是那個柯洛普警長嗎？」

對她這個挑釁，賀許選擇以微笑回應。「是的。」

「他是雷伊的好友啊。」

「是這樣嗎？」賀許平淡地說。

芬諾拉．阿姆斯壯開始顯出不耐煩了。「我還有事要忙。」她說完便走開了，背影玲瓏有致，她牛仔褲臀部有個潤滑油漬，還有個口袋是破的。天啊，賀許可真是寂寞。

就在那一刻，寂寞戰勝了一切，他真想告訴自己，管他什麼謹慎自持、理智冷靜、禮貌客氣。當車行近溫蒂．史崔特家車道時，他刻意放慢了車速。沒人。富豪汽車不在。這是一定的啊，學校假期都過了；她現在應該就站在某個班級學生前面，指著黑板講課吧。

21

當天下午，他到艾莉森‧拉第瑪生前幾天住的那條小街去，挨家挨戶訪查。看有沒有人在週日早上或者週六見到拉第瑪太太外出？都沒人見到。最近有沒有見到車子，停在她爸媽家門口或附近，熟或不熟，或者不該在這裡出現的車子都可以。有沒有人聽到什麼聲響？賀許也鼓勵大家自行臆測：卻只換來一些對拉第瑪家的好聽話，或者稱讚艾莉森原本把自己打理得多好，可惜了後來那一兩年，竟然被憂鬱纏身。

他今天暫時不想去打擾洛夫一家。

世界大亂了。週二早上，賀許去調查一處農家被偷了一百頭雌羊的竊案，結果卻發現所有羊都在隔壁鄰居的牧場裡；這位鄰居為了原告家籬笆被破壞感到萬分不好意思。他安撫眾人的情緒後回到了鎮上，前往洛夫家。

海瑟應的門，整個人因為悲傷而憔悴許多。「你昨天可是拜訪了不少人啊。」

「是啊。」

「有發現什麼嗎？」

「只怕是沒有。」

她搖搖頭，拉開原本只開一小縫的前門。「進來跟我們喝喝茶吧。」

賀許摘下帽子，跟著她進到廚房。凱斯也在，感覺好像他永遠都只會在這裡一樣，他一副吃驚的樣子，只是更憔悴。海瑟看著他，臉上露出一絲憐憫和慍色，要賀許找地方坐。

賀許拉了張椅子坐下。「上頭交待我要在驗屍法庭上報告。」

「是。」

「所以可能必須要問一些關於艾莉森的問題，都是規定要問的。」

海瑟從水槽轉過頭來，茶壺嘴對著他搖。「規定要問的？或者上頭規定要弄成沒問題？」

春天的暖陽從後方照著她，透過水槽上方的小窗戶，像層薄霧一樣。賀許在搬到這裡以前，從沒見過用這麼多層窗簾的住家。他說：「這沒辦法委婉地說，如果全案沒找到犯罪證據，關鍵就會落在艾莉森近幾個月的精神狀態以及外人的觀察。」

「這個嘛，那就要看你是聽誰說的了。」凱斯說。他終於稍微有動作，他太太朝他走去，髖部靠著他肩膀，另一手則放在他另一邊肩膀上。這男人身上的膽怯懦弱和迷茫失措就在那瞬間消失無蹤。

賀許道：「我現在不就正聽著你們說？」

「但我們的立場不客觀啊。」

「她先生還有她公公的立場也不客觀啊。」賀許道。

凱斯抬起頭，轉過去和太太默默對話著。大概是在問，值不值得跟我這人吐實吧，賀許心想。

海瑟微微點頭道：「艾莉森最後這幾天心情比以前都要輕鬆許多。」

自殺的人往往也有這跡象，因為他們終於下定了決心。

賀許心想。「阿哈。」

「幾個禮拜前，她從一個姨婆那裡繼承到一筆錢。」凱斯道。

「讓她找到了出路。」

「她想分我們一點……」

「但我們拒絕了，要她用這筆錢展開新生活。」

賀許看著、聽著：海瑟、凱斯；海瑟、凱斯。過去四十多年來，他們大概一直都是這樣一來一往。

「可以請問這筆錢金額多大嗎？」

「十六萬澳幣。」

「她有告訴她老公嗎？」

「應該沒有。」海瑟道。

「要是說了，他肯定會逼她全部拿出來墊農場的花用。」凱斯道。

賀許卻認為，雷伊．拉第瑪很可能知道有這筆遺產。「她有跟他說她想離婚嗎？」

「有。」

「離婚是否讓她心情不好受？」

海瑟瞪了他一眼。「你是說不好受到去自殺嗎？」

「拉第瑪的反應如何？」

「他告訴她，想離開他唯一的方法，就是躺在棺材裡橫著出去。」海瑟說，瞪著賀許，看他怎麼回。

「兩個兒子知道遺產和離婚的事嗎？」

兩老看著對方。「他們還住這兒時，她有跟傑克說。或許克雷格知道了，但是不願意這樣，所以一直留在雷伊家，這我們不確定。但雷伊對這孩子講了很多他媽的壞話。」海瑟道。

她的眼睛又因為難過、傷心和忿怒而泛淚。賀許說：「我遲早得找這兩個孩子談談。」

「那也得他們家那兩個男人同意才行。」

賀許點點頭，表示他很清楚自己會遇到什麼問題。「艾莉森帶著傑克搬回娘家時，你們是否意識到他們的婚姻結束了，她再也不回那邊去了？」

「是。」

「她也沒打算再去跟對方攤牌詳談了？」

「這個嘛，我們要她交給律師去談。但她還沒來得及把自己的東西都搬過來。遲早她還是要回去把剩下的東西搬回來。」

「但她沒說過她打算禮拜天去搬？」

「沒有。」

「那克雷格呢？她會想兒子是必然的。她難道準備讓兩個孩子住在不同屋簷下，傑克跟著她，克雷格跟著雷伊？」

老公和老婆又互看一眼，似乎同意事情都還沒有商量得很清楚。「我們是很確定，克雷格總有一天會想跟她住的。」

「另外……」

坐在廚房桌子另一邊的他們，這時不自在地挪動了身子。賀許又進一步追問：「想到日後要為了孩子的監護權面對丈夫，而克雷格又選擇跟爸爸不跟她，難道不會讓她心情沮喪？」

「孩子監護權這種事以後可以慢慢解決。」海瑟說。

賀許看到有東西在移動，是一頭灰貓輕輕地走進了房間。貓咪看到他後顯然很不高興，露出傲慢又恐懼的樣子，一溜煙轉身跑掉，尾巴還甩了一下。

「你還是不相信。」凱斯說。

賀許其實沒有不相信，但他想要在驗屍法庭聽證時提出滴水不漏的報告，讓柯洛普、麥克斯考或蘭納德和雷蒙．拉第瑪請的律師群，都無法質疑他所提出的證據。

「你們說禮拜天回到家時，發現家門是鎖著的？」

「我們家從不鎖門。」

「但艾莉森會不會因為拉第瑪家的影響，而有鎖門的習慣？」

「不會。」

「要記得，她已經有段時間不住這了，在農場那邊家裡是有上鎖習慣的。」賀許特別舉出這點，雖然他不知道是不是真是這樣。

凱斯搖搖頭說：「不會。」

「她搬過來時帶了一只行李嗎？」

「兩只行李，大的裝傑克的東西，他的衣服、玩具和學校用品，還有一只小的裝她自己的。」

那她為什麼又把東西重新裝回去了？賀許心想。又為什麼用了大的那只箱子裝？

「我想再問一下她曾自殺的事。」

賀許看得出兩老不太願意。他們知道這事會加深人們的印象，覺得一定是上次不成功，所以女兒這次總算成功的推測，藉此證實她自殺的推論。

「她之前一直不是很快樂。」海瑟終於還是說話了。

「苦日子沒有盡頭的絕望。」

「雷伊和他可惡的老爸，他們把她整得很慘。」

這次他的目光不再來回於兩人之間——海瑟、凱斯、海瑟、凱斯——賀許只管喝他的茶。茶溫了。

「怎麼說？」

「把她使來喚去的。」

「她做什麼都管得緊緊的，去哪、花什麼錢，都逃不過他們的眼底。」

「她老覺得不管去哪，蘭納德老是出現在身邊。」

賀許點點頭。「我知道她曾想飲彈自盡，但正好被雷伊阻止了。」

「雷伊？才不是，是他媽，梅瑞蒂絲。」

「他媽媽？」

「她去年底過世了。」

「你們知道是什麼狀況過世的嗎？」

「你是以為他們家男人老是想著殺害家中女人嗎？」海瑟慘笑道。「是癌症啦。」

「我是說她自殺的狀況。」

海瑟下意識地輕輕拍拍老公的肩膀。「艾莉坐在車裡。」

「在錫屋那邊？」

「不是，她討厭那邊。是在牧場上。」

「梅瑞蒂絲在家裡看向窗外，心想那車在那邊幹麼。」

「當時他家男人都出門去忙拍賣的事。」

「她有預感事情不對勁，便跑到山下查看，結果就發現裡頭坐的是艾莉，她勸艾莉住手。」

「坐在裡頭，兩腿夾著一把來福槍嗎？」賀許問。

沉默無聲後，海瑟才說：「這會影響大家觀感的，會讓大家都以為這次她終於成功了。」

賀許不置可否。「多跟我說些梅瑞蒂絲．拉第瑪的事。」

「很貼心的女人。她的日子也不是始終順遂，但她敢出言頂撞蘭納德。」

「她和你們女兒親嗎？」

「最後那段日子很親。」

「她過世前幾個月，都是艾莉在照顧的。」

「梅瑞蒂絲過世時，她是否如喪至親？畢竟是他們家中唯一支持她的人。」

「我知道你想說什麼。但不是你想得那樣。」海瑟．洛夫說。

接著，去拉第瑪家。賀許禮拜二下半天還有週三整天，都想要與雷伊或他爸取得聯繫。不管是在轄區巡邏、遞送傳票、接聽民眾報案、簽書面聲明，以及調查柴油桶失竊的事，只要有空檔，他就會聯絡他家，但始終一無所獲。拉第瑪家既不接聽電話，也不應門，兩邊家門都沒人應，還有陌生人跑來多管閒事，要賀許下個禮拜再來，或是要他別再煩這可憐的一家人了。

到了週四早上，賀許敲了雷伊．拉第瑪家的門，來應門的卻是蘭納德．拉第瑪。他穿著畜牧業者穿的乳白色絨棉制服、澳洲國民鞋廠 R. M. Williams 靴子以及卡其襯衫，看起來一副很會唆使人的樣子；壯得像頭牛一樣的人，向兩邊下斜的寬肩還有粗壯的脖子。

賀許拿下帽子。「拉第瑪先生，我叫……」

「我知道你是誰。」

賀許很莊重地向他微微點頭。「首先，我要向你表達我的遺憾。我知道你很喜歡這個媳婦。」

其實他知道的根本不是這樣，他只想讓場面活絡一點。結果蘭納德反而被激得暴氣了，一頭灰白短髮都豎了起來。「你想怎樣？」

「不知道能不能和雷蒙說幾句。他在嗎？」

「不在。」

他說的可能不假。他家汽車不在了；寂靜中，家中無人的感覺，從這老族長寬厚的身子骨洩漏出來。賀許想像這位老先生現在的生活樣貌，沒有這個媳婦可以欺凌，也沒人幫他煮飯、採買了。

「那可不可以找你談一談？」

「我很忙。」

蘭納德這身打扮是打算進城，不是要去農場工作。他今天有工作嗎，手有弄髒，然後把灰塵和泥巴帶到家裡媳婦的那些地毯上嗎？賀許看著老人的雙手。手指短短粗粗的，指甲剪到不能再短。

「不會花多少時間的。」他說。

蘭納德眉毛依舊深鎖，臉只有一種表情；這張臉他家人要成天從早看到晚，那是一張長年處於忿怒、不快和日曬下的臉。好鬥的下巴；厚實的胸膛、雙臂弓著，像是隨著準備開打緊繃著。賀許則讓自己看來儘可能保持愉快和放鬆，但一隻手靠近掛在皮帶上的槍枝，他說：「因為我要準備到驗屍法庭的報告。」

「怎麼會是你？應該是柯洛普才對。」

「是我。」賀許道，聳聳肩，一副：不是我能左右。

「這我倒想看看。這種東西要資深一點的人才對。要認識我們的人。」

賀許的聲音多了一絲強硬：「不用，用不著。」

拉第瑪一副準備要揍人的樣子，但或許他本來隨時都這模樣。他表情不變地說：「你想知道什麼？」

「或許可以跟我說說艾莉森的心理狀態？」

一輛車子駛過荒涼路。蘭納德抬起頭，好似想從車引擎的轉速辨認車主，之後再轉回到賀許身上。

「她糟糕透了。」

賀許翻出筆記本，一邊記一邊說：「糟糕。」抬起頭。「說明確點，是怎麼糟糕？」

拉第瑪看了一眼他的筆記本。「糟糕到了結自己性命，你說呢？」

「她心情很差？」

「抑鬱、不快樂、焦躁、有自殺傾向。」

「她會向你透露這些情緒？」

「我看得出來。雷伊也看得出來，而且孩子們也看得出來。」

「但如果我跟你說，其他人都覺得她過世前變得很積極樂觀呢？」

「你說的是路對面那臭娘們嗎？」

「不只一個人告訴我，拉第瑪太太正準備要和你兒子離婚。搬出去就是她的第一步。」

蘭納德・拉第瑪的情緒依然沒變。「這倒是第一次聽到。」

「你兒子沒跟你說嗎？這倒出乎我的意料之外。」

「我完全不知道有離婚一說。」

「要是艾莉森跟你兒子離婚，對你們農場生意會有什麼樣的影響呢？」

「你什麼意思？」

「離婚官司的費用。和解費用、贍養費。你們財務已經很吃緊了，帳單都付不來了。到時就不得不出售部分農場用地了。」賀許道。

「現在講這些都只是假設了。」拉第瑪道。

看不到得意、居心叵測，或是喜不自勝，只是簡單的事實。賀許正準備問下一個問題時，聽到屋裡有人講話的聲音。他朝蘭納德身後看去：「雷伊和兩個孩子在裡頭？」

「別煩我們。我們正在服喪。還有，讓你知道一下，我們家業沒有財務問題。」

「或許我下回再來。」

「或許你不會來了。葬儀社明天就要送艾莉的遺體回來，禮拜六就要火化。」

他們放行遺體了？賀許收好筆記本。一輛直升機從東邊天空答答答地飛進視線裡，沿著山脊風力發電機鋪成的線飛去。或許部分原因真的該怪風力發電機，賀許心想。因為拉第瑪家這邊的地，一根風力發電機都沒有，也表示收不到半分租金。但正好在緊要關頭，傳來艾莉森繼承遺產的消息，只差當她宣布離婚並帶走所有遺產時，原本釜底抽薪的好消息成了壞消息。

這時，一牆之隔的芬諾拉．阿姆斯壯，她的產業和風力發電場的收入，便成了解燃眉之急的唯一來源。

賀許對著蘭納德一笑。「大概不用多久，你兒子就可以找到雙給他慰藉的肩膀了。」

賀許回到家，登入電子郵件信箱。他先開蘿西・狄萊爾寄來的那封。**通知你一聲，珍妮佛・蒂伊的父親和雷德是好友。自殺一事讓他很難過，看來他女兒沒打算善罷甘休**。「但你又打算拿她怎樣呢。」賀許喃喃自語道。

看完下封信後，他立刻拿起電話，撥了城裡鑑示科學大樓的電話。接通一名技工後，他報上索引碼，聽到鍵盤敲打的聲音。

「找到了。點二二口徑布爾諾製機槍作用步槍。它怎麼了？」技工說。

賀許看著電腦螢幕，說：「這邊說你在槍的前托和後托都有找到死者掌紋和指紋。」

「沒錯。」

「但在槍管上卻沒找到。」

「沒錯。」

「如果她要把槍口放進自己口中，難道不會用手去握槍管嗎？那不是應該會在槍管找到她的指紋嗎？」

「這就是你的工作了，老兄。我看過太過案例，人們舉槍自盡時，會做的事可說是無所不用其極的。我呢，只負責鑑識，是科學工作。動機、衝動行為，這不在我職責範圍。」

賀許聽他的聲音很年輕，推測他大概的模樣：大約三十、反應很快、熱愛自己的工作、熱愛科學和科技。可能不善於處理感情。「好吧，但科學家也是會推論的，對吧？」

「你想說什麼？」

「你有看到陳屍現場的照片吧？」

「有。」

「死者大姆指是放在扳機護弓上，勾住扳機。」

「對，然後呢？」

「這種情形有多常發生？」

「和什麼相比？」

「和槍擊發後，死者身體產生攣縮、向後衝擊、雙臂外張。」

「我懂你意思了。但凡事總有第一次。槍擊死者姿勢沒有兩個是一樣的。」

賀許繼續詢問，往回躺在椅背上，看向櫃檯前的社區公告。「你還在她手上和袖子上，找到微量的射擊殘跡。」

「沒錯。」

「**微量**。」

「怎麼了嗎？」

「但她的膝部和大腿上卻都沒有？」

「沒有。」

「要是她坐在地上、雙腿夾著槍的話，不是應該會沾到嗎？」

「老兄，我看過太多不同的情形了。」

「你依科學角度所下的結論就是這樣。」賀許道。

「我不想誤導你。」技工道。

接著，賀許又打給法醫。她正在進行解剖工作，停屍間的助理這麼回覆，她會回電。賀許等著。他其實應該趁現在去外頭，洗乾淨那台警車，以免又被地區署長看到，但他卻留在裡頭等電話。

她過了一小時才回電。賀許謝謝她回電，並說：「我聽說妳已經將死者屍體發回給家屬自行帶回，同意下葬了。」

「沒錯。」

這是一個工作忙碌、不是很有耐心的女人。賀許也不打算浪費時間：「死因妳寫頭部遭槍擊致死。」

「是的。」

「妳又說行凶、意外或是自殺，照妳的說法是，『難以確認』。」

「沒錯。」

「可以請問這話什麼意思嗎？」

「意思就是那樣。我不知道是否有他人在場，我不知道死者死亡時的心理狀態，我不知道，不知怎麼說比較好，但就說是她生命最後的時刻，做了哪些事。她可能在享受陽光、悠閒地把玩著來福槍，等著野兔跑進射擊範圍，然後在把玩來福槍的過程中，不小心射中了自己。又或者，她是自殺的。又或者，是有人刻意安排成那樣。她有留下遺書嗎？」

「沒有。」

「就像我說的，『難以確認』。」

「但可能是什麼情形？」

「你知道我不能妄加推斷的。」

拜託妳妄加推斷一下，賀許心想。

這位法醫反而說：「我無法斷定哪種情形絕對可能，也無法斷定哪種情形絕對不可能。『無法證實』不表示該宗死亡案件本身不可疑，或是並非意外。頭部槍傷是致死原因，但解剖結果並無法確知導致該槍傷的相關狀況。」

「妳有告知皮里港聯邦調查科嗎？」

「有。」

「然後呢？」

「我不清楚他們打算怎麼處理。我只是負責將報告呈報給他們。」

「好，那身體上的那些外傷呢？」

「將她右邊脖子的皮膚撥回原位時，發現鎖骨下方皮下瘀血，而……」

「這暗示有可能生前遭到勒頸？」

「你這結論下太快了。我無法斷定究竟發生什麼事。你聽我說，我同時也發現她腹部有輕微擦傷，一邊胸部有小面積瘀青、左手腕背部有刮傷，但都很輕微。」

「這表示……？」

「表示有可能是你想聽到的情形，賀許豪森員警。表示有可能是因為做家事或是園藝時，尋常的刮傷或是擦傷，就我的專業，也只能說是『難以確定』。」

真希望誰能給我個確定的答案，賀許心想。他還來不及說，法醫又開口了：「話說回來，一般非自然死亡的人——比如開槍自殺——或是在激動的情緒下死亡的人，通常在身體上會留下明顯痕跡或傷害。比如說，我看過的一些焦慮或是恐慌症發作的死亡案例，他們上半身會有掙扎、扭曲的情形。」

「但妳也見過被人以外力強行控制的女性。」

「對。」

「妳同樣無法確定這個案例有無發生這種情形？」

「對。」

「她指甲下有發現什麼嗎？」

「沒有。」

「最近有性行為嗎？」

「沒有。」

「有舊傷嗎？」

「她的手腕曾斷過。」

「怎麼斷的？會是被人往後折或是扭斷的？」

「這我無法確定。」法醫說。

「毒物化驗呢？」

「陰性。」

「有任何疾病嗎？」

「沒有。」

「妳真的幫了大忙。」賀許口是心非。

接著打給皮里港警方，帶頭刑警把自己報告的重點一一念給他聽：「『……死亡與自行執行射擊傷害一致，其餘尚待進一步調查』——表示這是我們目前接受的說法。表示你是負責報告的人，你要負責告訴驗屍法庭死者是精神有狀況。抱歉，應該說是那什麼失衡的……」

「但，」賀許道，一一說出他覺得可疑的地方，最後則提出法醫所提出無法確定的說法。

「正是如此。這表示他殺的嫌疑可以被排除。」

「不是這樣的，這表示，他殺的嫌疑不能被排除。也就是說，應將他殺可能性納入調查，只要找到其他證據。」賀許道。

「這只是語意上的差異而已，」皮里港那端這麼說。「更何況，也沒有找到其他佐證。」

三小時後，史波齡警司來到警局，雙手撐在櫃檯。

「你在惡搞嗎？員警。」

你大老遠跑來就要問我這事？「長官？」

史波齡明顯在壓抑激動情緒。他離開櫃檯。「聽好，保羅，我跟底下的刑警聊過，他們表示，他們看不出拉第瑪案件有什麼必要再進一步調查。」

「他們也是這樣跟我說的，長官。我只是想要調查得更徹底一點。」

「好。那你有任何證據證明是他殺嗎？」

「沒有，長官。目前還沒有。」

「要是你有找到，我想聽聽看。」

「長官。」

史波齡往後退，似乎是要離開了，但突然又抬頭看賀許。「你知道有個叫溫蒂．史崔特的人嗎？」

「我們見過。」賀許答得很謹慎。

「然後呢？」

「中學教師，人很好，應該是寡婦。」

「不是愛找人麻煩的那種？」

「我不會這麼說。但其實我也不確定。怎麼了？」

「她召開群眾示威會議，要抗議雷德魯斯警方集體霸凌。」

「喔。」

「對。我教過你要怎麼辦了：眼睛睜大點、耳朵張大點。」

「是，長官。」

「不管是什麼事，」史波齡眼睛直盯著賀許，「我都要知道。」

「是的，長官。」

「還有，去把那該死的擋風玻璃修好。」

22

週五早上，賀許將車停在雷德魯斯汽車百貨外。

這裡離前幾天那家汽車旅館兩條街，占地寬廣，取名「汽車百貨」就是無所不包的意思：要買二手車，側院有十多輛可以挑選，三台加油機可供加油、修車廠裡可以換機油和引擎，後頭一個大型銀色棚子，則可以鈑金烤漆等等。

賀許就在這後頭找到老闆。「柯洛普警長說過，你會來修裂掉的擋風玻璃。」他一邊說一邊從灑落的陽光中走進遮蔭處，空氣中飄散一絲化學氣味，還有機器轉動的答答聲和碰撞聲。

柏尼·賈德低吼著，擠開賀許，看向他擋風玻璃上的裂縫，然後搖搖頭，好像果然如他所料，是他最擔心的狀況。「壽終正寢了，老兄。修不好了。可以幫你換片新的。」

他比賀許矮、年長些，一臉慍色、臉上老是在抽動著，好像剛戒菸的人。他又看了一眼擋風玻璃，仔細地檢視了車的兩側，又看回自己手上的手錶、賀許身上的制服，最後看向賀許右耳後方某處。短短的紅色頭髮，長在坑坑洞洞的腦袋瓜上，前臂和手腕則有細細的紅色手毛、紅色雀斑、髒兮兮的指甲。

「訂片新的要很久嗎？」賀許問。

賈德頭一扭說：「後頭有片新的。從一台舊車上拆下來的，但沒有問題。」

「成交。什麼時候來拿？」賀許道。

「你在城裡有事情要辦嗎？大概兩小時就好。」

賀許把鑰匙交給他。「我們在調查蒙考威那樁肇逃事件。其他人應該已經來問過你，有沒有車輛送修……」

「我跟尼可森說過了，最近沒有車送修。」

賀許若有所思地點點頭。「他在這裡打工很久了嗎？」

「說不上是打工啦。他和他朋友三不五時會來幫忙而已。」他瞪著賀許。「來幫忙有犯法嗎？」

賀許搖搖頭。但幹警察要守的規矩很多是真的。他又望向店裡四周灰濛濛一片，升高機、顏料盒、油箱、工作台，共有兩名年輕人與三名年紀稍長的男性。店裡有另外三台車，一台是農場用的轎式貨卡，上了一整車粉紅色的底漆，另一台是旅行車，後車廂凹進去了，還有一台本田，這他認得，是芬諾拉．阿姆斯壯的車。「你做小範圍的鈑金嗎？我自己那台有幾個地方撞凹了。」

「我們什麼問題都修。價格很實惠。」賈德說，看著腕上纏繞在紅色手毛中的銀色手錶。「這會由保險給付嗎？」

「不會。」

「不會。」賈德道。「那明天開過來，我看看能怎麼辦。」

賀許正轉身要走時又說：「有關肇逃案件，他們說蜜莉亞．唐納文兩、三個禮拜前遇到一樁交通意外，當時她身邊有個年紀較長的男友。你知道這件事嗎？」

「不知道。兩小時後見。」

「那個年紀較長的男友不會是尼可森吧？前幾天在開玩笑時，他還提到他女友撞爛他的車……」

賈德突然不作聲了，賀許也不改變話題，他便說：「把你手機號碼給我。我們一裝好玻璃，就給你電話。」

賀許走了出去。

首先來到咖啡廳，這間的咖啡很淡，但香草千層酥很綿密，客人都只聊天氣。賀許想到接下來這一整天會是炎熱漫長的夏日；雖然沒人問他想法。一進店裡，客人和員工都紛紛朝他這邊看，是個警察來著。他喝咖啡、嗑千層酥，想像著溫蒂．史崔特的抗議大會。他想像會是在一個大房間裡，可能是市政廳，史波齡警司會到，還有公關調查員、副署長，可能還有柯洛普本人，都會一起坐在房間前面、最大張的桌子前，儘量展現笑容、耐心，以及解決事情的誠意。但群眾可不會有理性和耐性。他們會一個接一個站起來，害羞扭捏的男男女女，過去曾經感受忿怒，但現在，在聚光燈下講話都結巴了，也無法清楚表達。紛亂的場面，群眾連珠炮似地指控，要不是不知所云，就是火上添油誇張過頭，或者講不到重點，而史波齡和其他警方人士則極力擠出笑容，不斷向大家保證會秉公處理，講些公關單位教他們講的官腔、陳腔濫調來平息眾怒。

賀許把餐盤推到一旁，走出咖啡廳，繞著小廣場漫步，順手買了《廣告人報》，到廣場上的圓頂建築裡頭看，就這樣過了將近四十分鐘。他又信步走進一間慈善公益商店，但馬上又離開。為什麼每家慈善公益店的收音機，背景音樂都選品味拙劣的電台？讓他忍不住想伸手去幫他們轉台。

廣場旁的小山丘向他招著手，不久他就爬在狹窄的小道上，兩邊是一八五〇年代建好的石牆。茉莉花香飄散在空中，都是鄰里庭院種的，太陽光照射到被斫過的石頭時一閃一閃，就像假鑽一樣。

他接著轉到雷德魯斯溪。那裡有一個地標，旁邊有個擺放旅遊手冊的塑膠立牌，手冊說明在一八四三年時，小溪邊都建有小屋，那是佛洛姆上校（Colonel Frome）在探勘澳洲北方殖民地時期建起的，但當地一直到一八五〇年才有城鎮誕生，原因則是牧羊人奧佛瑞．提佛（Alfred Tiver）在當地的石頭中發現了氧化銅的痕跡。要感謝發現了銅脈，才讓南澳經濟得以維持。但挖了二十年礦，豎井都成了深不見底的藍色水池，再有力的抽水幫浦都無力抽乾了。從英國康瓦耳移民過來的礦工，因此搬往其他城鎮和礦區，徒留因採礦而變得童山濯濯的山區和平地，原本生長在此的茂密樹木，木材被拿來充當鍋爐燃料，或者運到礦坑底部作為支柱，防止礦坑塌陷。

穿過一座鐵橋後，依著旅遊手冊封底的地圖，爬到一座位於半山上的博物館。博物館由鍋爐庫房改建，整個庫房建在被挖空的山坡大洞中，原本庫房的石牆和煙囪還殘留在此，從前搭起的鐵架和檯子嚴重鏽蝕。賀許停下來喘口氣，腳下的小鎮穿過山谷的凹處，紅色屋頂的屋子安祥、零散。沒有半點風。一頭鷹盤旋著。

他走進博物館。一名正在翻報紙的老先生淡淡地跟他點頭致意。博物館中主要展示的是這座銅礦的立體模型。從前礦工用的石鑿掛在牆上。鏟子、銅製望遠鏡、原住民的槍矛、迴力鏢和投擲器。受洗袍、餐巾環、瓷製牧羊犬，全擠在玻璃展示櫃中。幾尊老舊的展示人型模特兒，身穿一八五〇年代的褲裝、洋裝、軟帽、圍巾。幾張桌子擺著陶器餐盤，還有外表不平整的藍綠各色玻璃瓶。曲木椅。檯燈。另外也有幾件展示品，是較近代的東西：腳踏發電式收音機[1]、一張沾滿墨水的教室桌子、幾十張照片：一九一七和一九四二年時陸軍志願役軍人、大型剪羊毛棚、得獎的美麗諾羊種公、六〇年代初期板球界巨星加菲爾德．索伯斯[2]參觀小學的照片。

當有人搬家，或者鄉下老人家過世後，一些沒人要、不能用、二手商店都不收的老東西，就會拿來捐給博物館。但也不是爛成破銅爛鐵的東西，而是還有些時代意義的東西，但賀許這人，對稍微過時十五分鐘的東西，都不感興趣，便掉頭出去，心知博物館的管理員正不高興地瞪著他。當然，鎮裡對柯洛普和幾個警察手下的不滿，也感染到這位管理員，這也是原因之一。

正當賀許沿著鎮上大街漫步往回走，順手倒掉手上瓶子的水時，他的手機噹了一聲：車好了。到雷德魯斯汽車百貨時，他看到自己的警車就停在車行前院，滿布灰塵和油漬手印，但已經換上一塊嶄新的擋風玻璃了。當他客氣地走進灰暗的鈑金車棚時，無預警地，一根胖胖的食指頂著他的胸。

「別來我店裡探頭探腦的好嗎？」

賀許嚇了一跳，驚嚇之餘整個人半蹲了下去，一副要應戰的樣子。

1 pedal radio，澳洲發明家 Alfred Traeger 在第一次世界大戰後的發明，造福許多偏遠地區的澳洲民眾。

2 Garfield Sobers，巴貝多板球手，因為成績優異，日後陸續被英國和澳洲職業板球隊挖角，被視為澳洲板球之光。

尼可森笑了。「怎麼著，你這是打算要對我施展空手道不成？哪時候成了武術高手了？」

賀許站起身來。旁邊好多人都在暗處裡，幾名是穿著連身工作服的車行員工和賈德，還有一名則是他不認得的年輕女性。他不想理尼可森，轉頭對賈德說：「鑰匙你插在啟動器上了嗎？」

但顯然，尼可森是賈德特意找來的，正等著看好戲。「欸，對啊，可以發動了。」

「別他媽的不當我一回事。」尼可森道。

賀許轉頭想走到陽光下，但尼可森上前擋住他的去路，大大的手掌捉著那個女人的前臂。「見過布莉，渾蛋。布莉，見過這個告同事密的王八蛋。」

賀許道：「妳多大啦，布莉？」

「你渾蛋，你真夠他媽的渾蛋。」

他拳頭來得又快又猛，正中賀許的肚子，痛得他喘不過氣，腳步踉蹌，彎下腰，過了一秒後，把原本喝的礦泉水都吐到了地上和鞋子上。這下子尼可森更好下手了，他抬起腳朝他背部用力踢。

「尼可，別打了。」那女孩大哭。

尼可森不理她，在賀許前面跳著，準備再補幾腳。「抓耙子、內鬼。笑面虎。她年紀夠大了，王八蛋。」

賀許找到一塊油膩的地板坐下，背靠著一張金屬凳子腳，等喘過氣後，他才說：「布莉，妳有駕照嗎？」

「這是他媽的怎樣？啊？你給我他媽的滾遠點。」尼可森大吼著。

他口沫橫飛，噴得賀許滿臉滿衣領都是。賀許用前臂抹了臉頰和嘴巴。女孩說：「尼可，別打了，我們快走啦。」

她大概十九歲，賀許心想，從她那一頭像貓啃的頭髮、瘦巴巴的手臂、一邊肩頭還有刺青、白中透紅卻乾澀的皮膚、四處都有穿洞戴環的樣子看得出來。這女孩怎麼看都像個尋常的小女孩，就是個飽受惡霸欺凌只好屈從淫威的少女。現在他終於想到，他以前見過她的，足球決賽那晚，她就在羊毛商旅館端盤子。

尼可森站在他上方，居高臨下。「你他媽少管我和我女友，還有我的事，懂嗎？」

等賀許重新站起來後，他幾乎全身都在發痛，出盡了洋相，他知道身上的制服肯定毀了。賈德和幾個員工早就鳥獸散，留下似乎無聲的嘲笑在原地。修車棚裡的空氣非常悶熱、濃重又寂靜，正午的太陽，朝著門口照進一小截短短胖胖的光線，照亮了空氣中的灰塵微粒。賀許手腳僵硬地走進光線裡，來到外頭新鮮的空氣中。

警車旁，一名鈑金工人站在那裡，手上拎著他的車鑰匙。賀許準備好要受他的嘲弄，沒想到對方竟說：「有些事情應該讓你知道。」

「是的？怎麼了？」

「布莉是好女孩子，不應該被這樣盤問。」

「我沒要盤問她。」

對方點點頭。他臉窄窄的，沉默寡言，反應不快，很謹慎。「尼可森是我要講的另一件事。」

賀許等著。他把手撐在熱熱的金屬上想要靠一下，但馬上又把手移開。

「他和安德瑞沃瑟。」那人道。

「我知道他們下班後會來這裡打工。」

「打雜，對。」

他開始左顧右盼，感覺好多雙眼睛都在他背後盯著他，賀許便伸手去接鑰匙，假裝兩人好像沒有要聊下去，但低聲說：「柯洛普也有份，對吧？」

那人聳聳肩。「可能是。在幕後主使。」眼神飄了一下。「我不會承認是我告訴你的。」

「啊哈。要付多少錢？」

「這有人打理了。所有警方車輛的維修和服務都是我們在處理的。」

賀許把皮夾收了回去。「那好。」

現在他打聽到夠多的消息了。賈德，這一帶警局所有的車輛業務都由他統包，很可能超額索費，再將多收的錢和柯洛普與他手下對分。兩個員警下班來這裡打工的工錢，都是領現金。總是不乏有車禍，需要道路救援拖吊作業，警方剛好可以指點那些急得像無頭蒼蠅的車主，告訴他們去哪修車。

賀許向他點頭致謝，坐上車。車裡熱得像烤爐。「蜜莉亞．唐納文。」

「她怎麼了？」

「有人說她有樁車禍，當場還有個年紀比較大的男友。」

「這我幫不了你。」

到了下午兩、三點時，賀許已經開車回到提佛頓了，在他警局住家狹窄的車道上，拿條水管沖刷他的警車。他用強力水柱噴向車體，再抹抹刷刷，好把那些路上沾的灰塵和剛才鈑金師傅沾在車上的油漬洗掉。他接著聽到好多可愛的高亢談話聲，還有車聲、甩車門的聲音：路對面的學校，小朋友放學了。

他挺直腰看向對面。

今天，在春日陽光普照下，經過紮紮實實的體力勞動後，加上最近死亡案件的陰影籠罩下，他想要讓自己沾染點人世間的純潔無瑕。幾個小朋友踢著足球，一旁老師陪著同時，也不斷瞄著手錶。有個身影從群體中單獨走出來。是凱蒂・史崔特。這時他才看明白，她是專程來找他的。她停下腳步，踏進空曠公路前，先左右張望了一下，然後跑了過來，接著在步道上急煞。

「哈囉啊妳。」他說，環顧四周想找到她媽媽。

「哈囉。」

「在等媽媽嗎？」

凱蒂好像沒想到他會這樣問，一頭霧水。賀許這才了解，原來，一直到事發以前，每天負責載她上下學的人，多半都是艾莉森・拉第瑪。不只這樣，她也經常拜訪在馬路對面的她們家。她們倆家一直很親。「過來這邊，跟我一起在院子裡等吧。」他說。

她不太甘願地走了進來。賀許刻意不動聲色，卻默默關掉水龍頭，把手上的抹布丟進後車胎旁裝髒水的水桶裡。「要喝飲料嗎？還是吃零食？」

她做了跟一般小朋友一樣會做的動作，刻意地聳了個肩，顯示她想吃零食，但不打算張嘴拜託人。

「我還有可樂和雅樂思巧克力夾心餅乾（Tim Tams）。」這是上一個房客留下來的。他還沒確認過期日期。

「好。」

「在那等著。」

他帶著兩瓶可樂和一包餅乾回來，都還沒過期。兩人肩並肩坐在院子階梯旁，太陽暖暖的，世界從身邊溜過，眼前除了多數家長來來去去，穿越馬路外，沒有別的動靜了。賀許偷偷地瞄著凱蒂。她嚼著餅乾，一邊撥掉餅乾屑，他捏扁手中可樂罐時，她嚇得跳了起來。不想輸人，她也把自己那瓶捏扁。

傑克．拉第瑪跟學校請了幾天假，他想應該是這樣；而在她媽媽來接她前，我算是警衛吧，還是她有事要跟我說？

然後，終於出口了，一個幾乎像是在耳邊講悄悄話的聲音道：「不是我開槍殺死艾莉森的。」

「老天爺，當然不是妳啊，沒人懷疑是妳。」

面對小孩，他不知道該用什麼口吻、方式來跟她解釋自殺這種事。但是，又憑什麼不能告訴她？而且，搞不好早就有人跟她說了。他繼而一想：要是艾莉森．拉第瑪是在自己車上被人射殺後，才被抬去錫屋呢？或者，根本就是在她夫家被殺的，再被抬去錫屋呢？又或者是在娘家被殺，再抬去錫屋。

凱蒂這時站了起來，跑到人行道上。「媽！媽！」

溫蒂·史崔特正要把車轉進學校時，看到女兒跑出來。她踩了煞車，把那台富豪車掉轉車頭，停到路邊。眼神銳利地看著賀許，下車，從車前面繞過來，掐了凱蒂大腿一下。「哈囉，親愛的女兒。」她說，眼睛卻不停張望掃視著。一眼之間把學校、滴著水的警車、可樂罐與賀許都看進眼底，從證物還原事發經過。「抱歉我來晚了。校方突然召開教職員會議。」她說。

她等著要聽賀許交待，凱蒂感覺到了。「我只是過來說哈囉的。」

「是嗎？」

「我們吃了零食。可口可樂和雅樂思巧克力夾心。」

溫蒂抖了一下。「那可是天國的美食啊。好了，看來最好送妳回家去。」她並沒有動身，反倒聚精會神看著賀許，凱蒂緊緊黏在她身邊。「我知道你要去驗屍法庭報告。」

賀許承認是有這事，又說：「那之前要是找一天去跟妳聊聊，會有幫助。」

「來吃晚餐吧。」凱蒂道。

媽媽停頓了一下，平穩情緒後才說：「那就這樣吧。晚餐。六點半，南澳時間。」

23

南澳菜色：小羊肩肉塊配時蔬。

用餐到八點半時，凱蒂上床了。他們兩個聊著天，賀許坐扶手椅，溫蒂則坐沙發，兩人中間有塊厚地毯，鋪在磨光木質地板上。一旁及腰書架排滿三面牆，架子上方則擺著各式相片、印刷品，還有一張水彩畫。沒有電視——電視擺在另一間日光浴用的房間，是在屋子後方。賀許看了一些櫃中藏書的書名：傳記、攝影、藝術、旅遊，還有各式名家小說和不入流的作品。沒有烹飪食譜、廚房也沒看到半本，真是謝天謝地。各式花瓶，幾個從東南亞旅遊帶回來的銅製神像。

史崔特在一旁看著他。她臉上突然神色一閃，開口說：「這樣有合格嗎？」

賀許啞然失笑。「很棒的房間啊。」

「當作偵訊室不錯。」

「只是聊聊天。」

「聊聊天。」溫蒂道，伸了個懶腰，整個身子斜倚在沙發上。賀許這下知道，她是在逗他了。她的眼神慵懶中帶著一絲頑皮。

「要問什麼就問吧。」

賀許吸了口氣。「最普遍的說法，都指拉第瑪太太是自殺。」

溫蒂．史崔特一張原本微微自負的臉立刻垮了下來，倏地直起了身子，滿眼淚水，在身邊的立燈微光中，淚光閃閃。「叫她艾莉森好嗎？」

「沒問題。」

「就我的了解，她不是自殺的。」

賀許在椅子上挪了一下身子。「妳們很親近嗎？」

「凱蒂和我四年前搬到這邊，我立刻就和她認識了。我們成了朋友。兩家走路就到。而且她又很孤單。」

「她的事妳知道哪些？健康狀態、情緒問題。」

「我懂你的意思。是這樣的，她偶爾會抱怨手有點不靈活，可能是患了風溼。她說是風力發電機造成的，尤其是在晚上。要是起了東風，她會被嚇醒，整顆心砰砰跳。她也說因為這樣造成睡眠不足，影響到她的健康。」

賀許也想到自己對風力發電機的反應。「前幾天我站在一座發電機旁時，也感覺怪怪的，像是暈船一樣。」

「但是其他人都說沒感覺。凱蒂和我都睡得很好。」她聳聳肩。「風力發電機造成的症狀有很多鄉野傳聞。但很顯然是低頻聲波的噪音所致。」

「她先生和小孩都沒感覺？」

「對啊。但她婆婆有。其實，設了風力發電廠後，很多家庭離異。雷伊和他爸一心想要爭取風力發電廠到他們土地上架設機座；所以，後來電力公司選擇設在芬諾拉．阿姆斯壯家的土地時，他們兩個暴跳如雷。」

「會不會因為這個症狀，影響了拉……艾莉森，導致她輕生？」

「不會，絕對不會。」

「但是她之前的確試圖輕生，這紀錄也不能無視啊。」

「你聽我說，我剛認識她時，艾莉很怕生的。後來她才慢慢願意卸除心防，坦承自己婚姻不是很順利，她心情很差，恐慌症發作過，也有心律不整，有時候情緒非常低落。我要她去跟醫生商量拿抗憂鬱藥物，但她一直避而不談。我想她是怕老公發現。然後一年前，她被家人發現拿了槍，感覺像是意圖自殺。」

「她有跟妳提過自殺的念頭嗎？」

「有次她說，她真想就此了結。當時，我以為她是說想結束這樁婚姻。到現在我還是覺得她是這個意思。我想她的意思應該不是想要自我了斷。」

「那她為什麼不乾脆離開呢？訴請離婚？」

「兩個孩子的關係吧，我想。而且她也擔心，毫無謀生技能可言，又沒錢，像她到這把年紀又沒有謀生技能的女人，在這裡根本沒有工作機會。」

「但她終究還是離家出走過幾次，回到娘家去住？」

溫蒂哽咽著，一口氣下不去。「去年底有一次，上禮拜又一次。」

「她先生怎麼處理，又怎麼說？還有她丈人，又是什麼反應？」

「我不知道。但雷伊的確常掛在嘴上的一句話是：『想離開這裡，除非躺棺材裡橫著出去。』」

「她跟妳說的？」

「對。」

這句話就在兩人間迴繞。「他有對她動手嗎？妳有看到證據，還是她有提過嗎？」

「沒有，但我也這樣懷疑。她常會捧著自己的手，動作很僵硬。驗屍報告有發現她身上不明的瘀青嗎？」

賀許知道自己的身分不該回答。「沒有。」

「這倒很意外。但就算過去他對她動過手，她又能拿他怎樣？又不能向警方投訴。他跟警方交情那麼好，還是足球隊的隊友，人脈很廣。」

賀許小心翼翼地說：「何況妳並不看好雷德魯斯警方。就算拉第瑪先生和他們沒交情，也是不能信任。」

她聳聳肩。「他們都是些欺善怕惡的惡霸。」然後她的臉色一變，變得很嚴肅。「不妨跟你直說了吧，我打算召開公開抗議大會，抗議警方的作為。」

賀許慢慢地說：「好。」

「我這陣子一直在跟你的警司連絡。」

賀許道：「好。」

她瞇著眼睛看他，不滿意他的回答，好像猜到他早就知情。為了轉移她的疑心，他說：「艾莉森上個禮拜狀態如何？這次再度離家出走時，她是否也跟以前一樣垂頭喪氣？」

「正好相反，很難形容。她變得很開朗、幾乎是興高采烈的，就好像終於看見光明的出路一樣。她正打算提離婚。」

賀許見到她那天，她並沒有顯得很開朗，只像個洋娃娃：全身僵硬、冷冷的沒有表情、提不起力氣。但當時他身穿警察制服，她可能是不信任警察，覺得他和她老公以及柯洛普等人是同夥，才會那種反應。

「她有告訴過妳，她得到一筆遺產嗎？」

「當然有。她雖然知道這筆錢不夠在市區買棟房子，卻足夠幫她在別的地方爭取到一些時間，讓她可以安頓下來，找份工作。算是讓她可以喘口氣的救命錢、離家出走的本錢。」

「她老公知道遺產的事嗎？」

「這算殺人動機，對吧？」

「是妳說的。」

「他知情。」

走道上傳來小朋友不舒服的咳嗽聲。溫蒂整個人不自在了起來，抬起頭，準備要離開。還好之後沒再傳來咳嗽聲，她於是放鬆了下來，對賀許苦笑說：「拉第瑪家很有錢，對吧？」

賀許頭點得有點謹慎。「看起來是有錢人家。」

「沒錯。」溫蒂說。「只是看起來。但其實錢都花在土地和農具上。拉第瑪一家花錢如流水，曳引機都指定要最大最好的、羊毛剪也要最大最好的、種羊也要最大最好的。」

「艾莉森跟妳說的？」

「大家都知道的。」

「艾莉森怎麼說這件事？」

「她告訴我，家用錢永遠都不夠。因為老是在添購新的卡車或是買地，但卻從來不准她花錢在他們住家上。冰箱用到快壞了、地毯應該換新了、窗簾已經用了不知道多少年。但她跟他們講或哀求，對她可沒有好處。她說丈人是個十足的控制狂，會翻出她每張超市的收據，一一質問她，像是衛生紙為什麼不買無牌的、為什麼要買高價洗髮精等等……」

「雷伊也不說話？」

「大家都不說話。當然，雷伊從小就是吃他爸口水長大的，跟他爸一模一樣，壞脾氣、飲酒過量、在家裡是個暴君。對艾莉難得說上一句好話。要叫她時，都只會彈手指。」

「我知道這種人。」

溫蒂朝沙發前端坐了一些。「你聽我說，外頭，人人都以為雷伊是派對上的靈魂人物、社區裡最有朝氣、面面俱到的好人。但私底下的他，根本就不是那樣子。艾莉說他很冷酷，對家裡妻小漠不關心，幾乎很少和她或孩子講到話，只會規定東規定西。」

賀許想像著雷蒙·拉第瑪站在兩個兒子和嬌小的老婆面前，揮拳叫囂作勢，時而聲音低沉、指桑罵槐，時而大聲咆哮、大大的手指扭曲地揮舞。那畫面是那麼逼真又強烈。「前幾天傑克求我別讓他爸知道他玩槍時，那害怕的神情。」

「不意外。」

「妳覺得雷伊會打孩子嗎？」

「據艾莉說是不會，他只是言語上的暴力。大吼、作踐他人……尤其是對克雷格。你該去聽聽他在足球比賽上罵他的樣子。真是地獄來的家長。」

「好像什麼事都會扯到足球。」

賀許漫不經心這麼說，但溫蒂聽在耳裡卻很不高興。「足球、板球，有時候也包括網球，受歡迎的程度由高至低就是這樣。因為提佛頓太小，沒法成立自己的球隊，本地人會參加雷德魯斯球隊。」她向賀許投了一個陰沉的笑容。「雷伊·拉第瑪就是這樣跟你們警長成為摯友的。」

賀許也還以她同樣的冷笑。

「你要知道。雷伊小時候可是區域足球冠軍。本來要進聯盟職業隊的，但後來傷了膝蓋，美夢化為烏有。他現在想要在克雷格身上實現自己的夢想，一直逼這可憐的孩子，偏偏克雷格毫無運動細胞，手腳很不協調，而且志不在此。我猜，他寧可一直待在寄宿學校，這樣雷伊就不能欺負他了。」她說。

賀許把這些記在筆記本。「那為什麼回來了？」

又一個不是開懷的苦笑。「對外是說他想家，但其實是他們為了省這筆學費，硬要他回來的。」

「好像老是回到錢的問題上。」

「可不是嗎？我猜想，他們家以前應該是有點錢，大概一、兩代以前吧，但蘭納德和雷伊把錢都花光了，之前發生過幾次旱災，開銷增加、收入卻減少……」

如同雷伊．拉第瑪跟賀許說的一樣。「顯然他們到處欠錢。」他說，想到提佛頓雜貨店老闆泰南的話。

「不意外。」

賀許試著從各種角度去了解，想知道拉第瑪家中的狀況和氣氛。「所以克雷格是被他們硬從寄宿學校叫回來，目前就讀雷德魯斯中學。」

「對。」

「那他的感受呢？」

「我常在學校中庭和走廊看到他，就一副失落、不高興的樣子。我有試著跟他聊聊，但他會躲著我。可能是雷伊要他迴避我吧。大概是說我會帶壞他之類的，是左派女權主義暴民首腦，毒害艾莉森的想法後又要毒害他。」

對，她一定會這樣。賀許向她頑皮一笑。「克雷格怎麼去上學？」

「哈！問得好。我就在這，在他家對面，很樂意、也順道可以載他。但他偏偏要搭巴士。」

「那傑克在家裡的處境呢？」

「你注意到他有一腳不方便嗎？因為這樣，他逃過一劫。因為他沒希望成為足球冠軍。但我猜他應該也是吃盡他爸苦頭。」

兩個人忽然不說話了。賀許接著才開口：「再多說些雷伊的事。」

「他呢，就典型拉第瑪家人。」

「意思是？」

「拉第瑪家的男人赫赫有名。我一搬到這裡，蘭納德就過來自我介紹，歡迎我搬來。這算客氣，我想，一直到他硬把我壓在冰箱上，對我動手動腳，問我家裡沒個男主人，會不會寂寞。」

「妳怎麼處理？」

「一把推開他，告訴他，我會跟警方舉報。但他卻回我：『那祝你好運喔。』從那之後我就再跟他沒瓜葛。」

賀許咬了咬下唇。「不介意的話，我想問一下凱蒂她爸……？」

「過世了。車禍。」

「抱歉。」

她聳聳肩，但也眨了眨眼。「總之呢，有其父必有其子，過沒多久，換成雷伊來對我動手動腳了。只是他的手法比較隱晦。雙關語、性暗示、不小心碰妳一下。我預料，將來克雷格也會這樣。」她伸臂一揮。「抱歉，最後這句當我沒說。」

賀許問：「雷伊會對其他女人這樣嗎？」

「你明知故問嗎？大家都知道每週六晚上的事。」

賀許舉起手發問：「鄉野傳聞。這麼說好了：他這樣亂來是有一陣子了嗎？艾莉森知道芬諾拉・阿姆斯壯的事嗎？或者他和其他女人的事？」

「雷伊是明著來羞辱她的。他會整夜不歸，不洗澡就回家，當著她面打電話給這些女人，讓她知道怎麼回事。」

「好個大爛人。」賀許道。他想著要怎麼由此接到下個問題。「妳覺得芬諾拉・阿姆斯壯這人怎樣？」

「這個嘛，要挑一個人毛病不難，對吧？我不是很喜歡她，但這跟她和雷伊・拉第瑪上床無關。我就是跟她聊不來。她這人太有稜有角、太務實。要是話題無關節氣、農作收成和股價，她是什麼也不會跟你聊的。但她作為一個寡婦，一個人管偌大農場，還滿成功的。」

「一位務實的女性。」

溫蒂乾笑幾聲。「你這話如果是在說她為了解決問題，而布下這自殺的局，我倒是沒看出其所為何來。我意思是，她有什麼問題要解決？」

「除掉情敵啊。」

「好讓她得到雷蒙・拉第瑪？應該這樣說：害死艾莉，能解決的是『他』的問題。」

「好吧。」

「賀許，拜託一下，你要注意的是她的家庭。雷伊和他爸是那種保守、向傳統價值觀靠攏的男性，在社區有聲望、受尊重、上流人士。但檯面下，都是很糟糕的男人。」

她居然叫他「賀許」。他喜歡這樣。「但到目前為止，每一個有動機的人，都有不在場證明。」

「他們花錢讓人去辨的。」

賀許看著她。如果這話換作是別人講，他肯定嗤之以鼻。晚餐在肚子裡飽飽的，燈光暖暖暗暗的。音樂輕輕柔柔的，iPod隨意播放歌曲——現在播的是The Waifs[1]的歌曲，賀許在歌聲的催眠下一直不想回家。他看著溫蒂，翹著二郎腿、一腳高雅地跨在另一腿上，她也看著他。中間曾有那麼一刻有什麼，但賀許任其如流沙般消逝無蹤，結果惹得溫蒂把不滿發洩在歌上。「這古怪樂團接下來要又哭又叫了嗎？」

1 The Waifs，創於一九九二年的澳洲民謠搖滾樂團，最紅的時期是二〇〇三到二〇一一年間。

24

十月撩起裙襬一溜煙地跑走了。

艾莉森・拉第瑪的葬禮，小鎮近半數人都前來悼念，看在賀許眼裡，那是一場滿是不解和心痛交織的場面，就這樣一個場合，把這個社區撕裂成兩半，反而未能凝聚眾人情感。風夾帶著塵土，螞蟻在紅土上忙來忙去，卻還是沒看到半個受僱殺人的殺手在附近徘徊。白晝變長了，陽光中開始傳遞著熱氣，教堂旁墓地上的幾位老農夫告訴賀許，今年「夏天會很漫長又燠熱」，他們很會看天氣的。他不敢笑出聲[1]。畢竟這是對死者的不敬，何況他又懂什麼天氣呢？

他讓自己安於小鎮警察的角色，有時是嚴父、有時是慈父、有時是傾聽告解的神父、有時則是鄰家小夥子、有事需要幫忙時求助的對象。當地每位居民都有他的手機號碼，有些人會找些藉口打給他。甚至只要看到他的警車停在警站外時，就會登門求助。求助的內容五花八門，尋找走失的家畜、牧羊犬、柵欄柱、汽油桶、摩托車，甚至是患了失智症的媽媽等等。他得不停開車在外奔波，有時甚至一天要開

1 Long Hot Summer 剛好是澳洲知名歌手 Keith Urban 二〇一一年的暢銷歌曲曲名。

上三百公里，不是調查竊案，就是到很偏遠的農場自我介紹、查訪酗酒又有暴力紀錄的剪羊毛工，或是一直只靠媽媽照顧，媽媽卻剛去世的四十歲智能障礙者，或是相信另類醫療，不斷威脅風力發電廠工人的婦人，還有自行停藥的思覺失調患者。有次他必須火速趕往雷德魯斯；一名少年氣喘發作，但氣喘藥用完了，爸媽又不在鎮裡。他還要在路上抓酒駕、一家一家親自去拜訪汽車行照過期沒有補登的人，然後又要把一群縱火的青少年叫到旁邊，勸他們不要玩火，有次他們甚至在警局前玩火。還曾經飛車追捕一輛載著偷來的種羊的轎式貨卡。甚至連老夫妻購物完搬不動，也要他幫忙提回家。

這些不全是警察分內的工作。有一次，只因為他不小心說了他對網球稍有興趣，結果就被找去網球委員會，對方希望能夠借重他寫信、簿記和過往經驗幫助球隊。他不是不能跟大家好好敦親睦鄰，但在鄉下小地方當警察的祕訣，既是祕訣也是遺憾之處，就在於跟當地居民要保持有點親又不能太親的距離。但有時候，往往會發現，跟他們還不夠親。

就這樣，他安於現狀。但，蜜莉亞．唐納文和艾莉森．拉第瑪兩人的死，卻一直啃噬著他的良知，讓他無法真的睜一隻眼閉一隻眼。意外調查員雖然擴大搜索嫌犯的車輛，還與交通事故車輛維修廠、醫院聯繫，也沿著屏障高速公路從布羅肯希爾到阿德雷德路段，調出所有監視器錄影畫面看過，賀許也一直對潔瑪．皮徹媽媽、家屬、朋友和仇人施壓。但就是沒消息。潔瑪有再跟他們聯絡嗎？來過電話嗎？寫信呢？電子郵件呢？還是臉書上有什麼訊息？過去她有偏愛哪座城市或是假日景點嗎？年紀比較大的男友？住得遠的，他撥電話詢問；較近的他則親自拜訪。

他同時也去找黎安·唐納文，但並沒有新發現可以告訴她。她則要他以後別再來了。

＊

至於其他時間，他則要用來讓別人別來煩他。

狄萊爾、庫魯姆、柯洛普、史波齡全都要他報告新的發現或者行動。他最期盼的是溫蒂·史崔特打電話給他，追問他最新發展。

「我想跟雷伊·拉第瑪聊聊，警長。」他告訴柯洛普。

「多等一陣子再去。給他們時間哀悼。」

「他是你的好朋友。請他打給我。」

「我不是告訴過你了嗎？先緩緩。」

終於有一天，溫蒂·史崔特打來了。她很客氣，語氣卻有點急，好像當天很忙，好不容易找到時間來電一樣，她提到以前跟艾莉森·拉第瑪聊天的一段內容，最後則很爽朗地掛斷：「再見！」

賀許一顆心懸在半空中，索性換掉了聽筒。他盯著沾塵的行事曆，重播一遍剛剛那通電話錄音。輕快的嗓音中，是否帶著一點試探、實驗的性質，會不會是溫蒂好不容易鼓起勇氣打電話給他？那真是比我有勇氣多了，他喪氣地想，繼而又立刻痛罵自己，硬把自己可悲的願望和恐懼投射在她身上。搞不好，她壓根就對他沒有一點感覺，也因此打這通電話，對她一點也不困難，而要是她聲音裡有一種好不容易下定決心的感覺：那是因為她有重要消息要提供給警方，但不能找柯洛普，只好找賀許。

要說到盡拿些雞毛蒜皮小事自找麻煩的本領，賀許真的是澳洲的縮影。他拿出筆與筆記本，開始埋頭記錄：

十月二十九日，下午三點三十分，溫蒂·史崔特來電，告訴我她想起艾莉森·拉第瑪今年稍早講的兩段話：「雷伊認為傑克的跛腳，是遺傳自我的家族」，還有「雷伊始終掛在嘴上，說是好的育種人會汰除不好的品種」。

很惡劣，但無法證明和犯罪的關聯。

史波齡又來訪了，這次還要賀許奉上咖啡和餅乾。

「你把這地方打理成這樣，我喜歡。」他說，對著賀許的客廳四下張望。

粉刷牆壁、找來吸塵器打理、換掉窗簾和百葉窗、掛上幾幅提佛頓小學社區藝術市集買的水彩畫。到東邊採野花。滾滾烏雲下，一絲陽光照在野豬山上。

「打算紮根長駐，長官。」賀許在廚房發聲。

「很好啊。」

賀許用盤子端來咖啡。史波齡選了扶椅坐下，椅子上蓋著的拼貼花布也是在學校藝術市集買的，扶椅在花布下顯得很花俏。史波齡拍拍那塊花布。「很漂亮啊，警員。」

「這是對面學校裡幾個媽媽合作拼成的。」賀許說，一邊倒咖啡。

史波齡點點頭。「我太太對這類東西很有興趣：針織、刺繡、拼貼……」他細長的手指摸摸花布上一小塊綴著白色圓點的藍色方塊，接著望向賀許。「坐下，保羅，老天爺。我又不會咬人。」

賀許一屁股坐進另一張扶椅。「是，長官。」

史波齡輕輕吹涼手上的咖啡。「但你可要記得，我叮嚀過你，要跟我報告雷德魯斯同事的動靜。」

「長官。」

他聲音忽然變得稍微強硬了點：「看來是沒有可以報告的。為什麼會這樣？員警。」

賀許在椅子裡挪動一下。「事情有點亂，最近我和他們都沒怎麼來往。」

「啊哈。」史波齡道，一副不相信的口氣。他翹起二郎腿，兩手靠在拼貼花布上。「史崔特那女人不管怎樣都要召開抗議大會。日期還沒選定，但是，老天啊，想想就覺得一定是了不起的經驗。」他等著。

賀許聽到這名字時，身體有晃一下嗎？他不說話。

現在警司似乎有可能成為這整個亂局中唯一挺他的人，他不想搞砸這個機會。

史波齡用客氣的笑容化解僵局。「神祕兮兮先生。我們的自殺案進展到哪了？驗屍官說，負責報告的員警如果一直不交報告，他可沒辦法繼續。」

「問題是，長官，我不認為那是自殺。」

「啊，沒關係啊，你儘管說。」

賀許說出了自己的懷疑和挫折：車子、來福槍、被人踩壞的現場。鑽石戒指。艾莉森・拉第瑪的手。她一塵不染的鞋子。彈道分析，法醫的發現等等。

「你發現了很多證據。」史波齡指出。「車目前在哪？」

「查扣區。」

「或許還來得及採指紋，並化驗裡頭的殘留衣物纖維和體液。」

賀許搖搖頭。「我試過了。一無所獲。車窗是開著的，水滴凝結，時日久了。」

「你有拍照嗎？」

「都印出來了。」賀許道，把檔案夾交給史波齡。

警司一邊翻，偶爾停下來，皺著眉、不是很滿意的樣子。「那陣子一直下雨，我記得？」

「之前有幾天是。」

「有輪胎打滑痕跡嗎？鞋印？」

「輪胎痕沒有。至於足跡，去那邊的人多到把足跡毀了。」

停頓一會後，史波齡打量著賀許。「你認為她的鞋子沒沾到泥巴很可疑。」

「是的，長官。」

「到時候我們在法庭上，一定會聽到有人主張人會依習慣直覺做事。所以這個案子中，一個愛乾淨的女人，即使打算要自殺，也不會想要弄髒鞋子。她可能繞過泥巴地，走草地。」

賀許嘖了一聲，不情願但也只能同意。「或許吧。」

「同樣的邏輯，也可以解釋鑽石戒指。她不想被其他人弄壞、弄丟或是偷走。你說她對槍枝很熟悉？」

賀許聳聳肩。「農人的妻子。鄉下女人。」

「不過，通常女人不會用這種方式自殺。」史波齡想著。

「正是啊，長官。」賀許食指指著其中一張照片。「你看她大姆指扣著槍機護弓的樣子。」

「這證據不足。」

「但她這隻手有問題啊，沒力氣，伸不直手指或大姆指。而且，只有槍托和槍尾驗到她的指紋，槍管上卻沒有。」

史波齡搖搖頭。「但她那隻手終究還是能動啊，對不對?所以也不是不可能，她用右手握著來福槍扳機的部位，再用左手握著槍托把槍管塞進嘴巴，才會在槍管上驗不到指紋。」

賀許慘笑。「你當辯護律師一定很厲害。長官。」

史波齡往前靠，臉上露出跟賀許一樣的慘笑。「員警啊，我這是在模擬驗屍法庭或是判決庭上會問的問題，不知道會不會發展到判決庭，還有，據我看來，你這些照片，沒有任何構成犯罪的嫌疑人。」

「長官。」賀許實在不願意承認這件事。他內心深處其實是在怪自己，不應該過度採信溫蒂·史崔特的觀點。他純然是因為喜歡她，被她影響了。

「要記得，腦部損傷會導致特定行為模式。也會導致產生自殺的意圖。」史波齡停頓一下後。「有幫她檢查火藥殘留的情形嗎？」

「有幾處有沾到。」

「那就是了。」

「但總覺不對勁，長官。」

史波齡往後靠，微微動氣了。「好了，那現場和屍體還有什麼不尋常處？」

「她有些瘀青和擦傷，長官。」

「有可能是……？」

賀許露出苦相，想到法醫那番挖苦的話。「有被人粗暴對待過。」

「也有可能是跌倒、撞到那間屋子。再去請教其他人的意見。」史波齡道。

「她已經火化了。」

「啊。好。但應該還是可以找別人去確認法醫的報告。」他帶著遺憾地聳聳肩，站起身，出去時說：「你行行好啦，保羅，把那台髒死了的車洗乾淨。」

日子一天天過去，賀許一天天巡邏。有幾次在鎮裡吃中飯或是放學時間，他會不經意望向公路對面的校園，看著凱蒂．史崔特與傑克．拉第瑪兩人。四十個小朋友，年紀從五歲到十二歲不等，打打鬧鬧地走出教室，跑到操場或是接送他們的車裡。有時候這些小朋友就是整座小鎮唯一的聲音來源了。他可以憑著凱蒂．史崔特活潑的動作在小朋友中認出她，因為她動作特別突然、快速又有種慧黠。他也同樣可以認出傑克．拉第瑪，因為他總是搞不清楚狀況又神情茫然。

他也會留意溫蒂．史崔特有沒有來，告訴自己一定要跟她打招呼，但不知怎的，一個不留神，小朋友一哄而散時，卻始終不見她蹤影。

把那台髒死了的車洗乾淨……賀許不想一直被念，現在每次只要結束勤務，就會拿水管把他的警車噴一遍，每個禮拜固定洗一次，就在十月底一個禮拜五，他又在拿泡沫噴噴洗洗，那些灰塵，只要稍不注意，便會到處形成各種形狀的頑固薄膜，凱蒂的聲音突然冒出來：「認真一點好嗎？」

賀許轉過頭來。「麻煩妳教教我。」

「錢夠多我就教你。」

她一臉活潑地跑到他的車道。傑克跟在旁邊，一樣慢慢的、呆呆的、不太願意的樣子。賀許這才搞清楚，應該是凱蒂為了讓他活潑一點才硬拖他過來的。

最好這我能幫到妳，他心裡咕噥著。「妳只是想吃我的巧克力夾心吧。」他說，心想，老天爺，我幹麼提這個？

凱蒂踢踢地上的小草。「我們可以在這邊等阿姆斯壯太太嗎？」

「沒問題啊。」

芬諾拉．阿姆斯壯？變成是她例行接送孩子了？也難怪有一陣子沒在學校外頭看到溫蒂．史崔特的富豪車了。阿姆斯壯住得離兩家孩子都近，再加上有時候溫蒂有事被耽擱來不及，像是教職員會議之類的。但為什麼雷伊和他爸從來不會來接孩子呢？太忙？還是覺得這事該女人做？

「你們想邊吃零食邊等嗎？」

凱蒂·史崔特說好。她一邊走過院子，一邊輕輕點頭。

「你們隨便坐。」賀許道，指著前廊階梯，然後進了屋子，出來時用餐盤盛著飲料和餅乾。

但傑克·拉第瑪卻還是逗留在大門口，看著路上，一副魂不守舍的樣子，像是不知道現在該做什麼一樣。

「傑克？」

他一跛一跛地走來。「要是她來沒看到我們怎麼辦？」

「阿姆斯壯太太很容易生氣。」凱蒂解釋著。

賀許想像得出來：芬諾拉·阿姆斯壯這人沒什麼耐性、不懂得變通、又不太懂得和人相處。他看到男孩有點怯生生的，就到門口陪他，還試著把手搭到他肩上。「你要嗎？傑克。可樂和巧克力夾心餅。」

這時中學校車正停在泰南雜貨店外。兩男三女下車來，襯衫已經半露在褲頭外，襪子則壓到腳踝高度，鞋子斑斑駁駁的，頭髮也是雜亂無章，一個女孩正在拉裙襬，把原本高到快到鼠蹊部的裙襬拉回到大腿中間長度，以免爸媽看到。

五個人隨後各走各的，一名女孩走進旁邊小巷，另一名女孩跟兩個男生進到雜貨店，最後一名男孩則走上雜貨店陽台的後端，靠近郵筒旁。是克雷格·拉第瑪。他看起來很沒精神，悶悶的，整個人繃得很緊；而傑克看到他後，整個人則縮得更明顯。賀許想到他們一家人巨大的差異：爺爺住在山上、爸爸住在山腳，不然就是去跟外面的女人廝混，長子渾身怒氣到處發洩、次子則散發淒涼的氣息。

芬諾拉．阿姆斯壯的本田車急急駛入鎮來，先停下來載克雷格，接著就急駛進學校旁邊巷子的入口，這時傑克才一跛一跛的衝出賀許的大門，揮著雙手。

阿姆斯壯見狀急煞，一個迴轉，差點撞到傑克，逼得他退了好幾步，還踩到賀許的腳趾。「不好意思！」

傑克被自己的舉動嚇到。賀許把手輕輕放在他肩頭，算是給他壓壓驚，再跟車裡的阿姆斯壯點點頭。傑克坐進後座克雷格旁邊。

凱蒂輕快地跳過賀許身邊，大叫：「再見啦！」進了前座阿姆斯壯旁邊。其他人一臉慍色時，她卻亮得像是黑暗中的光，一閃一閃跟條潔白的絲帶似的。

賀許覺得應該打聲招呼。阿姆斯壯看著他，皺著眉，他走到駕駛座車窗旁。她不情願地搖下車窗。沒有敵意也沒有擔心；沒有表情。她那被太陽曬傷的臉上只有平靜。

「幫忙載孩子？」他開心地說。

她整個人忽然變了，一絲嫌惡閃過她臉上，顯示她對於賀許不明就裡的不滿。「可以這麼說。」

這時，竟然被賀許看到艾莉森．拉第瑪的鑽石戒指，就在她那因長期務農操勞而龜裂的手上一閃一閃。他拍拍她車頂，往旁一站。凱蒂揮揮手，兩個男生則沒揮。他回到院子裡，再次將車上更多的泥巴沖到車道上，盡量不多想剛才發生的一連串事情。

*

下一個訪客是珍妮佛・蒂伊。

她在十一月第一個禮拜最後一個工作天來大敲警局大門。當時正忙著把沾滿死蒼蠅汙漬公告拿下來的賀許嚇了一大跳。公告下躲了幾隻小蜘蛛以那裡為家。

「你這渾球。害我丟了工作。」

賀許才從凳子上下來，她就一腳把凳子踢飛了。他看著通往辦公室的門、通往住處的門、前門。個頭很小的她，很容易哭的女人，但此刻的她卻正發著火。他可不想在密閉空間跟她起爭執。

但老天爺，這該怪誰？「妳被開除，是因為妳把證據栽贓到我頭上。」

「他們給我看那個錄影，根本就看不清楚是我。」

她兩眼通紅，整個人顫抖著，腋下暈出汗漬、脖子也冒汗。賀許說：「要喝啤酒嗎？是喝啤酒的天氣。」

她眨眨眼。「什麼？」

「啤酒。果汁、茶、咖啡……」

她竟然真的用她細瘦的腳去跺地。「鮑伯・雷德會死也是因為你。」

「鮑伯・雷德會死是因為他往自己頭上開槍。」

或許到現在都沒有人跟她說真話。她手壓在肚子上，好像被他揍了一拳一樣。「那是因為他的人生被毀了。」

「是他親手毀掉自己的人生。他讓魁恩帶他走上歧途，事情被查出來後，他承受不了壓力。」

「他被查出來也是你害的。」

「妳講這什麼話，珍妮。妳這話是在說，他繼續這樣偷東西、說謊，都沒關係嗎？然後還讓警局其他人跟著貪贓枉法？內部調查單位在找我去談之前，早就已經把他掌握得清清楚楚了。」

「你騙人。」她說完跑了出去。

他沒跟上去。她最後那句話，是他這輩子始終擺脫不了的。很多人都這麼看他。

25

裁判法院巡迴法官寇爾特每隔幾週，會來到這個地區主持裁判庭，到了十一月中旬一個禮拜五的中午，正當天氣乾燥、風沙滿天、熱力漸強的時候，賀許開在屏障高速公路上，準備赴文恩夫婦酒駕案件的裁判庭。開到雷德魯斯外圍時，他注意到電線桿和塌掉的牆上貼了幾則傳單，最先映入眼簾的一則寫道：**雷德魯斯的警方執法，說出你的憂慮**，標示了十二月舉行的日期。他感到意外：這肯定是搶在尼可森和安德瑞沃瑟發現前貼上去的。

文恩和老婆正在台階上等候，旁邊還有一個人賀許也認得，是雷伊·拉第瑪的律師。他本該不理他們，直接繞過，因為他早料到了。但是，他卻掏出手機，點選相機，朝他們那群人直直走過去，趁機在過程中拍了照。

他站在他們下方的台階——心理上是占下風的——他說：「我再警告一遍，文恩先生：要是你堅持是你開車，我會以偽證罪逮捕你。」

文恩夫婦精神抖擻，衣著講究，是那種凡事都能順他們意的人。潔西卡·文恩朝賀許走來，高跟鞋鞋跟像利刃，結實的小腿，肌腱緊繃。「你這傲慢無禮的小……」

律師碰了她袖子一下。「潔……」

「他就是。」

現在換成律師針對賀許而來，他的眼神穩定不動搖。「這是在威脅嗎？賀許豪森員警？是針對我的客戶嗎？是當我這個法庭官員[1]不存在。」

「偽證就是偽證。」賀許道。他伸出手要跟對方握手，雖然不確定對方會不會願意握手。「請問你是？」

律師這下被迫要彎下腰才能跟他握到手。「伊恩．羅根。」

他握手的力道很紮實，簡直像在測試他的手勁，賀許藉機好好掌握情勢。他們是到了一定年紀，可以呼風喚雨的年紀，在雷德魯斯舉足輕重，他心裡這麼判斷。這個人身穿高價灰色西裝、筆直的白色棉織襯衫、變形蟲花紋領帶。變形蟲花紋又流行了嗎？都沒人告訴賀許。這是個很乾淨的人，黑髮、一絲不苟。賀許低頭看他瘦削的手：露出一公分白色袖子，看起來就很有錢的黑色手毛整齊地鬈曲著。

「羅根。我在週刊的廣告上見過你。」他說。遺囑、信託、地契、讓與、家事法，還有制式的半身照。

他抽回手。「是這樣的，我不知道你客戶怎麼跟你說的，但……」

「這些就等到裁判法官那邊再來討論了，好嗎？」羅根說。他低頭看到賀許的手機。「你那是什麼，犯案照片嗎？」

他得意大笑起來，留意著四周，始終沒有靜下來過，將經過車輛和行人都看在眼裡，對整座小鎮的祕密情事了然於胸。然後他忽然定住了，眼神射向對街，嘴唇微微動著，「喔，靠」沒說出口，接著便讓文恩夫婦走前面，一起進了大樓。

賀許好奇他看到了什麼，便跟著轉身。一名年輕女性一頭綁成馬尾的金髮，在五十公尺外的路旁咖啡廳入口，正撥開門口的珠簾要進去。她走過後，那珠簾在她身後搖曳著。

法庭速記員兼雜工探出頭來喚賀許，他便跟著進去了。

「又見面了，賀許豪森員警。」裁判法官道。

還能怎麼回呢？賀許點點頭道：「寇爾特先生。」說完環顧法庭周遭。沒有其他案子列在今日的開庭名單，不過柯洛普在，除此之外沒有別人了。

這個案子，賀許後來指控他們兩項罪名，酒駕、向警察作偽證。被撞壞的道路護欄則是公路管理局的事；他會把細節寄給對方。現在寇爾特宣布指控罪名，賀許不自在地看著柯洛普。柯洛普上次在這法庭看到寇爾特與羅根時似乎很不滿，而現在也一樣。

寇爾特接著說：「羅根先生，你的客戶不願意交付罰款，也不願被扣違規點數，他選擇對這兩項指控向本庭提出抗告嗎？」

「是的，庭上。」

「很好。賀許豪森員警？」

1　英美法中律師先是法庭官員，之後才是客戶律師。

賀許又看了柯洛普一眼，將逮捕經過告知法官。接著轉向羅根，等著他發問，但寇爾特卻直接傳了文恩到被告席。

文恩依法庭慣例宣誓後，對他老婆使了個眼色，還對律師笑，接著就說是賀許誤會他們，一直都是他太太在開車。

「我喝了幾杯，庭上，所以就覺得最好不要開車，以免危害他人性命。」

「幾杯？當時可是日正當中。」寇爾特問。

賀許聽他語氣怪怪的。一點也沒有執法者的忿怒，反而像是事先排練過，就像背好稿一樣。

文恩說：「我們談成了一筆交易，庭上。伊莉莎白・詹寧斯太太。您記得兩年前，她丈夫不幸過世吧，在這房市慘淡的時期，她一直賣不掉房子，直到遇到我們。」

「是啊，很好的一位女士。」寇爾特道。「羅根先生？」

「庭上，請容我呈上被告妻子潔西卡・文恩女士的書面聲明，此聲明意在證明，案發當日，當時是由她在事發路上開車，而非她先生。」

裁判法官輕輕彈著手指，似乎很輕鬆愉快。接過聲明後，他快速念了一遍，接著就瞪著賀許；賀許則是弓著腰，一副要戰鬥的樣子。「員警先生？這份聲明是否符合案發時的情況。」

「我還沒機會看到，庭上。」

寇爾特瞄了羅根一眼，他趕忙從公事包裡拿出一份備份，交到賀許手上。

首先：日期、時間、地點和背景狀況。接著：

有鑑於職責，我先生決定不要開車，而將鑰匙交給我。但才離開詹寧斯太太家不久，我就出了車禍。因為不習慣路上的坑坑洞洞，石子路面、道路急轉彎以及窄小的狀況，我不小心擦撞路邊護欄。驚嚇和氣忿之餘，見該地段停車沒有危險，我立刻停車，好讓自己冷靜下來，但這時賀許豪森員警駕著他的四輪傳動車來了。我立刻下車道歉並解釋清楚，而且，我承認，我也想要尋求他的安慰以及諒解。沒想到，賀許豪森員警反倒斥責了我和我先生一頓，還誣指是我先生駕車，是擦撞後才由我頂替，以免他被吊銷駕照和遭到罰款。

茲由克萊爾公證人見證。

「你有什麼回應，賀許豪森員警？」

賀許站了起來。「庭上，在此庭後，我希望能夠以偽證罪逮捕文恩太太，至於對於文恩太太和她先生其他方面的指控，可稍晚再提出。」

語畢坐下。

「庭上，這真的是……」羅根道，很不耐煩地站起來。「請庭上參考，在剛剛開庭前不到幾分鐘，賀許豪森員警在庭外的台階上就以此威脅，是針對我客戶而來，而且是我在場的情形下，對於賀許豪森員警的意圖，絕對不可能有誤解。事實上，該員警的言語和態度，讓客戶和我都深受驚嚇。」

寇爾特轉頭過來，擺出讓人充分相信他忿怒的表情。「這是真的嗎？賀許豪森員警。你出言威脅羅根先生和其客戶？」

「庭上，文恩先生和文恩太太對此庭不敬。他們……」

「你這是想要影響目擊證人，讓她當著本庭面前改變證詞嗎？」

「我這是要幫她避免觸犯嚴重的……」

「本庭已經獲得夠多訊息。」裁判法官輕敲法槌後道。「本庭現判文恩先生無須答辯，當庭獲釋。至於你的行為，賀許豪森員警，我有必要告知史波齡警司。」

背後傳來走出法庭的腳步聲中，隱約夾著拍背歡慶的聲響。賀許一臉苦相地環顧四周，太陽暖暖的，卻無法振奮他的心情。接著腳步聲都散去了；車子將文恩夫妻和羅根一一接走。他的一天就這樣匆匆過去，賀許走下法院前的台階，卻被柯洛普在耳邊的怒吼聲叫停了腳步：「你跟我說，是他們錯怪了你，員警。說你並沒有威脅文恩夫婦，要以偽證罪逮捕他們。」

賀許在原地不發一語，但覺得與其登上台階，還不如下到人行道比較安全。「他們沒說錯，警長。」

柯洛普站到他旁邊來，兩人就這樣併肩瀏覽小鎮，而小鎮在那當下一點動靜也沒有。靜默的時間愈拉愈長；男人間的閒扯沒有出現。只有安祥和平靜在烈日下進行著。然後柯洛普才出聲：「珍妮・蒂伊」。

「警長？」

「她之前想栽贓你？」

「顯然是。」

「這跟我無關喔。」

「我從沒這樣想過。」賀許道。但他略過了那次在檔案室地上找到百元鈔的事。而這已經是柯洛普有史以來對他最好的一次了，他不知道這可以維持多久。

兩人就這樣站著。柯洛普道：「史波齡那邊你別操心。我會去向他解釋。」

賀許的確有在擔心史波齡。但主要是至今他還沒向史波齡報告柯洛普和其他同事的事，因為他不是很想，雖然，明明現在唯一支持他的是史波齡。可是，現在柯洛普卻主動要幫他在史波齡面前講好話。這真是讓人難以抉擇。「沒事的，警長。我會擔起來。」

「隨便你。」

一台農場卡車駛過鎮裡，上頭載著乾草。很快地，賀許跟著打了個噴嚏。剛剛在咖啡店門口晃著馬尾的女生走出了咖啡店，穿過街，朝兩人走來，向柯洛普招手。「警長。」

「琳姐。」

兩人互看。柯洛普道：「妳該不會是在跟蹤你老公吧。」

她裝出跟蹤狂那種恐怖、變態的鬼臉。「最好是啦。」

「我也覺得應該不會。」

這可有意思了。賀許好奇看著。

「琳姐，見過賀許豪森員警。員警，見過前伊恩·羅根夫人。」

她臉色閃了一下，片刻露出微慍。「我可不是沒名沒姓啊，柯洛普警長。」

「那當然，不好意思。」

「等你把伊恩的槍沒收，我就原諒你。」

「法庭已經取消禁令了，琳妲，我們也沒輒。」

她嬌嗔一聲。「你是說寇爾特取消禁令了。」

柯洛普沒說什麼；賀許視其為默認。

「你已經被寇爾特同流合汙了。」她臉上露出陽光笑容。「跟其他人一樣。」

「謝了，琳妲。」

「不客氣。那我要走了。幸會，警長。」

「一百公尺距離，琳妲。」

前羅根太太在咖啡廳前若有似無地揮了揮手。「我當天可是遠在一百二十公尺之外。」

「太好了。」

她離開後，賀許側著頭問：「你們說的是什麼事？」

「從前的事了。羅根對她申請限制令。」

「為什麼？」

柯洛普用他那種粗魯、硬漢的方式慢慢轉過頭來面向著賀許，他臉上有一種在內心掙扎的有趣表情。賀許——走狗、內奸——但也是位同事，剛剛才被寇爾特和羅根聯手擺了一道。

賀許等著。柯洛普調適好心情後，便就著人行道、在午後的陽光下，跟賀許一一道來：「伊恩·羅根會打老婆，三不五時都在動手，還經常假冒她在文件上簽名，銀行、房地契都不放過。琳妲報警了，後來我們又知道他有暴力紀錄，沒收了他的槍。有霰彈槍、幾把打獵用的來福槍。兩人離婚時，她又被老公坑了一筆，再加上一些有問題的文件沒有採取應有行動，她老公就覺得應該可以把槍要回來。他填了申請文件，要求被視為『在槍械申請上未受禁止的人』。寇爾特也批准了。琳妲氣炸了，就開始騷擾所有人。」

「寇爾特和羅根是好朋友嗎？」

「寇爾特這人其他事我一併跟你說了吧。」柯洛普道，賀許的問題他當沒聽到。「去年一個老公經常家暴妻小，被告上法庭，警方也到場作證。妻子準時到法庭，我們也準時到，卻只有寇爾特沒到。原來他是跑到羅斯威爾（Rothwell）去了。雷德魯斯、羅斯威爾，沒那麼容易搞混吧，除非你喝醉，或完全不當一回事。等寇爾特急忙飛奔回來，一身怒氣，怪東怪西、怪所有人，就是不怪他自己，還不願意簽署禁制令，也不願意讓那名妻子當庭念被害人所受影響陳述。一週後，這個老公把老婆打到住院。」

柯洛普揚起濃濃的眉毛看著賀許。「諸如此類的事很多。」

「不能向出庭律師理事會申訴嗎？」賀許道。

「他們跟警方一樣。」柯洛普道，一樣都很髒。「第一守則就是，官官相護。」

賀許眼神飄向別處，飄到很遠的街邊另一角。羅根前妻正要上一台很舊的豐田汽車。引擎發動了，黑煙開始噴。

「真是漂亮的女人。」他說。

「很年輕就嫁了。」柯洛普道。「羅根喜歡年輕的，他親口說的。」

「年輕是指……」

「就是年輕。」柯洛普道。

因為柯洛普今天的態度，讓賀許鼓起勇氣說：「我有必要跟雷伊．拉第瑪談談，警長。」

「要我說幾遍？晚點再去。」

鎮裡共有七座山丘，賀許來到其中一座山頂，用手機把他拍下文恩、羅根還有寇爾特的照片電郵給蘿西．狄萊爾，接著在附近的咖啡廳買了個火腿沙拉捲後，慢慢地朝北開去。提佛頓出現在視線裡，鎮裡的大穀倉像根樹樁，出現在地平線上。天空好寬、好空，只有在靠近野豬山邊才微微有幾朵不明顯的烏雲，他的手機又收得到訊號了。

蘿西．狄萊爾打來的：「你認為這些人有牽連在內嗎？」

「算我的直覺吧。就蛇鼠一窩，他們是權力核心。再者，伊恩據說對年輕小女孩特別有興趣。」

「我去打聽打聽，看看能查到什麼。」

下一個打來的是芬諾拉．阿姆斯壯，她說克雷格．拉第瑪正在她家旁邊長得很高的雜草堆中縱火。

26

賀許在拉第瑪家的土地上找到一塊沒在使用的牧場，裡頭堆放的多是乾草，其他則都是紅土地和星狀矢車菊，但在緊鄰圍籬邊有一塊土明顯被燻黑了，範圍有學校運動場那麼大。焦黑中，交錯著斑斑紅色的鞋印和線條，是消防隊員和消防車留下的痕跡。賀許抵達時，只剩下一台消防車和四名消防隊員在現場，他們是提佛頓義勇消防隊員，留下來善後的，另外還有一名熱心的鄰居，帶了一大桶水來，一台本田抽水車、水管、後頭還有他十幾歲的兒子。布萊恩山消防車也剛來過，但已經離開。現場冒著蒸氣，嘶嘶作響。煙在微風中竄著。

「還好沒有更擴大。」一名義勇消防隊員說。

賀許看著圍籬。四根柱子燒黑，圍籬的鐵絲都被燒到垂了下來，芬諾拉．阿姆斯壯的地也有將近一米的範圍遭到波及。要是火勢再往前燒個一百公尺左右，就會殃及一旁小木屋和她家了。他看到她的車停在院子裡。但這邊看不到拉第瑪他家：他家在山的另一頭。

他家那麼大，克雷格．拉第瑪怎麼會特地跑這麼遠，還在兩家籬笆旁縱火？現場也沒見到這孩子、他爸或爺爺的蹤影。會是去別的地方收拾善後嗎？傑克應該還在學校。克雷格怎麼沒去學校，反而在家裡呢？

賀許回到車上，開上荒涼路，前往維米嶺的拉第瑪家大門。停好車，循著人聲，來到後院，聽到有人在大吼：「愛哭我就讓你哭個痛快，你這個沒用的愛哭鬼。」

拉第瑪罵到上氣不接下氣，青筋畢露，大大的手掌朝後一揮，另一手則攫住兒子的脖子，賀許還來不及阻止，他一巴掌用力地打在男孩的後腿上。

「拉第瑪先生！」

拉第瑪手正舉到半空準備要再落下，聞聲僵住了。他放下手，挺直腰。「你別多管閒事。」

「要是你再動手，我就要逮捕你了。」

「你開什麼玩笑。」

「沒在開玩笑。」

「你知道這小兔崽子幹了什麼好事嗎？」

「我來就是想查明這件事。」

「他點火柴朝草地丟被人抓個正著。」

「放開他。」

拉第瑪把男孩一推，面目猙獰。「你這沒用的白癡，去給我刷洗乾淨，待在房間。我跟你還沒完。」

「要是你再打他，你就真的還沒完。」賀許道。

克雷格滿臉鼻涕眼淚，無助地道：「爸，求求你，我不是故意的，我只是想……」

拉第瑪又抬起腿打算踢他。賀許拉住他的手。「我沒在跟你開玩笑，拉第瑪先生。你再動手，我就以攻擊罪名起訴你。」

「這我們家務事。」

「不是，這不是家務事。現在我也牽涉在內。而且也牽涉了阿姆斯壯太太。還牽涉到消防員。傑克在上學嗎？」

拉第瑪眨眨眼。「什麼？」

「傑克在上學嗎？」

「當然。」

「克雷格為什麼沒上學？」

「我以為他去上學了。我以為芬諾拉有來帶他去搭校車。」

「你爸人呢？」

「他……什麼？他去銀行了。管得可真多。」

賀許猜想，可能是孩子聽到大人在講家裡不好過，收入大減，就私自決定要放火，這樣可以幫家裡賺到保險金。但更可能的原因或許比這還簡單：家裡狀況百出，最近和過去的事加在一起，影響了他的心理。

拉第瑪還在喘，頭髮在汗水和怒氣中全都黏在一起，用力之下，襯衫一角露在褲子外面、菸灰灑在褲子和靴子上。其實，看得出來，他整個人已經接近瘋狂狀態，所以賀許很小心，暗自做著準備——但隨即感受到一絲接納和理智慢慢恢復，然後又有一絲自憐逐漸爬上他巨大的身軀和一頭亂髮的頭頂。

「你會逮捕克雷格嗎？」

「我應該這樣做嗎？」

「他只是個孩子。」

「我們到裡面泡壺茶聊聊。」賀許道。他注意到自己鞋頭沾了菸灰，就把鞋尖往褲管上擦。真是一團亂。

廚房角落灰塵毛屑結成一球一球的，旁邊放了包早餐玉米片、水槽邊留著水漬、報紙就丟在椅子上，一個藤籃裡擺著兩顆爛掉的蘋果，中間夾著好幾封還沒拆的帳單信件。這個房間、這座屋子裡所有的愛，都已經隨著艾莉森・拉第瑪的過世離開了。

看著雷蒙趴在桌上，賀許幫茶壺加滿水。在雷蒙沉重的肩膀上，他看到了挫敗。雷蒙似乎感覺到被賀許打量著，趕緊抬起頭來。「你不會懂這種感覺。」

賀許嘆了口氣。要聽他講嗎？他拉了一張椅子，坐到拉第瑪對面。在他後頭，水龍頭兀自滴著水，電熱水壺輕聲地加熱。「說說看。」

拉第瑪雙手捧著臉，好像在想怎麼開場。還是因為太多可講，不知該從何講起。「我兒子最近過得不太好。」

「因為媽媽過世的關係。」

家。」

「在那之前就這樣了。他不想去雷德魯斯中學上課，但又只能這樣，聖彼得中學的學費會壓垮我們家。」

「他沒法適應這邊？」

拉第瑪鬱鬱地點點頭。「艾莉又搬了出去，更讓他覺得失望，覺得自己被丟下不管。接著她又舉槍自盡。他可能覺得是自己的錯。我不曉得。」

拉第瑪在椅子上不自在地挪來挪去。「後來芬開始每週來這裡過幾夜後，事情更惡化了。或許我該再多等些時日才這樣做。但，我跟艾莉的關係實在沒起色，已經好多年了，真的是這樣。所以我以為，家裡有個女人在，對孩子們會比較好。」

他講的話賀許一句也不信。「發現克雷格朝草堆點火柴的是阿姆斯壯太太。」

拉第瑪搖搖頭，一副不相信的樣子。「這小混蛋說他不舒服，今天不想下床。可是她回她家處理事情時，卻看到他跑到農場那頭去。」

茶壺聲打破沉默後便自動斷電。賀許起身去拿杯子和茶包。「加不加牛奶和糖？」

「牛奶，還有兩匙糖。」拉第瑪咕噥著。

賀許啪地把所有東西一起端上桌。桌面留了好多一條一條的汙漬和抹過的痕跡，感覺就像隨便抹過，沒有徹底清乾淨。拉第瑪完全沒打算要去動他那杯茶。賀許喝了一口，才發現杯子油膩膩的。

他說：「雷伊，拜託，別再對克雷格動手了。他需要的是諮商輔導。」

拉第瑪眨眨眼。「那要花上多少錢？」

賀許睜大眼睛。「你是寧可他去縱火嗎？要是害人送命那你要怎麼辦？」繼而他又想到殺人的事：「萬一要是有人向你求償百萬怎麼辦？比如，要是你家鄰居或是風力發電公司提告呢？」

一提到錢，果然讓拉第瑪警覺起來，他控制住臉上的表情。「我會去給他找諮商。不是隨便講講，我一定會去。」

「可以在學校找。校方有管道可以找到適合的諮商師。另外家庭醫師也有管道。」

「麥克斯考。」拉第瑪喃喃自語。

「這就對了。」

水龍頭漏水搞得賀許很煩躁，聲音滴滴答答。他推開椅子，站起來，走到水槽前。熱水水龍頭朝裝麥片的碗滴水，碗下面還有三、四個同樣的碗，大概堆了好幾天的份。他轉轉龍頭把手，這才知道已經轉到底了，所以是龍頭裡的墊圈舊了，他想起溫蒂．史崔特說的，拉第瑪家老愛花錢買些高檔農耕機具和牲口，卻捨不得花錢維修屋子。他回到餐桌。

農夫拉第瑪抬起碩大的頭喃喃道：「這得把它修好。」

「對。」

「芬會向我們提告嗎？」

「我還沒機會找她。」

「她會提起賠償告訴嗎？」

「我剛說了……」

「你跟她說我會賠她。」

「你自己說啊。」

「最好是我能說啦，但，她跟我分手了。」

屋子後方遠處突然砰了一聲。拉第瑪沒當一回事，但賀許椅子一往後推，朝後跑去時，拉第瑪立刻跟上來。兩個人喀噠喀噠地在走道上跑，走道通到後院，是屋裡讓人不舒服的一角，兩人的奔跑帶動空氣，一堆陳年塵埃結成的球，跟著在空中打轉。

用木頭拼成、上了色的字母拼出「克雷格的房間」等字，就貼在一塊板子上，顯然是小學勞作課的作品保存至今。賀許敲敲門口，便直接走了進去。

克雷格．拉第瑪一個人丟著有點洩氣的足球玩，他朝窗簾丟球，球撞到窗簾後掉到地上。他就這樣來回丟球，沒留意到房裡多了個人，賀許抓住他的手。「克雷格。」

男孩身上的緊張一下洩掉了。他滑到地上，背靠床，前額靠膝，肩膀高聳，不成句子的字在口中斷斷續續說著。

「別再碎碎念。」拉第瑪咆哮道。

賀許瞪了他一眼，坐到克雷格旁邊。「她拋下我們，就這麼走了。」雖然出自他的口中，但賀許猜測，應該是他爸之前就說過，兒子聽到學了起來，現在依樣念出來。

這我真的搞不懂了，他想。背後的床被兩人的重量推擠，在光滑的地板上往後滑，就像所有事情一樣，都不太對勁。

賀許翻個方向，改用膝蓋跪坐著。「你爸和我覺得，讓你去找人談談，可能會讓你好過些。不是跟我或他談，也不是你爺爺奶奶。是找個願意傾聽，不會對你說三道四的好人談。」

男孩露出瘋狂的眼神，尖叫道：「我又沒瘋。」

「你還是離開比較好。」雷蒙道。

27

賀許離開拉第瑪家，去到隔鄰，聽芬諾拉．阿姆斯壯講她最近發生的一些事。

「艾瑞克過世後，不知從哪冒出一堆男人。我猜，他們大概以為我芳心寂寞、容易上鉤。」

「雷伊．拉第瑪也在這個行列中嗎？」

她搖搖頭。「是他爸，色老頭。」

兩人都在想著那個畫面。阿姆斯壯說：「雷伊當時好像是在打一個護理師的主意吧。」

他們各自坐在磨損的陽台椅上，前面是一棵乏人修剪的攀藤植物。賀許透過攀藤光滑的葉子看著她家院子和棚舍，還有被太陽曬得懶洋洋的牧羊犬，以及自己沾滿灰塵的警用車。因為房子座落的方位，剛剛被火燒過的草地和星狀矢車菊剛好不在視線範圍內。

他說：「但是因為草地起火，你們後來開始有所接觸，感情慢慢升溫。」

「對。」

「然後現在又起火了。」

「啊哈。但那第一次的火。我們覺得是有人從車內丟菸蒂造成的。」阿姆斯壯道。

賀許的目光落到了牧場看門狗的身上，牠打了個呵欠，一口氣坐下。一隻蒼蠅不斷在牠兩眼間飛來飛去，牠用爪子去撥。「妳認為是克雷格嗎？」

她笑了，斬釘截鐵地說：「我很確定。」

「但這次被妳逮個正著。」

她點點頭。「才剛送傑克去學校回到家。」她停頓一下，很不滿地搖搖頭。「該怪我人太好。憑什麼我該幫忙送孩子上學？又不是我的孩子。」

「妳只帶了傑克，沒帶克雷格？」賀許確認一下。

「吃早餐時，他就沒下來，我也不認為催他上學是我的事。畢竟他都十四歲了，而且又不是我的孩子。反正，我回來後，雷伊坐在廚房餐桌旁，問我『妳有記得買牛奶嗎？妳有記得把《廣告人報》帶進來嗎？』他竟然要我再開一整路車去幫他買那了不起的牛奶和報紙。想也知道，我們大吵了一架。」她搖搖頭。「就說我是被愛沖昏了頭。真不敢相信，我竟然還認真想過要搬來這裡住。」

阿姆斯壯穿著靴子、牛仔褲和格紋襯衫。非常務實的女性，她只是一時上了男人花語巧語的當；這男人的兩個兒子全都舉止失常，而男人自己則可能設計殺害自己的老婆。

賀許道：「而這時候克雷格卻不在自己床上，而是跑去草地上點火柴放火？」

「我開車回家時親眼看到的。」

「妳覺得應該是什麼原因？」

「就是他腦子他媽的壞了，抱歉我講了粗話。去年夏天，他發現自己沒那麼高高在上：他老爸破產了，只好回來念本地中學。今早呢？看你覺得哪個理由適用：他媽自殺了，我搬進他家住，還有他爸和他爺爺都那樣對他，學校不好過……還是以上皆是。」

「以前還發生過別起火警嗎？」

「據我所知是沒有。」她瞪著他。「那孩子要看醫生，以免事態愈演愈烈。你看看，才這時節，就乾燥成這樣，炎熱的夏天就快到了。」

「拉第瑪先生說他會幫克雷格找心理諮商。」

「他們全都需要諮商。」阿姆斯壯說，話中帶酸。

「怎麼說？」

「克雷格是個小縱火狂。傑克成天不開心。老先生是個惡霸、很殘忍。雷伊也一樣，而且他很懶惰，成天看電視、喝啤酒，巴望我能幫他煮飯、做家事。我可是有偌大農場要打理的人。他不也一樣，只是他都放著正事不管。」

賀許道：「他管教兒子的方式。」

「那怎麼了？」

「我有必要聯絡兒福單位接手嗎？」

「啊。」阿姆斯壯停頓了一下，搖搖頭。「雷伊對他們是很嚴厲沒錯。但他並不是失職的父親。不盡然。」

「阿姆斯壯太太，他給妳的戒指呢？」

「你還真是觀察入微啊。」

賀許等她回答，過了一會阿姆斯壯才說：「我剛不是說了嗎？他家小兒子不開心，原因之一竟然就是我戴著他媽的戒指。」

她看了賀許一眼，眼神中透露她卸除了心防。「我不知道那是她的東西，還以為是他特別買給我的。」她咳了一下，嚥了口水後說：「我去質問雷伊。他說那戒指是很特別，對他很特別，因為是他媽生前的戒指。我把戒指還他。我戴不下去。」

兩人發呆一會。芬諾拉・阿姆斯壯才打破沉默。「那件事可能就是我們分手的開端。另一件事則是錢的問題。」

「錢？」

「跟他太太即將繼承一筆遺產有關，但因為錢還沒撥下來，他要我在空窗期先借他一點。或者要不就乾脆我們結婚，然後把兩家產業結合成一筆大的。」

「然後妳還要幫他煮飯燒菜做家事。」

「沒錯。」

阿姆斯壯在大腿上摩擦手掌，不好意思地道：「我知道今年我有點失了方寸。畢竟愛情是盲目的，但我腦子還在好嗎？」

她手一揮，指著她家、小木屋和農地，賀許了解她已經挺過一劫了，甚至還不經一事不長一智，用了自己的智慧度過難關。她是個好農人，好管理者，又很精明。與拉第瑪家搭檔合夥，不是精明的決定。

「我剛剛就在他們家。拉第瑪先生說他願意支付圍籬的維修費用。」賀許道。

「這樣當然最好。但我猜他應該是怕我會採取進一步的行動吧。你告訴他，我不會。我跟他們那一家人從今以後沒瓜葛了。」

賀許起身要走。她清一下喉嚨好像有話要說，他便等了一下。「艾莉森．拉第瑪過世時，我在我妹家。」

賀許表示他相信。

「雷伊則被警方拘留，他爸則帶著克雷格和傑克到外地去。」

「是……」

「只是，不知道為什麼，雷伊和蘭納德兩人不斷在我面前提這件事，好像深怕我不記得，彷彿這是件大事。」她聳聳肩。「我覺得我應該要讓你知道一下。」

過了一會，賀許點點頭。「謝謝妳告訴我。」

28

他回到維米嶺。

柯洛普到了，在陽台等著，他開的警方探險者休旅車在車道上閃閃發亮。賀許道：「你好朋友跟你通風報信的？」

「你別太得意忘形，小子。這傢伙現在很慘。他老婆死了，現在又發生這件事。」

裡頭傳來聲音，男孩哭聲，還有爸爸在喃喃自語。「警長，這事我在處理了。」

柯洛普不理他，遙望著野豬山邊的風景。「你剛去找阿姆斯壯那女人？」

「對。」

「然後呢？」

「她沒有要提起告訴，但希望拉第瑪先生能夠負擔維修圍籬的費用。」

柯洛普點點頭。「好，這事就這樣處理。對外就說，是經過車輛丟的菸蒂造成草叢大火。當地消防隊和附近民眾共同協助，迅速壓制了火勢。私底下呢，這孩子要送諮商，來救火的消防隊就送他們一手啤酒，這樣皆大歡喜。懂嗎？」

「你怎麼知道事情我沒有都處理好了？你以為我只會告密當內奸，當不了好警察是嗎？操你媽的，警長。」

柯洛普眨眨眼。「不好意思你說啥？」

「你聽到了。」

柯洛普見他暴氣反倒開心。「好啦。我跟我朋友聊聊。你回鎮裡去吧。」

「拉第瑪太太的事，我還沒跟拉第瑪先生聊到。他不肯回我電話，我來敲門他也不開，我已經受夠了。我不能看著他再這麼無視於我，你也一樣，警長。拜託一下，他老婆才死不到五分鐘，他就把女朋友接來家裡住？這人是多有病？」

兩個人瞪著彼此。「警司命令我要在驗屍法庭上報告，我現在就打算調查。要是關係人不願意接受我的查訪，你覺得庭上的觀感會怎樣？那會顯得他有罪惡感，像是有什麼事見不得人。我不在乎你和拉第瑪感情多好，在足球隊是死忠麻吉，私底下好得不得了，或者他承受了家人的死多傷心。今天要是不讓我好好坐下來問他話，問到我想問的問題，我死都不會走。」賀許道。

柯洛普沉默好一陣子，才說：「你知道，我以前和馬可斯．魁恩是同事。很早以前，在阿德雷德港。」

賀許不說話。

「他總能完成任務。」

賀許不說話。

「但是他會不按規矩做事。」

這是在向賀許坦承，他贊同賀許對魁恩的看法嗎？他依然看著警長。

柯洛普道：「但到頭來，當一名員警，我最重視的一點，不在於他是否汙走兒童醫院的錢，或是他跟一堆修女上床這類的事，而是不能當內奸。」柯洛普不等他回答，便乒乒乓乓地走進了屋子，大叫道：「雷伊，你在嗎？」

賀許沒料到他會來這招，趕緊跟上警長，趕到時，正好柯洛普在敲臥室門，他大喊：「雷伊，是比爾。想私下跟你聊聊艾莉的事。」

賀許拉住他。「警長。」

「啥？」

「你別插手。」

柯洛普甩開了他的手。「你是不信任我，覺得如果我朋友涉案，我就不會秉公處理嗎？你最好想清楚再說，老弟。」

「警長，要是我詢問拉第瑪先生時，你也在，我的報告一定會提及此事。要是你在過程中對拉第瑪先生說一句話，或是幫他說一句話，我報告也一定會提及。史波齡警司或是驗屍官看到後會作何感想，我不知道，但肯定不會是好事。」

「你真的是不會做人到了極點，小子。」柯洛普道。

「警長。」

柯洛普氣呼呼地跺著腳出去，本來就很沉重的身軀，現在又因為不高興而粗手粗腳的。前門被用力一甩。接著賀許聽到他那台探險者警車呼嘯著，車輪激起路上的小石子。

拉第瑪堅持要在他的書房談，那是個燈光昏暗、沒有愛的洞穴，唯一一張扶椅，擺在離書桌很遠的地方。「拉第瑪先生。」賀許開始他的問題。

拉第瑪自顧自地說了起來。「沒人說到底什麼時候可能拿到遺產，甚至到底拿不拿得到都不知道。你這邊知不知道？要是死因審訊顯示她是因為心神喪失而自殺，這樣應該不會影響到遺產對吧？兩者不相關吧？我知道有些壽險方案，如果自殺是不理賠的，但這是遺產不是保險。州政府應該無法管這筆錢，對吧？」

賀許眨眨眼。他的工作讓他見識不少男男女女，他們真稱得上情緒控管大師，強到可以說是鐵石心腸，但像拉第瑪這樣沒心沒肺的，還真是長了他的見識。「拉第瑪先生，我要和你談的是你太太的事。我無法在遺產的法律面或其他方面給你建議。」

但要是你殺了她，我保證讓你一分錢都拿不到。

「我坦蕩蕩，沒什麼好隱瞞的。」拉第瑪道。

「很好。那艾莉森過世前那幾個月或幾個星期，心理狀態怎麼樣？」

「很沮喪，不理性。」拉第瑪道。他原本黝黑、硬漢的俊朗外形，現在看起來都擠在一起。「讓我們一家如同生活在地獄。」

「怎麼說？」

「她完全不打理自己。整個家亂成一團。忘記煮飯或採買。前一分鐘把我們罵個臭頭、下一分鐘就哭著跟我們抱歉。最後幾天，卻又變得極其古怪的冷靜。我不會形容。」

「她變得快樂了？」

「說不上是快樂，比較像是下了什麼決心。」

「有了遺產，決定要離開這段婚姻。」

拉第瑪搖搖頭。「不是這樣，比較像是她決定要了結一切。」

「不是樂觀、快樂、對即將來到的未來有所期待的樣子？」

「你到底都從哪裡聽來的？對街那臭女人嗎？她不住這、艾莉爸媽也不住，你更不住這。但我住這、克雷格住這。你可以問他。」

「傑克呢？」

「你別去碰傑克。他還小，不夠堅強。」

不像克雷格那樣，賀許心想。「你太太過去幾週或幾個月，曾經以死相逼？」

「沒有，但她過去這樣做過一次。」

是嗎？賀許並不相信，因為沒有直接證據，只是道聽塗說。「她是否天性就比較悲觀？」

「時好時壞。」

「她和你爸爸感情好不好？」

拉第瑪發飆了。「有什麼關係？你在暗示什麼？」

這觸動敏感神經了，賀許心想。他乾脆把話說白了：「所有我聽到的說法都是：她和你媽媽感情很好，很親近。她和對街史崔特太太感情也很好、很親近。我所謂的關係就是這種感情。她和你爸親不親？還是他們會吵架？據我所知，他這人……不是很體貼。」

「我爸將她視如己出。要是她覺得跟他處不來，問題在她，不在我爸。」

「他有逼她把自己那份遺產拿來補貼你們家生意，不准她用來離婚嗎？」

「我父親不是會管這麼多的那種人。他寧可我跟她分開。她拆散了這個家，帶走了傑克。克雷格則選擇跟著我。」

「那你有要她重新考慮嗎？農場賺不到錢，這是你自己跟我說的。遺產能幫你撐過這段時間，等農產品價格上揚，或者天降甘霖。」

拉第瑪嘟起了嘴。「講得好像你很懂經營農場。你懂什麼？我們財務狀況沒那麼慘。農務就是有起有落。你們領固定薪水的人，說了你也不會懂。」他咬牙切齒地說。「更何況你有那份外快。」

賀許不高興了。「我那份？還是你認為所有警察都有油水可以拿？」

「只有你。你的事我都知道。有油水拿時，都要拿，但一旦事態不好，就窩裡反去告密，好保住自己。」

賀許笑了笑。「所以你老婆的遺產對你們不是天上掉下來的禮物？但肯定會讓你頓時減輕重擔，不是嗎？這樣克雷格就可以回去念寄宿學校。畢竟他在那邊比較開心。」

「十六萬澳幣沒什麼了不起的，對我們農家沒什麼幫助。我寧可挽回婚姻，而不是艾莉的遺產。」

「但你剛剛不是才說，她讓你們一家老小都像活在煉獄嗎？」

「只是後期，又不是永遠都那樣。」

「要是她讓你們活在煉獄，或許是因為你在外面有別的女人。」

「我還是愛著她。」

「是嗎？你**去年**就已經告訴阿姆斯壯太太，你們的婚姻已經玩完了。」

「我沒說過這樣的話。她誤會了。」

「她一死你就讓她住進來。」

「不算快。」

賀許不作聲，讓沉默發酵。

「火災的事，她算寬容的了。」

拉第瑪聳聳肩。

「其實她大可以對你兒子提告的。」

拉第瑪惱火了。「她也很快就逃離我身邊了，不是嗎？一看到苗頭不對就跑了。你有看到圍籬還沒被燒之前的情形嗎？本來就垮一半了，我猜她現在是想趁火打劫吧。」

賀許趁勢引導話題。「我認為那枚訂婚戒指是最後一根稻草。」

「什麼意思？」

「她本來以為你是特別買給她的。」

「那是我媽的戒指。我高興給誰就給誰。」

「你也給過你太太。」

「當然。她走了之後我就要回來了。」

「她離家出走回娘家時留下來的嗎？」

「對。」

「但她和你媽感情那麼好，又那麼親，那枚戒指對她應該特別有意義，會想要一直戴著吧。」

「誰知道她中了什麼邪。可以不要談這個嗎？」

「那再談回到遺產。」

「一定要嗎？」

「我們一開始聊時，你顯得很擔心自己領不到那筆錢。但現在你無所謂了嗎？」

「有這筆錢當然不無助益，我又不是白癡。家裡有兩張嘴要餵，又沒人幫忙。」

「一開始你聽說有遺產時，心裡怎麼想？」

拉第瑪呆了一下。「沒想太多。」

「是嗎？那你有沒有盤算過，這筆錢或許可以讓農場起死回生？你有擔心過，有了這筆錢，你老婆會想自立為生，有勇氣離開你？想來可不妙，對吧？會讓你很沒面子是吧？」

「我幹麼要聽你說這些。你快走啦，別再煩我們了。」

「你太太過世那個週末，你和阿姆斯壯太太是幾點到雷德魯斯去的？」

「就剛好來得及看足球的時間。而且在被警方逮捕之前，我都一直跟她在一起。艾莉過世時，我人也在拘留室，好嗎？」

拉第瑪的臉色變了，幾乎顯得得意洋洋了。「你想問什麼？你懷疑芬諾拉嗎？」

「她沒有問題。但為什麼我要懷疑芬諾拉？你不是一直主張老婆是自殺的嗎？」

「那只是我個人的想法。要是跟她住這兒的人是你，你也會這麼想。但你卻硬要栽贓給我和我爸，搞不好是對面那臭女人告訴你的。」他聳聳肩。「但我由得你高興怎樣就怎樣，因為我覺得很有趣。」

「你過去是不是曾經打斷你太太的手，拉第瑪先生？倒折她的手指？讓手指被車門夾住？」

「你給我他媽的出去。」

賀許想了一下，他大可回家裡去跟家具聊天，但他反倒開口：「拉第瑪先生，另一把點二二口徑來福槍呢？」

他指著牆上槍櫃。

「什麼？」

「你有兩把類似的來福槍：一把是你太太自殺用的那把，還有另一把。」

「是怎樣？你在查我的用槍執照嗎？」

「一把魯格製、一把布爾諾。另一把呢？在輔式貨卡上？還是在棚舍裡？」

「我他媽的怎麼會知道。為什麼要問？」

「因為你兒子想不開，搞不好會飲彈自盡，或是對你開槍。」

這才讓拉第瑪緊張起來。

但在轎式貨卡、棚舍、轎車、櫥櫃、衣櫥、床下都沒找到。那就只剩一個房間還沒找了。

克雷格．拉第瑪蜷縮在床上，一臉淚水和雀斑，沒有愛的男孩，縮成一團，胖胖的背對著兩人。拉第瑪坐下來，大手放在他肩上，沒有回應。「兒子，那把我們擺在卡車上的點二二步槍在哪？」

克雷格在床上左右晃著身軀。「我不知道。」

「不是你拿去射空罐子練打靶？」

「不是我！是傑克。」

拉第瑪張大了嘴巴。「傑克？」

「他和凱蒂．史崔特。」

賀許此時搶上前去：「克雷格，你弟去哪了？」

「艾莉爸媽家。」雷伊．拉第瑪答。

「他會不會把來福槍一起帶走了？」

克雷格不以為然。「奶奶不准槍進家裡的。」

「或許你媽藏起來了。」

「那婊子藏它幹麼？」克雷格道。

過了一會，賀許才道：「你爸教你這樣說你媽的嗎？或許她是覺得這槍擺的地方不安全，所以藏了起來。」

他離開拉第瑪家，心裡卻很焦急。因為問題來了，拉第瑪家父子不可能是殺害艾莉森的人。但他們對她的恨意是夠深。連給他們機會讓回憶美化她，他們也沒把握住機會。

29

十一月下旬一個週日下午，賀許又在洗他的警車，盡力維持應有的乾淨，他全身還因為昨天打了網球而僵硬，這時一台全新掛著維多利亞省的白色豐田 Camry 從南方開進了鎮裡。車子在泰南的雜貨店外減速、停在加油機旁邊。一名年輕男子下車，用力地搖加油嘴。賀許知道泰南通常會在晚上還有週日、國定假日時把加油機上鎖。之後駕駛又從雜貨店窗外往裡看，因為店沒做生意，裡頭暗暗的，進不去、也沒點燈。又有一名年輕女子也下車走到他身邊。他們顯然是對雜貨店沒開感到失望，但很快就不以為意，開始東張西望，看有沒有別的方法解決。不久就看到不遠處的賀許，手上拿著水管，門上還有警察標誌。兩人又坐回自己的 Camry。

過一陣子，他們就將車停到了路邊，踏上賀許的草坪。賀許放開龍頭的噴射按把，放下水管，在牛仔褲上擦手，心想**背包客**。特徵就是他們的背包放在車後座，堆到像是那裡坐了兩名乘客。北歐人？高大、金髮，但動作優雅、皮膚曬成褐色、眼神很銳利、充滿好奇、天不怕地不怕的——不管哪一項特徵，都不像本地人。

「我們苯油沒了。」男孩說。他的牙齒又白又整齊，滑板短褲、褪色T恤、手作市場買的涼鞋。

「你是指汽油。」賀許說。

女孩說：「就是那個。汽油。」

她跟男友一樣高，一身活力、很會運動的樣子，短髮、緊身短褲、無袖背心。賀許當場就戀愛了。那外貌加上活力與口音。

「雜貨店應該打烊了。」

「我們要去奧古斯塔港（Port Augusta）搭知名的天恩號列車（Ghan）與皮奇里奇火車（Pichi Richi）。」女生講得很費力又不清楚，但是很迷人。

賀許想像著他們的旅程。在澳洲大陸四處旅行數週或數個月，有時搭便車、有時搭巴士、有時搭火車，可能在路上偶爾還會靠幫人摘摘水果、在吧檯調酒或是端盤子打些零工。有時會租車，像這台 Hertz Camry。天恩號列車起站在阿德雷德，中間有一站停在奧古斯塔港，離帝汶海有三千公里遠。但他們似乎想先搭古老的皮奇里奇火車，這台搖搖晃晃的老爺火車，只在奧古斯塔港附近開一小段距離。他猜測，當地應該就有 Hertz 租車的分公司，他們到那邊剛好可以還車。

「可以拜託幫幫我們嗎？下一個小鎮太遠、上一個小鎮也太遠。我們汽油不夠開那麼遠。」

賀許心想，警署派人到這種偏遠內地的單人警站時，大概沒想到會發生這類事情。他清點一下附近哪裡有儲存緊急汽油。誰家有五加侖無鉛汽油桶，還有一桶柴油。而且是當地受歡迎的人？他想著。

鮑伯・繆爾。

「我帶你們去找一個有汽油的人。」

「Dank。」

荷蘭人？他和後座的背包擠在一起，幫他們帶路到繆爾和唐納文家。

伊鳳．繆爾應的門。她看了Camry和車上乘客一眼，旋即明白來意，就說：「鮑伯在隔壁，幫黎安裝新電視。」

賀許走到車邊解釋一番，再越過草地到唐納文家。黎安來應門，雙眼紅紅的、頭髮也沒整理、穿著磨損的卡駱馳（Crocs）拖鞋，站也站不直，身上是運動褲和T恤。她對著賀許眨眼說：「抱歉，我還沒洗澡。」然後領著賀許穿過客廳，自己則一頭倒在扶椅上。一旁小凳上擺著一杯冒著熱氣的茶，菸灰缸裡有根菸在燒。

「鮑伯。」賀許道，對著繆爾點點頭，後者則跪在黎安對面那扇牆旁邊的地上，連身工作服的後口袋有根螺絲起子。

繆爾也點點頭，道：「午安。」回頭又忙自己的事。賀許上次來時，原本擺著大台傳統電視的地方，現在換上了一台大液晶電視，繆爾正把新式的同軸電纜穿過底部。換下來的電視則面對著牆，旁邊有一捲舊電線，就像被羞辱一樣，等著要被回收。總之就是等著要被丟進垃圾堆。

空氣很沉鬱：繆爾和黎安都點了菸在抽。賀許忍住咳嗽，一直搧走菸霧，還打開窗子。「有件事想請你幫個忙。」

繆爾依然跪坐在地，拿出一把瑞士刀，拾起纜線末端。將外緣黑色纜皮剝開幾公分，露出裡頭的保護層、軸線和銅芯。「說啊。」他道。

賀許告訴他背包客的事。

繆爾大聲起來。「這也不是第一次了。上一個員警就會在局裡備個兩桶汽油，一桶無鉛汽油、一桶柴油。」

「我會記在心上的。」賀許道。

「到我家旁邊的小屋，你會看到一桶十公升的汽油桶。靠著後牆有桶無鉛汽油。我賣他們二十公升好了，應該算他們五十塊錢就可以。」

「謝了，鮑伯。」

賀許站到電視機那頭。「妳怎麼會懂得買這種東西？黎安。」

她笑了，一臉倦容、悲傷，感謝這麼多好心人幫助。「山姆送的禮物。」

「奈森的好朋友？」賀許道，手摸著電視平滑的塑膠外殼。「他真慷慨。」

「真希望也有人送我台新電視。」賀許道，看著電視後板和牆之間的小縫。「我只有台小型手提式電視，運氣好可以收到一個頻道，還要看天氣狀況。」

這些話沒什麼好回的。繆爾正把接頭接到電線上，準備要接天線插口。黎安繼續看著他。賀許讓他們去忙了。

背包客離開後，鮑伯也收到五十元——「我沒有仲介費嗎？」「那就幫你電視多加個頻道如何？」「成交。」——賀許打開辦公室大門，在失竊報案紀錄中翻找，找到一年前的資料。他接著走到對街提佛頓飯店：飯店外觀很像蒙考威酒吧，但內觀則要更漂亮些。用餐區、主酒吧、側休息室、飛鏢靶、撞球台、寬螢幕電視，沒有老居民在那裡閒聊嗑啤酒。

沒有抽獎，最近沒有。去年聖誕節好像就有。聖誕節總是會辦火腿抽獎。

賀許再打電話給該區其他家酒吧。蒙考威、雷德魯斯。沒有一家的抽獎獎品是電視機。

接著賀許想到，他還不知道奈森的好朋友山姆住哪，要是他到處問，一定會打草驚蛇。但他倒是知道兩人在哪上班。

週一上午八點，他走過小鎮，來到提佛頓穀料公司，這裡要從旁邊一條巷子的農舍轉進來，穀料公司位於一片大型但不是很乾淨的廣場，四周蓋起大型穀物儲藏倉和處理廠房。賀許又不斷地打噴嚏了，他走進最主要的那間廠房，大得像是禮堂，會有迴音，裡頭幾乎空了，只有幾個搬運盤、麻布袋和一些不知怎麼形容的器材。空氣很濃重，滿是穀物的塵屑。四下無人，只聽到卡車引擎聲和後院人聲，他持續往前走，來到後牆的一扇鐵門前，從陰暗又充滿塵屑的空氣中來到陽光普照的戶外。後院裡有一大片的油桶，讓人看得透不過氣，鏽蝕的機具和枯草旁，躺著一大片沾了油漬的泥地，這就是員工停車場了。今早停了四台車，其中一台就是山姆．韓波改低底盤的 Commodore。

賀許朝緊貼後圍牆的一座鐵皮屋走去，這裡是客服區。一進去，立刻就看到有一台運穀卡車，旁邊兩個人穿著連身工作服，正朝引擎室裡看。其中一人說：「再發動一次看看。」

引擎空轉，沒有啟動。因為引擎蓋掀開，所以賀許看不到車裡頭是誰在發動車子，但他還是開口了：「早啊，各位。」接著往車邊走去。

山姆．韓波和一名年紀大點的男人挺起身子，轉過頭來。「需要什麼服務嗎？」年紀長的那位說。賀許沒有提防。他一說：「我有幾句話想跟山姆說說。」韓波急速轉過身去，朝他肚子就是一拳，隨即拔腿就跑，邊跑雙手邊在空中揮舞，大叫：「喔，操。」

「天啊，老兄，抱歉，不知他吃錯什麼藥。」年紀較大的那位說，輕觸賀許，好像他會咬人一樣，卻又不知如何是好。

賀許這幾個月來突如其來連續挨了好幾拳，痛到彎下了腰，透不過氣來。他挺直身子，拔腿想追，但只能忍著痛拖著腳走，腹部的肌肉拉扯著。他追著小鬼，穿過廢棄的機具和油桶，來到員工停車區。韓波消失無蹤。賀許逡行在四輛車之間，觀前顧後，車底車內都不放過，有點想打開那台改低底盤的Holden Commodore後車廂。

布料擦過厚紙板還是夾板的沙沙聲，然後又是一陣悶悶的聲響，好像有東西在移動、被人擠壓的聲音。

是大垃圾箱。

賀許用拳頭敲打垃圾箱側邊的鐵製外殼。「山姆？出來吧。」

過一陣子後。「別煩我。」

「這是不可能的，你自己也知道。」

賀許等著。早上很暖和又很平靜，桉樹在小鎮和第一塊麥田之間隔出一道疆界，太陽緊壓桉樹梢。飛機的凝結尾在空中慢慢散開。阿德雷德飛往伯斯？還是阿德雷德飛向愛麗斯泉或達爾文？他想到那對荷蘭背包客，他們應該搭上天恩號火車了。這時候，提佛頓靜默無聲，只有暗處的呢喃聲，還有韓波一直想辦法不要弄到垃圾的聲音。

「山姆，我不會把你交給柯洛普警長那夥人，這樣可以嗎？但你要是逼得我非要叫他們過來，事情就不是我能控制的了，到時我就保不了你。這樣懂嗎？」

他聽得出來，那孩子正在考慮。

「我知道你現在很害怕。要是再重來一遍，你一定不會出拳打我。襲警罪是很重的。但是，其實呢，不管有什麼事，大家可以坐下來好好商量。」

「你保證不會讓雷德魯斯那些條子來抓我？」

「對。」

「尼可森呢？」

「不會。」

山姆還在考慮。賀許道：「你給了黎安．唐納文一台電視機，這是很好的事。她這段日子很不好受，所以你對她的好意，在我心裡有加了很多分。」

沒聲音。

「儘管我知道這是贓物，但對需要電視的婦女而言，依然算是義舉。」

「她對我很好。蜜莉亞和很多其他的事，我都替她感到難過。」

難過到讓你在她女兒安葬當天，連續闖空門嗎？賀許心想。

「我了解。但我有事要問你。」他說。

垃圾桶裡動了一下，金屬桶身發出輕輕的隆隆聲，韓波的紅頭髮露出來了。他撐著垃圾桶邊站起來，目露凶光，褲子上、手上和臂上滿是油漬。他神情緊張地快快審視整個停車場一遍。

「沒事的，只有我在。」賀許道。

韓波跳到桶外地上，牛仔褲頭滑到大腿上，他趕緊拉上。「我們去哪？」

「先去我那邊的警局。」

「不是雷德魯斯？」

「不是。」

「我不是故意打你的。」

「我知道。」

他們朝韓波的車走去。賀許在後面跟著，預防著突發狀況，隨時準備要撲上前抓他或推開他，保護自己或是揍他的頭。「鑰匙呢？」

他掀起後車廂蓋。兩台藍光光碟機、一台任天堂遊戲機、一台筆電、一台影音機上盒、一支還沒拆封的三星手機。全都是失竊物申報明細提到的東西。賀許甩上後車廂蓋，道：「上車。」接著把車開出停車場。

一路開到主要道路上，經過了雜貨店，來到賀許辦公室，山姆環顧警局門廳道：「如果我告訴你是誰撞死蜜莉亞的，你會放我走嗎？」

30

賀許搖搖頭。「那等等再說。偷東西的事先解決。」

他們來到客廳，前門已經上鎖，以免有訪客來。他打開數位錄音機，報上兩人姓名、錄音時日和地點。

韓波坐在扶椅上，看起來很無助，眼神看著前方，充滿驚恐。「我應該找律師來嗎？」

賀許讓自己安頓下來後說：「你有權請律師，山姆。但一旦有律師涉入，那我就要正式起訴你。到時候，要起訴的罪名就多了：襲警罪、拒捕罪，還有多條竊盜罪。應該還可以想出好多條。到時候就必須請柯洛普警長送你到雷德魯斯拘留所，還要通知凶殺組，因為你不僅是蜜莉亞・唐納文凶案的目擊者，還可能是嫌疑人。這些人可不是開玩笑的，他們會跟你來真的，會立刻把你捉走，拷問你個幾天。之後大概關你個二十年，從此不見天日。」

他停頓一下。「如果依警方正式程序就是這樣。目前呢，雖然你之後還是會被起訴，但我保你現在沒事。」

韓波咬著下嘴唇。

「那麼，闖空門的事。」賀許道。

「是我。我幹的。」

「但當時你人在教堂葬禮上，和奈森還有他媽，我有看到你們啊。」

山姆不好意思地扭動著，但顯然是贊同。「我其實就……」

「去教堂探路。」

「對。」

「看有誰會離家幾小時參加葬禮。」

「對。」

「奈森和他媽沒懷疑你跑哪去了嗎？」

「我跟他們說我有事要先走。」

「你目前住哪？」

「奈特家。」

「在這之前呢？」

「有時在我媽那，或我朋友那，打地鋪之類的。」

賀許檢查一下錄音機，對這樣的答案他滿意了，接著說：「我查了過去十二個月的失竊報案紀錄。有幾件類似的竊盜案件：復活節前後在農場、學校假期、週六大家出門運動期間都有竊案。都是你幹的？」

山姆嚇呆了。「我以為你是要問我蜜莉亞的事。」

「你是一個人犯案還是有幫手？」

「不是我殺的。」

「我問你竊案啦，山姆，你是獨自犯案，還是有幫手？」

「就我。」

「奈森有涉案嗎？」

「奈特？才不可能。那幾個警察老是騷擾他。」

「也對，這會讓你更難作案。」

「啥？」

「沒事。你過去幾個月偷了不少東西。你車裡那些東西只是冰山一角。其他偷來的東西呢？」

「賣了。」

「賣給酒吧裡的客人。」

「沒錯。」

「名字呢？」

「不知道還會不會在那邊遇到。」

類似的對話，賀許過去也有過，次數已經多到數不清了。「他什麼長相？酒吧買贓物的人？哪家酒吧？」

「不記得了。在阿德雷德。」

「你大老遠開到阿德雷德喝酒？這你不用回答。你說說，為什麼要把偷來的電視機送給唐納文太太。」

「我剛說啦，就覺得她很可憐之類的。」

「怎麼說可憐？」

「可憐蜜莉亞死了。悲劇。」

賀許看了他一眼。「悲劇。你跟他們一家很親嗎？」

「這個嘛，對。我自己的家庭很糟。」

「你怎麼認識唐納文一家的？」

「和奈特是小學同學。我媽要是喝醉酒或找男人回家，他媽會讓我在他家睡覺。」

「這情形有一陣子了？」

「好幾年了。」

「所以你打從蜜莉亞是嬰兒時就認識她了？」

「她就像我妹。」

山姆整個人縮在扶椅裡。在賀許看來，是害怕、緊張還有羞恥讓他縮成小小的。本來很高大的小伙子，一下子變得沒有分量。昏暗中，他顯得很蒼白，頭髮更紅，那些毛髮都像是汗毛，沒有一點活力和氣色。

「她在你心目中很特別？」

山姆聳聳肩。

「我見過她的照片。很可愛的小女孩。老實說，很漂亮。」

山姆露出迷惘、失落和痛苦的表情，張開嘴欲言又止。

「但有點野，對吧？」賀許道。

山姆扭動著肩膀。「我盡量照顧好她。」

「像個哥哥。」

「她只是小孩。她只是個小孩。」

「也夠大了，山姆。你照顧著她。那奈森和他媽呢？他們不是更應該好好照顧她嗎？」

「他們只能在這裡，有什麼能耐照顧她？我比他們有……人脈，還有別的。我開著車到處去，能聽到很多事。」

「你和蜜莉亞交往的事，要瞞住她哥和她媽是不是不容易？」

韓波的下巴落了下來。「什麼？什麼交往？」

「她有時候會讓你不高興？不願意滿足你的需要？她臉上有瘀青，應該是生前就受的傷。」

「操你媽。我從沒打過她，從沒碰過她。我可以跟你說是誰做的。」

「或許她是在你車上撞到頭的？難道是這個原因？」

山姆從椅子上跳起來，原本那種吊兒郎當、小孩裝大人的樣子全不見了。「我沒有對蜜莉亞幹過任何事。」

賀許厲聲道：「坐下。」

山姆又癱在那。

「山姆，我聽說她有個年紀大很多的男友，是你嗎？」

「啥？怎麼可能。」

「那就好，不然這樣。你消息很靈通，你知道她在跟誰交往。男朋友、女朋友？」

「沒錯。」

「你見過她和年紀大她很多的男人在一起。」

「對。」

「那是誰，山姆？」

「就是裁判法官那傢伙，寇爾特。」

「真的假的？你知道這個人？」

充滿不屑地笑了。「怎會不知道。」

「蜜莉亞怎麼會跟他有關係的？」

「她偷東西被告。」

「他剛好當裁判法官？」

「對。」

「她是他喜歡的樣子？」

「應該吧。」

「他們在約會？」

「可以這麼說。」

「那你覺得呢？」

「他會帶她去派對還有很多地方。」

「還有哪些地方？看電影、吃飯、酒吧……」

「她才十五歲。他怎麼可能帶她去那種地方？」

賀許點點頭。他又別有深意地說：「我以前有個女友，她說我不夠好，錢賺的不夠多，誰會想要跟警察約會？」

韓波挪動一下身體，沒說話。

賀許往前靠。「蜜莉亞有對你說過類似的話嗎，山姆？她有沒有跟你炫耀過，她交了有錢的男友、錢比你多得多，讓你很沒面子？」

「沒有。」

「這種事讓你很火大。難怪你一直跟著她。」

「我是在保護她。」韓波道，有點像在發牢騷和抱怨。「不是你說的那麼下流。」

「你看到她和寇爾特在一起幾次，還是只有一次？」

「有幾次。」

「他應該大她有三十歲吧？」

山姆聳聳肩。

「但荷包滿滿，對吧？住大房子、開名車。」

「我本來準備好要去拜師學藝了。」山姆說，一副就像自己要創業賺大錢的樣子。

「所以看到她選了有錢人不選你，讓你很受傷，是嗎？」

「才不，我只是覺得，他又沒比我好到哪裡去。最少我可沒害死過人。」

他這話賀許想留到後面再問。「她有跟你或其他人說過，她跟大衛・寇爾特在交往？」

「不知道，可能跟潔瑪說過。」

「潔瑪有拿他們在交往的事來取笑你嗎？」

韓波在椅子上扭來扭去。「取笑我？沒有啦。她為什麼要這樣？我只跟她說，她正在鑄下大錯，她要我別多管閒事。就這樣。」

「怎樣的大錯？」

「我跟她說，這傢伙很討人厭，梅兒，他只是在利用妳，他會傷害妳，妳太不小心了。」他搖著頭。

「你跟蹤蜜莉亞時，奈森有跟你去過嗎？」

「我之前說了。雷德魯斯警察盯他盯得很緊。」

賀許再檢查一遍錄音機。「蜜莉亞去見寇爾特時，都是一個人，還是潔瑪・皮徹偶爾會陪她？」

「有幾次是她陪著。為什麼這樣問？」

「他們怎麼運作的？潔瑪找蜜莉亞進去？還是蜜莉亞找潔瑪進去？還是寇爾特找潔瑪，潔瑪再找蜜莉亞，還是反過來？」

「你在講什麼？」

「他們的性愛派對。」

韓波一頭霧水，嘴巴一開一闔。「性愛派對？」

「我有證據相信，潔瑪和蜜莉亞與幾個男性共同舉行性愛派對。」

「這我就完全不知道了。」韓波咬著大姆指，抬起頭。「這麼說來，有些事情就說得通了。」

「哪些事？」

「蜜莉亞從屋裡一絲不掛跑出來，心情很差，還有——」

賀許舉手阻止。「錄音要錄到細節，時間、地點、日期……」

「那是，」韓波嚥了一下口水，繼續講。「是她被殺那晚。」

「地點。」

「雷德魯斯外圍的一間屋子。」

「寇爾特家？」

「應該不是。他住在克萊爾那頭。」

「你跟蹤她然後——」

「寇爾特帶著梅兒和潔瑪到那屋裡去。我在外頭偷看，然後蜜莉亞跑出來，沒穿衣服。一團糟。」

「怎樣糟？」

「又哭又鬧。」

「你人在哪？」

「籬笆後面。」

「沒在車裡？」

韓波搖搖頭。「梅兒認得我的車，所以我把車停在下一條街。」

「你沒在屋子窗外偷看？」

「我沒那麼笨。」

「所以你是從籬笆後頭偷看，而蜜莉亞則難過著跑了出來。那你做了什麼？」

「事發太快了，我本來打算上前幫她，但寇爾特緊跟出來。他暴怒。看到她沿著街跑，就開車把她撞倒。」

沉默中，時間一分一秒過去。賀許道：「他是故意的嗎？你覺得？」

山姆撐起一邊肩膀。「他很生氣。」

「然後呢？屋裡的人有出來查看嗎？你後來有現身嗎？」

「怎麼可能。寇爾特把蜜莉亞放進後車廂就開走了。」

「千真萬確是寇爾特？」

「我『愣』得他，我『愣』得他的車。」

「什麼車？」

「銀色的豐田 Land Cruiser，最炫的那台。」

賀許正眼看著韓波。「當時屋子旁或附近還停了別台車嗎？」

「有幾台。」

「誰的車，你知道嗎？」

「應該知道。」

「你可以告訴我嗎，山姆。」賀許道，顯得特別有耐心。

「麥克斯考醫師的賓士車。房仲經紀人的 Lexus。伊恩・羅根的奧迪。蘭納德・拉第瑪的 Range Rover。另外還有我不認識車主的賓士車，還有一台是克萊斯勒。」

「等等，蘭納德・拉第瑪？」

「他和雷伊。」山姆道。傻笑起來。「還有雷伊這下慘了。」

「怎麼說？」

「因為他老婆當時也在啊，不是嗎？」

「在派對裡？」

山姆給了賀許一個你白癡嗎的眼神。「不是啦，她在偷看，跟我一樣。她應該也開著她的車尾隨而來。」

「她也躲在籬笆外嗎？」

韓波搖搖頭。「她停在離屋子稍遠的路上。」

動機有了，賀許想。「說說那台克萊斯勒。」

「不知道車主是誰。但有看到是新南的車牌。」

「新南威爾斯的車牌？」

「對，大台黑色。」

「再回到蜜莉亞・唐納文那邊。寇爾特把她放到後車廂，接著開走。」

「對。」

「那你怎麼反應？」

「我才不要繼續留在原地。」

「那是幾點鐘的事？」

「不知道，很晚了。可能是午夜吧。」

「山姆，我們發現蜜莉亞時，她身上衣服是完整的。」

他聳聳肩。「她雖然全裸跑出來，但東西都拿在手上。」

賀許想像那畫面，月光下無人的街道上，一雙手笨拙地為不動的屍體穿衣服，再把屍體丟進路邊圳溝裡。「你認為大衛・寇爾特之所以大老遠開到蒙考威棄屍的原因是什麼？」

「很簡單啊，我就住那邊，應該是說，我和我媽。」

賀許閉上眼睛。有幾個關鍵的環節漏掉了，他這麼想著。首先，他問過黎安．唐納文，她女兒有沒有認識的人住在蒙考威，但當時她卻沒提到山姆．韓波就住那兒，為什麼？

因為山姆不算她女兒的朋友，是奈森的朋友。

「但為什麼？你住那兒，關寇爾特什麼事？」

「他要陷害我啊，不為別的。」

這倒有可能，賀許心想。要是你真的夠變態、夠詭計多端。蜜莉亞應該跟寇爾特提過山姆，可能兩人還一起嘲笑過他，說他這癩蛤蟆，竟然妄想蜜莉亞這天鵝肉。

「上路了，我們去兜兜風。」

他們開山姆的車去。那群壞人可能認得賀許自己的日產汽車，而他們更絕對認得他的警車。賀許負責開車。這台 Commodore 很難啟動，好幾次引擎還熄火，要開好一陣子熱車後，車速才能到達九十，可是開到這速度時，整台車卻晃得好厲害，賀許只好讓車速降到八十五。他坐的駕駛座凹陷。整台車瀰漫著毒品、香菸和啤酒的味道，都滲進車體了，一遇到體溫，這些味道全滲了出來。儀表板上有隻點頭的狗玩具，長年日曬已經褪色，方向盤是從賽車上拆下來裝的，油表則是壞的。要是不按著方向盤，車子就會向右偏。不是偏，是衝。

「這車超屌的。」

「大爛車。」山姆道。

他們開在山丘和麥田之間那些綿長的淺谷地上，要朝雷德魯斯去。柏油路熠熠生輝。在被派來這偏遠地帶駐守前，賀許從沒見到路上這麼多因熱空氣產生的海市蜃樓倒影。一名農夫站在自己的麥田角落，兩掌捧著麥穗搓著；他們的車就這樣開過去，直到下一幕農村景致出現。

「快到收割的時候了。」賀許講得好像他很懂農事一樣。

山姆嘴巴開開的。他雖然一輩子都住這裡，卻很可能對農事一點概念都沒有。一台 Pioneer 巴士開過。又一位農夫，正在踢掉腳上的泥巴塊。烏鴉在電線排排站，遠方成一抹藍色的山丘上，揚起淡淡沙塵。

車子開過雷德魯斯。韓波帶著路，經過汽車旅館外面，往巷子裡開，這邊變成泥巴地，一路通往小鎮周圍的一座山丘。開過一座山後，韓波道：「就是那裡。」

比起剛才新的屋子，這裡自成一個小群落，屋子間都隔著一段距離，半是農地、一些花園棚舍、一撮撮的庭園樹木和本土樹種，還有幾個長了蘆葦的池塘，但現在都只剩積泥。韓波指的那間房子外面有個細細的看板，插在沒人整理的草地上。「文恩地產代銷」。

這就說得通了。

這屋子很大，白色的磚式建築，屋齡大約二十年，樣式有點過時，但很結實，空間大、半隱密。籬笆和樹叢。

賀許停下車。「當時你躲在哪？」

山姆指出地方。樹籬沿著屋子東側長著，形成厚厚的一道深綠色。

「拉第瑪太太呢？」

在西邊五十公尺外的大門口。

「你是認出她的車，還是真的有看到她人？」

「都有。」

「她有看到你嗎？」

「不知道。應該沒有。」

「她沒進去跟她先生理論？」

「什麼？」

「山姆，她有沒有下車，進到屋裡？」

「我在時沒有看到。」

跟監老公，然後一天或兩天後就搬回娘家住。再過幾天就死了。被殺。她有找雷伊理論嗎？**我看到了，我知道你們在搞什麼鬼**。

「那台克萊斯勒呢？」

山姆指向車道，一條大的石子路。「他們全都靠那邊停。」

「一台大的黑色克萊斯勒，上面是新南威爾斯車牌。」

「對。」山姆道。他一下就背出車牌號碼。

31

下午時間。賀許送山姆到阿德雷德，找庫盧姆和狄萊爾，接著駛回提佛頓。這一來一回就花掉他五小時。長長的影子，在麥田、高速公路、山邊拉出線條。更多的鳥棲息電線上。空氣中瀰漫著等待的氣息，等待著東西乾朽、等待著化為塵土。

一直到午後稍晚，他才有辦法去查那輛黑色克萊斯勒。新南威爾斯監理所告訴他，車主是一位名為戴若．麥特卡夫的人，住在布羅肯希爾。收過一張超速罰單，但不是開克萊斯勒時收到的。

接著賀許與布羅肯希爾主要的警局聯絡，被推來推去，才終於問到一名警長願意跟他談。

「那台車報失竊了。」

第一個映入腦海的問題就是：「普勒和韓森偷的嗎？」

「什麼？不是。大概是同類型的車。但不是，據我所知，普勒和韓森沒有到過布羅肯希爾。更何況，他們的車在湯斯維爾被找到時不是都燒爛了嗎？」

「也對，所以……」

「所以你問的那輛車，是上週才報失竊的。」

上週？賀許在心裡消化這訊息。「報案人是？」

賀許聽到敲鍵盤的聲音。「一位名為珊卓拉．柴特頓的女士。」

「但監理所的資料顯示，車主是戴若．麥特卡夫。」

「乖乖，你真的有做功課。」布羅肯希爾警長笑他。他停頓一陣，賀許猜想他應該是在看電腦螢幕。「資料顯示，柴特頓是麥特卡夫的女兒。他出國六個月期間，他家是她在打理的。」

那就排除麥特卡夫涉案可能了。那柴特頓生活中其他的男性呢？又或者，車子不是被人借走，或許珊卓拉．柴特頓與潔瑪．皮徹還有蜜莉亞．唐納文是一夥的。

「要是真是同台車。九月時，有人開它到我那邊去。」賀許道。

「這件事為什麼這麼重要？」

「因為有一樁可疑的死亡案件。」賀許想了一下又改口：「是**兩樁**可疑死亡案件。」

「要我們這邊來查嗎？」

「要先經過我上司許可，他會再找你們上司談。」賀許道。

隔天早上六點，賀許穿著警察制服，開著自己的日產汽車，上了屏障高速公路朝北開去。他心想，這樣開下去，再過幾個小時他就會違反警察執法規定，越區執法，因為到時他就會來到新南威爾斯，但是這些日子來，他變得愈來愈不在乎這些規不規定的事了。要是依規定提出申請，文件往返可能就要耗掉好幾天，甚至好幾個禮拜，而他之所以穿警察制服，則是因為在詢問柴特頓時這樣比較有效。要是她爸已經從海外回來的話，這也是有幫助。

但是，他還是有點坐立難安，想像著要是被史波齡警司發現的後果。

三個半個小時後，在三百五十公里處，他緊壓速限，穿越紅土的大地，上頭是廣袤的天空。老鷹盤旋、石砌煙囪輪廓，來到一條石子與沙子的斜坡上，不再是泥地了。石礁、幾點冠唇花叢、鹽草、小桉樹叢與落單、瘋瘋的雌羊。一頭鷹往下俯衝、烏鴉一旁看著。澳洲特有的拖掛列車、卡車、各式車輛、前方和後方一片空蕩，還有一閃一閃的湖泊，隨著身後的高速公路消失，也跟著化為烏有。這些景致賀許一點也不中意，不全然喜歡，但已經比他一開始來時少了一些陌生感。雖然還稱不上是家，但已經稍微熟悉。

他之前沒來過布羅肯希爾。這裡新舊交織，明暗相間，比他想像中的要小些、多樣些，但也寒酸些。街上看得到很多滿布灰塵的四輪傳動車和較舊的轎車，還有旅行車行駛著，這些街道都以過去讓地方致富的礦產為名：石膏礦（Gymsum）、石榴石礦（Garnet）、銀礦（Argent）、矽石礦（Silica）、方解石礦（Calcite）……鎮裡花床看不到太多的綠意。這裡映入眼中的顏色大抵是土紅色、灰色還有橄欖綠。正午的太陽烤著人。

戴若．麥特卡夫的屋子是燒成磚砌的平房，上面的鐵製浪板沒有上漆，太陽光下亮得讓人睜不開眼，花園幾無綠意，車棚裡也沒有停著車。他剛旅遊回來不久，很想跟賀許分享他利用這次資深員工特休[1]，幫聯合國部隊到非洲撒哈拉沙漠以南地區工作的經驗。「我的領域是水資源：水資源維護、排水

1　long-service leave，澳洲規定給予資歷七到十年以上員工的休假，最長可達四個月。

系統、灌溉、鑿井等等……」

兩人在起居室聊，麥特卡夫年約五十，寬頭大臉，但樣子還很健康。應該是老婆過世後，想尋找人生的意義之類的，賀許這麼猜著。

麥特卡夫坐在大型綠色皮製沙發上，賀許看著他身邊的年輕女孩，她整個人陷在沙發裡，感覺想起身都很難。「你不在時都是珊卓拉照顧這地方？」

「她就住這兒啊。」麥特卡夫道，看著女兒，面露一絲憐惜。

柴特頓身子骨細細小小瘦瘦，黑髮沿著耳際、前額剪成像頂小帽一樣的妹妹頭。牛仔褲配上只有一小截的T恤，露出白皙的肚子。看起來像是還沒滿十七歲，但賀許知道她已經二十五歲了。

他對她笑。「上禮拜你爸回來前，有人偷了你爸的車？」

她點點頭，賀許在想，她是不是怕開口會露了口風。

麥特卡夫輕拍她的膝蓋，一邊面露狐疑地看著賀許。「這件事為什麼會引起南澳州警方越區關心啊？」

賀許輕描淡寫地帶過這點。「這台車的特徵，符合雷德魯斯地區一宗事故的目擊者描述。」

「不是我做的。」柴特頓低聲道。

賀許在心裡嘟噥著她的姓氏。是從母姓嗎？還是她之前有過一段婚姻？「我不是說是妳做的，我只是必須在資料上報廢這台車。」

「那就當是報廢了吧。珊蒂一直不肯處理它。」麥特卡夫道。他有種善良、天真的表情，體型強健、皮膚黝黑。與鮑伯・繆爾一樣，是個少話、動作較慢、很看得開的人，這輩子可能一點違法的事都沒做過。但他女兒可就不是那樣了。她一坐下來就開始不安的扭動，那種扭動是安毒上癮的症狀，整個人就是坐不住。她感覺就像還沒完全長大，在她高大的父親旁邊，宛如依附的靈體，對賀許連正眼都不敢瞧一眼。

「珊蒂。」他輕聲問。「妳發現車子不見是哪一天的事？」

「禮拜二，我下班的時候。」

「她在議會打零工。」麥特卡夫道。

「而隔天你就從海外歸國？」賀許問。

「沒錯。」

「是妳向警方報的案嗎？珊蒂。」

她不自在地扭動身子、眨眨眼後，才勉力點了個頭。麥特卡夫疼愛地拍拍她膝頭，但這次卻顯得有點僵硬。「她很乖的。但過去幾年受了很多苦。老公常打她。健康也有問題。」他道。

毒癮吧。這當下她就快要忍不住癮頭了，而且那瘦弱的樣子，賀許都覺得要是他推她一把，她骨頭都會散了。他露出笑容，表示他能夠理解，也不會多說什麼。但他心裡真正想說的是：「妳把妳爸的車賣了去買毒品是吧？」

不過他真正說出口的卻是：「鄰居有看到什麼嗎？」

珊卓拉・柴特頓用力地搖頭。

「不能怪她。」麥特卡夫道。

但他的話聲中已經可以聽到不安。似乎可以感覺到，他擔心要是沒有他撐著，這個家遲早會垮掉，而他已經撐了好多好多年了，不管他再怎麼努力，這個家終究有天會垮下來。他再次把結實的手擺在女兒膝上，他那雙深深凹陷的眼窩，露出極大的痛苦。

山姆・韓波說過，九月時，在南澳州中部一間屋子外面，見到一台黑色的克萊斯勒，上頭的車牌就是戴若・麥特卡夫的車牌：而那是早在兩個月前的事。凱蒂・史崔特與傑克・拉第瑪也說，見過這台車駛經提佛頓。後來凱蒂又在幾天後見到同一台車，感覺就像那台車陰魂不散，一直在那一區開來開去，或是去了哪裡又回到該區。

「珊卓拉，南澳州那邊妳有認識的人嗎？」

她再次用力搖頭，一頭短髮都搖出髮浪來了。

他輕描淡寫地說：「妳去那邊參加過派對嗎？」

又一次用力搖頭。

「這是怎麼回事？」麥特卡夫不安地問道，高高的額頭冒著汗。

他態度出現轉變，轉過頭，正對女兒，充滿關心、痛苦和寬恕。「珊蒂？」他道，聲音充滿關愛、沙啞，像是從鏟子流下的碎石子聲。

光這舉動，就讓她回心轉意，頭低了下來，雙手抱頭。「我不是故意的，對不起。」

「妳把車賣了去買毒品嗎？」父親輕聲地問。

「沒有，我發誓。」

「妳因為買毒欠人家錢嗎？」

「沒有！」

賀許覺得看著他們父女對話就夠了。這樣的老式家庭劇碼總是一再上演，用心持家的父親、備受寵愛的女兒與她的心魔。

「我去旅行。」她低聲說。

麥特卡夫看著賀許，宛如想要獲得他同意後再繼續。

賀許對他點點頭。

「去哪？親愛的。」

「我想要去看海。」

這點賀許可以了解。他說：「但離這最近的海是在奧古斯塔港啊。」

「到那邊後，我又往下多開了一點。」

「什麼時候的事？」

珊卓拉．柴特頓的膝蓋在顫抖。賀許看得出她瘦瘦的骨頭在牛仔褲下發抖的樣子。「我生日那天。」

父親的樣子顯得很痛苦。「那就是九月初了。」

「接著發生了什麼事呢？珊蒂。」

「我一路開到了皮里港。」

到海港城市，通常是要談生意，賀許很了解這種事。拿台大台、亮眼的車去典當。「然後呢？」

「我認識了一群人。」她跟父親說，滿是歉意。

他拍拍她膝蓋。

「我沒使用毒品，爸，真的。我一直很努力要重新振作。但那天是我生日，你又剛好不在……」

「沒關係的，親愛的。」

「我們被捕了。」柴特頓說。

賀許謹慎地問：「皮里港的警方嗎？」

「我們在汽車旅館房間裡，很安靜，沒有胡來，根本不算派對什麼的，但他們還是衝了進來。」

「你們被警方起訴了？罰款還是拘留？」

「我們那夥有一個被判了六個禮拜。還有另一個應該是便衣警察，他不見了。」

「妳呢？」

她不安了起來。「因為我和爸姓氏不同，我的身分證用的又是從前的地址，所以無法證明那台車是我爸的。他們聯絡這邊的警方，後者又聯絡這邊的鄰居，他們都說爸出國了，家中沒人。」她的聲音和表情，說明她一直都覺得自己像是隱形人。

「警方指控你駕駛失竊車輛？」

「對。」

「還把那台車給扣押了？」

「對。」

聽了這話讓賀許不安起來。「是誰扣押車子的，珊蒂？」

「是一個高層的人，他說或許可以讓我免於牢獄之災，但要我做一些事，你知道的。」

高層的人。賀許聽到心裡有個聲音在狂吼，眼前一暗。「高階警察？」

「我騙他我 HIV 陽性，這樣他就不會想碰我。」柴特頓說。她懇切地看著父親。「我不是真的陽性，爸，我發誓。」

「妳很聰明，親愛的。」麥特卡夫道，拍拍女兒的手，給了賀許一個複雜的表情：一種防衛中帶著同情，又有著一絲隱隱的堅強。

賀許盡量讓聲音不要有情緒起伏地道：「可以描述一下這人的長相嗎？」

「高個子、黑頭髮，可能五十歲了吧？」她繼續說著，直到賀許注意到自己嘴裡逐漸浮現一個氣味。

他清清喉嚨。「好，珊蒂，我現在念幾個名字：林齡、文恩、史波齡、赫曼、殷格頓——」

「史波齡。」

賀許坐在那，看著麥特卡夫。「抱歉，麥特卡夫先生，有些事我一定要問問珊蒂——」

麥特卡夫雙手叉在胸前。「我待這兒。可以嗎？親愛的。」

女兒肩膀靠向爸爸。她神情比較冷靜了，變得討人喜歡，也不顯得不安了。賀許看得出來，史波齡看上她哪點，她有一種楚楚可憐的感覺。

「這個人說他可以保妳沒事時，他提出什麼條件？」

她告訴賀許：穿有趣的衣服，跟一些好玩的人開派對，會有各式毒品、一起度假……「好處是獲得當模特兒、拍電影的工作。」她說。「當然是性愛電影。」

「他就這樣放過你了？」

珊蒂．柴特頓又露出驚恐的表情，這次卻帶有一絲氣忿。「他說他知道我住哪。我沒錢，只好搭便車回家。」

算妳走運，賀許心想。其他幾位女性可沒這麼幸運了。

32

在開車回提佛頓的三個半小時車程中，賀許勾勒著到時候要怎麼跟庫盧姆和狄萊爾講這個案子。

先是蜜莉亞．唐納文。

蜜莉亞是個生性好冒險、很容易被人說動、急於討好人的女孩，只要有錢和魅力，任何男人都可以吸引她。寇爾特在她身上花了些時間、金錢，施展個人魅力，說好聽話、讓她開開自己的名車，再讓她玩得開心：酒精、古柯鹼、大麻、性愛。慢慢再把她介紹給喜歡跟未成年少女開性愛派對的那群男人。一開始她可能不太願意，所以他就用竊盜罪名威脅她，說會讓她進少年監獄。

或許他是靠潔瑪．皮徹找到蜜莉亞進入他們的圈子。她們兩人在這之前就是朋友嗎？她們不是同一年齡層的人；但提佛頓的少女也實在不多。或許她們終究會成為朋友。

或者是潔瑪自己想找蜜莉亞．唐納文進來的。目的是討那幾個男人喜歡？或者是要讓別人也感受一下自己的感受？羞恥感？或者沾沾別人的光？蜜莉亞比她漂亮、比她性感？賀許想問潔瑪這些問題——但要能找到她才行，也要她還沒死才行。東邊的鄉間，滿布點狀的豎井礦坑。

那天的派對出了意外——有人遭受暴力、事情走了樣——結果造成蜜莉亞拎了衣服往外跑。那潔瑪當時怎麼反應的？**大家都遇過這種事，蜜莉亞，忍一忍就過去了**？或者寄予同情，但卻因為太害怕而不敢介入？不管怎樣，後續的事她肯定不知情，也沒有參與。

賀許想起來，發現蜜莉亞．唐納文屍體當天，有三件事不尋常。

首先，麥克斯考醫師檢查完屍體後，他走到數公尺外，旁人聽不到他講話的地方講電話。

其次，麥克斯考隨後開車到提佛頓，他不僅把蜜莉亞的死訊告知她母親，還和潔瑪．皮徹聯絡，才會讓她消失。

第三，柯洛普隨即出現在現場。

這些事都不是巧合。全都跟派對上發生的事有關。麥克斯考親眼見到大衛．寇爾特和蜜莉亞．唐納文的爭執，他也看到寇爾特追著蜜莉亞到屋外。而在數小時後，她的屍體在路邊被人發現時，他應該很自然會推想出，是寇爾特殺了她。寇爾特則認為，這件事會被視為交通意外，就此不再進一步調查，但麥克斯考則知道，這對所有涉案者是個隱憂。一定要出手控制事態惡化。他先打給柯洛普，要柯洛普牽制賀許，方法就是讓他一直留在現場，哪都去不了，藉此讓麥克斯考有時間去控制潔瑪．皮徹，很可能是對她施以威脅。

*

另一方面，柯洛普則從中安排，務必讓麥克斯考擔任驗屍官。這樣就能確保事情不節外生枝。

賀許往南開，高速公路公里數路牌一直往後奔去，太陽就快下山，車燈持續淡弱在車前方照著屏障高速公路，車燈邊緣洩出炫光，那種碎玻璃的亮光。

整起事件就像這條高速公路，逐漸揭露在眼前。那幾個男人沒料到的是，會被一個多疑的老婆壞了大事。艾莉森·拉第瑪跟蹤老公來到現場，推敲出了他們在搞什麼，當場跟他吵了起來。我要離婚。分一半農場，不然你就等著坐牢。

拉第瑪驚慌失措，打電話給眾人。大家一致認為，要是艾莉森·拉第瑪聯絡了警方，那肯定不會是打給她老公的好朋友柯洛普，而是阿德雷德的警方。

他並不**想要**了她的性命，但還能有其他辦法嗎？更何況，殺了她一舉數得：順便解決了他的財務問題。一小筆遺產也不賴；也不用支付離婚費用；家中又少一張嘴要餵。

而且，她本來就有尋死的紀錄。

但要由誰來下手呢？拉第瑪家的大人製造了完美的不在場證明。老的帶兩個孫子到外地過週末。雷伊則在足球決賽時和女友大搖大擺出現，喝個酩酊大醉，搞到被送進拘留所關了一晚。要安排這種事，對柯洛普和手下員警輕而易舉。而最是畫龍點睛之舉，就是賀許豪森員警，他和整件事沒有利害關係，與雷蒙·拉第瑪也沒有交情，讓他充當拉第瑪當天早上不在場的證人，可以說毫無破綻。

那下手擄走她又開槍射殺她的又會是誰呢？不會是柯洛普：他當時人在雷德魯斯。也不是尼可森或安德瑞沃瑟。正常點的人都知道，這兩個小丑成事不足敗事有餘。麥克斯考嗎？寇爾特？羅根？文恩？都有可能。但賀許看不出關聯。不管怎麼推敲，他的結論總是回到史波齡身上，他是最可能的人選。他最懂得辦案證據的掌握、警方辦案的過程。他的官階也夠高，讓他對偵察和訊息的發布有最多的掌握。他又夠聰明、夠細心，能夠讓自己始終居於有利位置，以便控制和監控事態發展——並讓任何能獨立思考的人卸防。這也是為什麼他會要賀許擔任驗屍法庭報告的工作。由一個完全和他們那夥沒有關係的局外人來報告，最能達到這個目的。

史波齡本來可以指派柯洛普擔任報告工作的。為什麼沒這樣做？擔心柯洛普的立場，可能會讓媒體或是警署任何人質疑其公正性？對於柯洛普執法方式的抱怨，已經從竊竊私語變成公開示威抗議了。他來擔任報告工作，不夠萬無一失。

讓賀許落入圈套，是最好的辦法。

史波齡沒料到的是，拉第瑪太太的驗屍工作，沒能同樣指派給麥克斯考執行，但不管再怎麼說，槍殺身亡的驗屍工作，是不可能指派給小鎮醫生進行的。

賀許的電話在手機架上響了。他把車靠到路肩，路過的卡車帶起一陣風，迎面襲來。收訊只有一格。

「你在哪？」蘿西．狄萊爾問道。

「雷德魯斯到布羅肯希爾半路上。」

「完全聽不清楚。」

賀許把電話換個角度，沒用，身體也跟著傾斜一個角度，最後只好下車，沿著小到不行的路肩邊走邊講。「這樣有好一點嗎？」

又是一陣卡車帶起的狂風、飛沙走石，扎得他好痛，天空一頭老鷹正好滑翔而過。

「沒好多少。你聽我說就好，不用回答，我只是要讓你知道。我們和你送來的那個男孩聊了很多——只是他講得雜亂無章。」

「山姆的確不是很聰明。」

「什麼？我聽不清楚。總之，這事已經正式成案了，所以我們就讓他回家去了。」

「那針對他行竊的起訴呢？」

「什麼？你聽好。」蘿西大聲說：「我只是告知你一聲，我們找到那幾個主要涉案人的關聯。文恩、寇爾特、羅根、拉第瑪，他們以前都是聖彼得的寄宿生。羅根後來上大學時，與麥克斯考又是室友。對他們的申訴層出不窮。據主要仲裁法官的紀錄，有好幾起是針對寇爾特來的。當他太太遭到前科犯跟蹤時，他不願意簽發警方所提禁制令申請。好幾起學校霸凌事件，他也駁回保護令申請……」

賀許心想，這很像他所認識的寇爾特會做的事。一個微不足道的法務官員，在升為裁判法官後，愈來愈覺得全世界的是非對錯都該聽他的。也難怪柯洛普不喜歡他。但這一來，柯洛普在整件事裡的角色呢？

「那柯洛普呢？」

「誰？柯洛普？不知道。」蘿西道。「檔案裡除了有人申訴他執法過當外，沒有別的。克萊斯勒車你調查得如何了？」

「查到布羅肯希爾那邊去了。車主住那邊，是——」

「什麼？」蘿西的聲音聽起來不太高興。「抱歉，保羅，一個字也聽不到。這樣吧，等你收訊好時再打給我。」

賀許坐回駕駛座。幹正事了，太陽從擋風玻璃照進來，倦意上身。

他試著揣摩史波齡的個性。精確，但沒有魅力。行事一板一眼的官僚，私底下卻藏著變態、好色的一面。非常自大。很挑剔、常給人碰軟釘子、控制欲強、對人好惡強烈。他幹這些事很久了。賀許猜想，而且從未出過差錯。這讓他開始變得自滿。

他當這一區的警司已經很長一段時間，可能跟柯洛普當雷德魯斯警長一樣久了？他們年齡相當，所以可能從警校就認識。早期或許還曾一起執行勤務，也始終保持聯絡。兩人熟識，也了解對方的喜好。

賀許看出他們之間的利害關係了。史波齡和柯洛普，還有他警局兩個下屬。柯洛普和本地人——生意人、足球隊、大地主。賀許又想到那天在法庭上，柯洛普和寇爾特還有羅根，三人之間的不愉快又是為了什麼。但，這些等到他們都被逮捕後，就會真相大白了。

最後，則是那台克萊斯勒。

明明是台已經狀況老舊的車子，本地人都沒看過，也未申報失竊。車主當時又在海外。這在史波齡眼中，就是最好的作案車輛。他可以來去自如，沒有人會想到是他，只會以為是長途旅客路經此地。新南威爾斯來的車，開到屏障高速公路的並不少見。

只差，被那兩個小朋友看到，還把他們嚇個半死。

33

已近黃昏時刻，賀許整個人成大字形躺在沙發上，穿著寬大的牛仔褲和T恤，光著腳靠在咖啡桌上，筆電放在大腿上。他打算把對整起案件的推論寫成概要，給狄萊爾和庫盧姆看。他用電郵寄給她們，讓她們有時間理解內容，過後再親自打電話討論。

寄完郵件後——事情就不歸他管了。

小鎮好安靜，高速公路、對面的學校也一樣無聲。賀許平穩地打著字，但當他寫到精彩的部分，提到史波齡和克萊斯勒車時，電話響了。

蘭納德．拉第瑪，聲音露出急躁：「我擔心雷伊會幹蠢事。」

「拉第瑪先生。」賀許感到驚訝，但旋即恢復平靜。「怎樣的蠢事？你兩個孫子呢？」

「還好不在這。你快過來就對了，可以嗎？」

電話斷了。賀許拿著聽筒呆在那裡：嘴張大到可以抓到蒼蠅，他媽都這樣說他。

＊

荒涼路路面如波浪般起伏，讓開車的他晃個不停，然後他才想起，忘了帶那把貝瑞塔手槍。有夠笨的。但開了一整天車，他很高興終於能換下身上的警察制服，丟進洗衣籃，還把貝瑞塔手槍、腰帶和警用手槍、手銬還有警棍，以及所有執勤配備放進最上層的抽屜。他不想拖著這一大堆東西，拉第瑪家不用這麼累，所以他只順手帶了警用配槍。心想，即使只是穿牛仔褲、T恤和一雙破爛的亞瑟士球鞋，他依然是警察。

到時候會要掏槍嗎？或許雷蒙會幫大家個忙，一槍射死他老爸，再射他自己。但蘭納德沒說他有沒有拿槍，他有拿嗎？那傲慢的老古板。傲慢的老古板可不知道我已經知道他的事，他就要成為一樁大型案件的主角了。

開進拉第瑪家的豪華門欄前，他看了一眼溫蒂．史崔特家，他看到那台舊的富豪汽車。花園、車道或是陽台上都沒人。一種熟悉感湧上來：有事未了。

他開上拉第瑪家的土地。上次來時，房舍和地面就已顯出時間的痕跡，當時是來查看克雷格．拉第瑪的縱火事件；這次，家中疏於照料的情形更嚴重了。當時，草坪已經雜草叢生，這次則奄奄一息。被風捲下的各種殘屑——棕櫚樹葉、小樹枝、大樹幹、塑膠袋、苗箱、導演椅——吹得滿地都是，都沒有清理。他開車繞過隨手亂扔的腳踏車。走過這滿目瘡痍來到陽台，踩過雜草、板球球棒、四散的蝸牛殼。頭頂上屋簷的排水溝草一坨一坨長著，陽台柱子斑駁的油漆一片一片脫落。鳥糞像鐘乳石，靠著一面牆堆積著，全是上方在燈具築巢燕子的傑作。天曉得這屋子裡藏著多少的悲慘。

賀許用指節敲門。

＊

蘭納德．拉第瑪應門時，他表情卻不顯得特別驚慌失措。他望向賀許背後那台警車，客氣地說：「進來吧。」

賀許遲疑一下就往門廳踏進去——說時遲那時快，雷蒙．拉第瑪一看到這訊號，就立刻出現在賀許身側，帶著霰彈槍從前廳出來。他整個人一副失常的樣子。賀許轉身想往外躲，直覺想先找地方掩蔽，再拔警槍。

「想都別想。」史波齡出現，擋住他的退路，臉上帶著冷笑，手上拿著點三〇三的來福槍。

他緊跟在賀許的腳後跟上來，硬把賀許轉了個圈，將他壓在牆上。他三兩下俐落地奪走他身上的武器，再搜遍他全身，連腳踝也不放過。所以就算賀許記得帶貝瑞塔手槍，也無濟於事。

「警司？」賀許道，強自壓抑心中的不解和害怕。

「閉嘴。」

賀許看著蘭納德，唯一一個沒拿武器的人。「原來你才是這群人的首腦？」

這位一家之長擺出跟生意人打交道的臉色。「安靜。」

眾人就這樣圍著他。賀許現在唯一能仰賴的，就只有時間了。「那輛克萊斯勒汽車在哪？警司。」

「啊，那輛克萊斯勒。今天稍早接到布羅肯希爾聯邦調查科一位警長的電話，還真是有趣啊。」史波齡道。他窄窄的臉繃緊了。「還有誰知道這事？」

「除了蜜莉亞・唐納文還有艾莉森・拉第瑪過世時，目擊的幾個人以外嗎？」賀許聳聳肩。「內部調查科也知道。」

史波齡想了一下。「不可能，我不信。不管怎樣，都會是同樣的結局。」

「等等，馬修。」蘭納德暴跳起來道。「你們說到你的車，這是怎麼回事？」

「沒事，蘭。」史波齡道。「我會讓那輛車消失的。還有目擊者……」他笑笑。「大家都知道，目擊者的證詞有多不可靠。少來了。」

「你真天才。」拉第瑪還沒講完。「到底是吃錯什麼藥，會想到要開那麼醒目的車子？」

「你以為我會笨到開那台警用車嗎？」

「我支持你，蘭。」賀許鼓起勇氣說。「真是不智啊，對不對？我會——」

賀許醒來時，人已經躺在屋子一側乾枯的草坪上。

他猜自己應該沒有昏過去太久，因為太陽還在同一個位置。但老天爺，他頭痛死了。一定是雷伊動的手，拿霰彈槍槍托敲擊，再把他拖到外頭。

「起來。」

賀許刻意誇張動作，一邊趁機打量情勢：史波齡拿著點三〇三步槍、雷伊・拉第瑪拿著霰彈槍……

蘭納德則拿著一塊摺好的防水布。這可不妙。史波齡用靴子踢他。「動作快點。」

賀許一站起來，就覺得天旋地轉，問：「我們要去哪？」

他猜想，是要找個地方，讓他的血和內臟可以噴濺到防水布上，不怕沾到旁邊留下痕跡。要離屋子和棚舍遠點的地方。

「閉嘴。」史波齡道，用來福槍的槍托推著他背後。

賀許跌倒在地，他一站起來，史波齡就推著他走過院子、穿過棚舍。賀許環顧左右；看到那輛黑色克萊斯勒，就藏在乾草堆後面。

他們走到通往錫屋的小徑時，賀許搖著頭。「還真是了無新意呢。同一個自殺地點，又有一個人自殺。」

「繼續往前。」史波齡道，用那把點三〇三步槍的槍托往他身上砸。那種痛真是痛徹心扉，穿過身體，傳到左眼。他又跌倒了。

「別拖拖拉拉。」史波齡大步趕到他前面，往回喊。「你們催他快點。」

下坡來到小溪邊，小溪乾涸到只剩下一絲臭泥巴，旁邊散布著泥漿水窪，水窪旁則是垂死的蘆葦叢，非常密。羊群顯然想要來這邊喝水，把泥漿都踩了出來。一頭死羊漂在最大的泥窪裡；一頭活羊則無力地在蘆葦叢旁掙扎。拉第瑪家父子完全不加理會。

「你們兩個小丑根本不配當農夫。」賀許道。

「怎樣？」雷蒙．拉第瑪道。他用力把霰彈槍的槍托往賀許的肚裡砸。「你懂什麼？」

賀許痛到彎下腰，一邊喘、一邊用手抱膝。「這地方都被你們管理得不成樣了。虧你們還是這區的大人物。連雜貨店的帳單都付不出來，真是笑死人。」

「操你媽。」雷伊・拉第瑪道。

「你們幾個王八蛋快點好嗎？」史波齡大吼，他已經到了錫屋扭曲煙囪旁的平地了。

蘭納德推了他兒子一把。「你聽到他說的，要他別停。」

雷伊繞過他爸，面露慍色。他拿槍推著賀許。「快走。」

賀許再一次跌倒，整個人跪倒在地。儘量拖時間、刺激他們、讓他們內鬨。他能仰賴的就只有這些。

「可悲啊，雷伊。」他道，勉強爬起來，「總是聽你爸的，供他呼來喚去。可悲的戀童癖，日後社會只會記得你這件事。」

他刻意誇張，但果然發揮作用。「怎樣？操你媽。」雷伊大吼，大力用槍托把賀許撞倒在地。

史波齡已經趕在最前面，到達小屋那邊，他道：「一定要這樣嗎？快點把他帶到這邊來就是了。」

「是啊。」賀許道，抬起頭看著拉第瑪，「照做就對了，雷蒙。人家怎麼命令你，你乖乖聽話就對了，你最會的就是被人使來喚去了。」

「誰都不能對我使來喚去。」

史波齡整個人繃緊得像是彈簧一樣。「你難道看不出來，這王八蛋在動什麼歪腦筋嗎？快把他趕過來。」

賀許緩慢地跪起來，從下斜眼看著蘭納德。他渾身上下露著古怪的空洞感，猜不出意圖。「這個兒子肯定讓你在鄰里間很有面子，蘭。」

蘭納德沒料到賀許會來這招，忍不住噗哧一聲笑了出來。但這一笑，清清楚楚洩漏了他對兒子的極度不屑。

雷伊就這樣不動了，看著手上的霰彈槍，好似想不透這東西的功能，然後就看向他父親。

「你們這群白癡。趁還沒被路人看到，趕快把他帶到這邊來。」史波齡大吼道。

「對啊，快點啦，雷伊。」賀許又再補一腳，跪坐在地上。「乖乖聽話。」

「閉嘴啦。」雷蒙話聲中有點徬徨，好像需要時間思考。

「很簡單啊。」賀許低聲道。「就跟上次一樣，布置成自殺就好了，我們都知道上次處理艾莉森時，史波齡幹得多失敗。一次又一次被他搞砸，你卻還是這麼聽他的話。」

「你懂個屁啦？」

「或許這次你們運氣會比較好。或許大家會相信，我會大老遠跑這兒舉槍自盡，用的還是別人的槍。」

但這時史波齡趕了回來，一把擠開雷蒙，抓起賀許。「其實呢，天才偵探，你這次要投礦井自殺。」

賀許推開了他。「跟你處理潔瑪的手法一樣，對吧？」

「什麼？喔，那胖女孩。」史波齡不經意地甩了他一巴掌，便一下把他拎起來讓他站直。

賀許絕望之餘想了一招。「你們這群白癡，難道不知道他們已經掌握你們所有人的名字了嗎？你、文恩、羅根、寇爾特、麥克斯考……」

雷伊嘴唇一抿。「誰掌握了？」

「調查性犯罪的單位。」

「他騙人的。」史波齡道，他半拉半趕地，讓賀許跟著他跑起來，就這樣來到小屋最後面。這裡不會被路人看見，只有小溪最近的彎道還有對岸的石頭堆才看得到這邊。賀許掙扎著，但沒力氣了。史波齡一把將他推在牆上，用一隻手架住他的胸，等著拉第瑪家人趕來幫忙。

雷伊一現身，一臉慌張又猶豫不決。史波齡退開道：「都交給你了，雷蒙。」

賀許嘴很乾，閉起眼睛，又張開，等著他開槍。

情勢卻出現變化。那把霰彈槍成了燙手山芋，雷伊．拉第瑪把槍推給他父親。「我下不了手。爸，你來。」

「是你老婆害我們今天要淌這渾水的。」蘭納德道，用防水布把槍推回去。

賀許潤潤嘴巴，聲音很乾地道：「是你害他走到這一步的，蘭。他對性會有那些變態想法，還不都是拜你所賜。」

「你們誰就快點動手殺了他好嗎？」史波齡大叫。「你們的爛攤子上次是我收拾的，這次換你們也出點力。」

但是雷伊還是繼續把手上的霰彈槍推給他老爸。蘭納德則往後一閃，很不高興。「你搞什麼鬼？給我成熟一點，不乾不脆，像個小學生。」

「你肯定滿意極了吧，警司。這群你的戀童癖同好全這副德行。」賀許道。

史波齡完全不當回事，只是看了手錶一眼，已經受不了拉第瑪家父子推來推去的戲碼。「我們沒時間搞這些。隨便誰都好，一槍斃了這王八蛋。」

賀許感到一陣反胃，但他把差點吐出來的東西吞了下去，又吞了一次，才張嘴，盡量讓聲調平穩：「我猜你們這次是打算讓柯洛普負責善後了。那他要怎麼處理？是要遞報告，指我平常精神狀態不穩？還是栽贓我，然後處理掉我的車？」

「柯洛普？」史波齡哼了一聲。「柯洛普和這事完全無關。這人丟臉丟到家了。」

賀許不敢相信他竟有臉這麼說，忍不住放聲大笑。

接著史波齡對著拉第瑪父子怒目瞪了一眼，道：「幾個禮拜後，你的車會在乾燥的鄉間被人發現，油箱空了。你的電話會留在駕駛座上，電瓶也沒電了。顯示你迷了路，失去方向感，沒有水、豔陽下、神智不清，因此就不小心掉進了礦場的豎井。」他停頓一會後，對賀許笑。「這段期間，我就可以好整以暇，慢慢弄你辦公室裡那些檔案了。」

賀許現在清楚接下來的發展了。因為我一直以來都在貪污，或者是瘋狂進行一些我幻想出來的事，自以為是地把一些證據想入非非，或想要彌補過去犯的過錯，所以就落得橫屍荒野的下場。他覺得好不舒服，整個人透支了，五臟六腑還是痛徹心扉、喘不過氣。他因此想到艾莉森・拉第瑪的最後時刻，恐慌症發作、心律不整。

史波齡大吼：「你們兩個渾蛋到底在他媽的幹麼？」

蘭納德和雷蒙．拉第瑪現在像是跳起一支古怪、悲傷、沒有聲音的雙人舞，兒子一直把霰彈槍朝父親身上遞，像是要把禮物塞給他，而父親則一直嫌棄地往後退。

蘭納德先屈服了。他扔下手中的防水布，一把搶過槍，俐落地一下子晃到肩頭上，槍管毫不猶豫地朝向賀許。

「住手！」一個小小的聲音，從溪對岸的石頭堆傳來。

蘭納德就這樣不動了，但只是一時之間；手中霰彈槍一沉後，又舉了起來。

但從賀許的角度來看，這一來正好給了凱蒂．史崔特正當理由可以開槍射殺這個渾蛋。

子彈射進蘭納德的肚子，他噢了一聲，充滿驚訝和痛苦，痛到彎下腰。往後退了一步，又一步，手中的霰彈槍虛弱地扔開，慢慢地蹲到地上，用右手撐著自己。整個過程很慢、沒有多餘動作，說是優雅也不為過。

雷伊．拉第瑪首先發難，他又急又擔心地衝向父親，想要出聲安慰，卻又怕他不高興。晚了，當史波齡舉起手中的來福槍朝向賀許時。賀許已經搶先一步站起身、衝向前，用他的肩膀直接撞向警司。史波齡原本要扣扳機的手指一扳，點三〇三來福槍在賀許耳邊一毫米遠的距離發射。他被槍聲震聾，希望凱蒂躲在安全的地方，接著他跳起身，開始和史波齡展開搶槍爭奪戰，不輸拉第瑪父子的混亂舞步。

他和史波齡纏鬥在一起，一直轉圈，最後把他壓制在錫屋的牆上。他年紀輕又常運動；史波齡則是五十多歲、長期伏案辦公。他一把將警司甩向錫屋生鏽的牆上。史波齡的身軀反彈著，跛著。

賀許一把捉過來福槍，往後退到三人都進入他射擊範圍內的位置，高呼：「凱蒂？現在可以出來了。」

她一下就冒了出來，正準備拔腿跑過來，但先看清楚情勢和路線後，才開始跑過溪床。她朝著賀許跑來，經過蘭納德·拉德瑪時卻跑開了些，好像怕他會傷到她一樣。來到賀許身邊，緊貼著他。

他輕握她細小的肩頭。「槍呢？」

她指向溪對岸的石頭堆。「在那邊。」

「是拉第瑪先生的嗎？」

她踢開鞋上的泥巴。「對。」

「還好妳把槍拿走了。」

她忿忿不平道。「大家都不相信，我看到那台車，看到它好多次了。今天還看到它駛進拉第瑪先生家。」她指向維米嶺拉第瑪家的大門。

「那槍這陣子一直被妳藏著？」

「藏在我樹屋裡。」

「聽我說，小妹妹。」史波齡道：「這是個大壞蛋。妳快去叫妳媽媽報警。」

凱蒂仰望史波齡，瘦小卻毫不畏懼，還帶著一絲任性。「他**就是**警察。」她說，語氣中滿是不屑。

34

兩天後，賀許與溫蒂．史崔特一起喝酒，順便讓她知道事情的來龍去脈。溫蒂將酒杯斜斜地對著光線。她已經顯得有點口齒不清了。「必須說，我這女兒開槍殺人，還真是手下不留情呢。『因為拉第瑪先生要殺保羅，所以我才開槍射他的。』」

「還真是多虧她開了槍。還好她對槍有一套。」賀許道。

他們在溫蒂的廚房裡，近傍晚時，鮑布．狄倫（Bob Dylan）的歌聲從喇叭流洩而出。太陽，悄悄從百葉窗找到縫隙，灑落洗手台上，照亮了溫蒂的髮絲，斜陽下，那幾絲細髮在光線中燃著，激得賀許想要伸出手，把髮絲順得服貼些。

「上面安排給她一位諮商師……但我不確定她是否真的需要。你覺得呢？」

賀許看了凱蒂一眼。她在隔壁的日光室，趴在電視機前，撐著頭看電視。「看那樣子她顯然承受不少的痛苦。」

他自己講了都想笑。「先不說玩笑話了。要是這些壞事有天真的打擊到她怎麼辦？」

賀許趁機伸出手。她溫暖的手，來到他的手下方，不拒絕反而歡迎地向上握住他的手。「妳唯一能做的，」等到心跳平穩了，他才說：「就是傾聽和觀察。要是她提到這件事，不要大驚小怪。」

「不要大驚小怪的意思是說，開槍殺人沒關係，還是說，別讓她緊張和感到罪惡？」

賀許確定她講這話時是在笑。「喔，是前者。」

接著她才轉為正經。「謝天謝地，他沒死。但現在警方會怎麼處理？」

「她要回答幾個問題：槍是從哪來的，為什麼到她手上，當時又為什麼開槍這類的問題。妳可以陪在她旁邊。要是擔心問到太多無關緊要的問題，也可以帶律師陪同。但以她的年紀，再加上那槍的持有人本來就沒把槍收好，還有她救了我一命，警方應該不會採取法律行動。」停頓一會後。「但，另一方面，雷伊則可能會面臨槍械方面的起訴，外加其他案件。」

凱蒂溜了進來。她站在靠賀許椅子很近的地方，下意識地用肩膀去碰他肩膀，顯示她對賀許的好感。這時溫蒂才小心地從賀許手中抽出自己的手，笑著看著她。「親愛的，怎麼了？」

「沒事，我很好。」說完，她又跑回去看電視。

賀許感覺溫蒂的手不見了，又把她拉回來，捧在手心。「妳還是一樣要召開示威大會嗎？」

溫蒂看著兩人的手擱在桌上交握著。她一眨眼，變得正經起來。「當然要，正好史波齡警司不會在場了。原因就不用說了。」

「會派另一個人取代他。」

「重要的是，我希望能夠爭取到上面派個人把柯洛普警長換下來——還有換掉尼可森和安德瑞沃瑟兩人。上面有派人給你，但雷德魯斯那邊卻沒有改變。」

賀許點點頭。柯洛普最近安靜地有點古怪。數週前——甚至才幾天前——警長還在電話裡對賀許大呼小叫，要他叫女友別多管閒事。「有件事想問妳一下，可以嗎？」

溫蒂．史崔特不自在起來，手悄悄鬆開，好像在表示「糟了」。賀許感覺好像問了不該問的問題，但他也查覺到她已準備好面對，儘管這問題不是她想聽到的。「我們是在星期一認識的，」他很不好意思地說：「那是九月第二個禮拜，學校正好放假。」

她依然沒有放鬆。「好像是這樣沒錯。」

「當時艾莉森在妳旁邊。」

「對。你究竟想說什麼？」

「然後，那個禮拜六，也就是說，兩天前，她跟蹤了她先生，到雷德魯斯另一頭一間房子去，看著包括她先生、她公公在內的幾個男人，在屋裡和蜜莉亞．唐納文還有潔瑪．皮徹，可能還有其他我們不知道的女性，幾個人一起開性愛派對。」

「然後呢……？」

「我們的推論是，她應該有當面和雷伊對質。他則去找他爸商量，他爸則跟其他人商量，所以就決定要除掉她。」

「所以是完全跟她的遺產無關。」溫蒂道。

「但是，古怪的是，我有一名證人，他看到蜜莉亞．唐納文手上拎著衣物，一絲不掛衝出屋子。」賀許道。

她的不自在還沒消退。「然後呢……？」

「目擊者說，大衛．寇爾特開車追蜜莉亞，接著撞倒了她。」

溫蒂的不自在讓兩人之間的空氣凝結起來。「你是覺得，艾莉怎麼都沒提到這件事？」

賀許說：「我就是覺得不解。她是被威脅不能開口，還是一心只想離開她老公，所以這麼大的事，她居然連一點都沒有提到。」

「你怎麼知道她有看到？當時夜色昏暗，她可能看不清楚……又或者，她根本已經走了。」

「也對。」

「我只知道，她很開心能夠離婚，離開雷伊。」

「她完全沒提到自己跟蹤過雷伊，心中的疑團獲得證實這類的事？」

「沒有。」

「我認識她那天，她看起來很緊張。害怕。」

「正常的吧。她以為你跟柯洛普那群人是一夥的，我們都這麼以為。」

賀許做了個鬼臉。

「寇爾特那邊怎麼說？他有招認是他開車撞倒蜜莉亞的嗎？」

「不知道，案子已經不由我經辦了。」

「潔瑪一定知道。」

「那要找得到她才行。」賀許道。他想起野豬山以東那片礦坑豎井。但要自己別朝那方面想。他靠向溫蒂，溫蒂看著他，然後他親了她。一開始有那麼一剎那，她毫無回應；之後才有了回應。

35

潔瑪・皮徹再次出現在提佛頓時，事情已經風平浪靜，激不起一滴水花了。一個週日下午，鮑伯・繆爾去修冷氣機，在路上看到她坐在網球場旁兒童遊戲場的鞦韆上，便告知賀許。「她就坐在那兒，老兄。」

週日是賀許的休假日。儘管身穿短褲、T恤，剛和溫蒂溫存一晚，還睡眼惺忪，他依然開車前往網球場，但沒看到人，所以就兜了一圈，前往皮徹家人住的那間近乎頹圮的屋子。

艾琳應了他的門，她惱怒的臉色在在訴說著她這輩子到目前為止，有的只是失望，這也包括了她女兒的返家。

還是，只是對我的出現不高興，賀許心想。「潔瑪在嗎？」

「你要帶她出去嗎？」

「不好意思？」

這女人把他從頭到腳打量了一遍。「她心情很差，不想出門。」

賀許這才明白，自己應該穿制服來的。艾琳已經習慣各色男人不時來敲門找潔瑪了，警察也不例外。我又憑什麼例外？「是工作上的事，皮徹太太。」

「她要幫我弄晚餐。」她嘟噥著。

雖這麼說，卻還是領著賀許進到客廳，潔瑪在看《暮光之城》系列電影，DVD光碟和盒子散落在電視機旁和地毯上。沒看到家裡男孩的蹤影。

「哈囉，潔瑪。電影馬拉松嗎？」他說。

潔瑪眼睛出神地鎖定螢幕不放，就像大半輩子都只做這件事一樣。可能真的是這樣也說不定，賀許心想。她嘴巴開開的，懶洋洋地掛在那裡，完全沒有坐相，很短的上衣和緊身褲，衣服短到再少一公分，就要露點跨越尺度，她白白軟軟的肚皮露了出來。

「啥？」

「沒什麼。」賀許道，看著她媽媽，她丟了個不知如何是好又輕蔑的表情，便走了出去。不久就聽到她在廚房忙著，碗盤鏗鏗鏘鏘。賀許道：「潔瑪，我有幾個問題得問妳。」

「有什麼好問的？」

賀許瞪著她。「那我反問妳：妳為什麼覺得我不該有問題想問？」

潔瑪一副茫然地看著他，好像沒料到他會這樣問。「事情都過了，都上報了啊。」

賀許不禁好奇，她腦子到底都在想些什麼。他坐到她旁邊，整個人陷到沙發裡。這時才發現，自己正緊貼著十幾歲少女圓潤、軟嫩的肌膚，趕緊往旁邊移開。「潔瑪，我們一定會有問題要問妳的。妳到時候可能還要到法庭作證，甚至可能會遭到起訴。」

他身邊的小女孩突然不再像剛剛那樣軟綿綿，而變成硬梆梆、沉鬱鬱的樣子，連嚥口水都有困難。

「潔瑪？」

焦慮上了她的心，滿臉不豫、冒著冷汗，她說：「我什麼都沒幹。」

「潔瑪，我有必要了解，妳和這些男人玩些什麼，是誰介紹蜜莉亞進去的。就寇爾特、文恩與羅根等人的玩意兒。是妳嗎？」

「我不想讓她加入。但你覺得我和她，他們那群人比較想要誰加入？」

當然是那個十五歲的小美女，而不是眼前這個十八歲、壯得像頭牛、相貌平庸的女孩。「妳有試著勸她別去嗎？」

「蛤？」

賀許在沉滯空氣裡尋找話題。「妳有勸她，這樣做不好嗎？」

「她？最好我勸得動啦。」

「她很固執？」

潔瑪哼了一聲。

「那是誰找她進來的？」

她雖然說了，卻連她自己都不相信一樣：「寇爾特先生。」

「怎麼找的？」

「我和她因為偷竊被抓，他放我們走，之後就約梅兒出去。」

「她算他女友嗎？他們在交往嗎？」

「對，但，你也知道，不能讓人知道。」

「交往多久了？」

潔瑪聳起肩。「不知道，有一陣子了。幾個禮拜吧。」

「我確認一下，他們有發生性關係？」

潔瑪的眉毛露出不屑。「我說過了，他們在**交往**。」

「他跟她交往多久後，開始帶她去你們的派對？」

她又聳肩。「她也不是那麼常去啦。」

「第一次約會時，妳有先提醒她，那派對是什麼樣嗎？」

「沒有。」

「妳也沒警告她？」

「講了我會有麻煩。」

「誰會找妳麻煩？蜜莉亞嗎？」

「不是——是寇爾特先生。他說過，我要負責引導她、安撫她。他威脅要是不照他意思，他還是可以讓我因竊盜罪吃不完兜著走。」

「她去時，有因為那邊的情況而嚇到或不高興嗎？」

潔瑪又哼了一聲。「她才不會。」

「是妳載她過去的，還是寇爾特先生去載她？或是他來載妳們兩個？」

「我。」

「再說回第一場派對：她沒被嚇到或是緊張？」

「寇爾特先生在啊。」

「但還有好多其他男人，而且大家都戴著面罩不是嗎？」

「什麼？沒有啦。」

「他們沒有戴面罩？」

她忍不住咯咯笑出來。「才沒有呢。」

「從來都沒戴過？」

「沒有。」

但艾蜜莉．哈伯明明說有戴面罩的。或許只有那一次有戴，一種戀物癖玩法，賀許心想。或者艾蜜莉不想被要求指認參與者，編了個謊話。

「這些派對，我知道妳們和很多男人發生關係，但除此之外也會放音樂和跳舞嗎？」

「當然。」

「酒精？毒品？」

潔瑪眼睛落向那可憐的房間一角。賀許說：「我不是查緝毒品的警察。我只是想了解更多關於派對的情況。」

「跟你說的一樣，大家會跳舞、喝酒。」

「派對有妳、蜜莉亞……」

「有時候還有別的女孩子。」

「除了艾蜜莉．哈伯，還有誰？」

「不知道。都是跟那個警察一起來的。」

「我最想了解的，最後那一場派對。那天發生什麼事？」

「這個，你知道啦。」

「不，潔瑪，我不知道。」

「我跟人上床，其他人也跟人上床。」感到乏味、單調的語調。

「蜜莉亞也是？」

「當然。」

「跟超過一個男人上床？」

潔瑪不安地在座位上扭來扭去。「我就全跟你說吧，好嗎？她和寇爾特上床，然後其他人想要一起上她，同時上，她生氣了，可以了嗎？」

「她就跑了出去？」

「她說她要把事情講出去。」

「大衛．寇爾特追到外面去？」

「對啊。」

「妳也有去追嗎？」

聳肩。「找不到她。」

「她沒在外頭路上或草坪上？」

「沒有。」

「妳有看到拉第瑪太太也在嗎？」

「什麼？」

「沒事。那山姆·韓波呢？」

「那廢物？」

「他也在那裡嗎？潔瑪。」

「沒看到他啊。」

「我提到他，妳好像不感到意外。」

「他老是那樣，到處鬼鬼祟祟。」

「他跟我說，他那樣是在照顧她。」

「最好是啦。」

「事發後我找妳問時，為什麼這些事妳當初提都沒提到？」

「為什麼要提？」

「妳最好的朋友才剛死得那麼慘，難道不該提嗎？」

「麥克斯考醫師要我不准說出去，不然我會很慘。看看他們為了讓蜜莉亞閉嘴，把她弄成什麼樣。」

「所以妳就跑去躲起來了。」

「換作是你不會嗎？」

「我還以為妳也死了。」

「我沒死喔。」

「那妳這段時間都躲在哪？」

「我養母家。」

「你是寄養的孩子？」

「九歲開始的。」

賀許調查時有找出她幼年的紀錄，但沒有看到寄養安置的紀錄。「她對妳好嗎？」

「比親生媽好。」潔瑪道，心裡的恨意都說了出來。

「但妳卻還是回到這兒。」

「這邊現在安全啦，不是嗎？何況，親媽要我把車還她。」

再追問這點沒有意義。「好了，那跟我說說艾蜜莉．哈伯的事。」

「艾蜜莉。」她大大的肩膀聳到了肉肉的耳朵那麼高。「我們在青少年看守所認識的。」

「是年紀比她大的朋友介紹妳們去這派對的？」

「對。你快問完了嗎？」

「在蜜莉亞加入前，妳們偶爾會長途跋涉到大城市參加這類派對嗎？」

「那又怎樣？」

「他們會給妳們錢嗎？」

她聳聳肩。「會送禮物之類的。」

「有給過妳們錢嗎？潔瑪。」

她生氣了。「我又不是**妓女**那種人。」

「那後來為什麼會改到雷德魯斯辦呢？」

「什麼？」

「派對後來為什麼沒在城裡辦，開始在鄉間辦？」

「不知道。我該知道嗎？又不是我決定的。」她停了會。「艾蜜莉有說過，因為有點狀況。」

「惹人懷疑了？」

「好像是。」

賀許舉了幾個當地人的名字。「他們是從一開始就有參與派對，還是後來新來的？」

「有幾個是新來的。從沒見過柯洛普警長，但我們不是每個禮拜辦。我頂多也只去過六、七次。」

賀許心裡推敲著。就算在這偏遠地帶，像史波齡這麼高階的官員，只要聽到風吹草動，得知性犯罪科或是特別科小組有動靜，肯定就會向其他人通風報信，大家就移到雷德魯斯辦派對了。「我們保持聯絡。還有，要是這幾個人跟妳聯絡，馬上打給我。」

潔瑪瞪著他。「什麼？」

「他們有打電話給妳或是接觸妳，都讓我知道。」

她似乎嚇到了。「我以為已經沒事了。」

「他們交保獲釋了。」賀許輕輕地說。

他起身說再見，走過房間。但到了門口時，他忽然覺得想再看潔瑪・皮徹一眼。那女孩看起來還小、很無助。賀許在那站了一會，又轉身回到沙發，站在她旁邊。

「妳去打包行李。還是到外地躲一陣子比較好。」

「啊？為什麼又這樣？我要去哪？」

「我載妳到妳養母那邊。」

36

十二月一個禮拜四傍晚，賀許載著溫蒂．史崔特來到雷德魯斯市政廳。

坐在賀許這台歪了一邊的日產汽車副駕駛座上，她一臉不高興。「所有的準備工作都是我弄的，他們卻說我立場已經不中立，會議不能由我主持。」

賀許明白：她花了好幾個禮拜組織、收集簽名。但他同時也明白警方的觀點：史波齡是警方公關的惡夢，而他主要的受害者，賀許，卻是溫蒂的紅粉知己。他向她解釋這層關係，還補充：「他們可能知道我們的關係。」

聞言她不再那麼不高興，把手放到他大腿上。不久她靠得更過來，帶著邪惡的眼神看著他的臉，手摸著他的大腿。「希望這樣不會讓你分心。」

「真的有點。」

她的手又再往上摸。「這樣好點嗎？」

賀許咳了一聲；但聲音變得怪怪的。「好多了。」

他在山谷裡往前開，想要忘掉剛剛的激情。「那不信任提案的事呢？」

「我請伯尼．樂夫上台。」

樂夫是羊毛商飯店的老闆。他主動提供飯店的活動會議廳，當作這次抗議會議的場地——當地愛開玩笑的人說，這是為了讓飯店酒吧可以有生意；但賀許覺得，他可能是想要給雷德魯斯警方難看，因為他過去一直怪酒吧生意不好，是雷德魯斯警方趕走了客人。不管真正原因為何，他的提議沒被接納，大家選了市政廳。

「我猜我們不應該坐在一起。」賀許說。

溫蒂搓搓他的腿。「最好不要。」

「這事可能終歸是雷聲大雨點小。」

溫蒂手交叉在胸前。「只要我能阻止的話就不會。」

阿德雷德媒體界預估，這場會議將有五百人參加。如果是，那就很盛大了，因為雷德魯斯人口也只有一千三百人，包括外圍地區的話，頂多也只有三千五百人。連空座位都沒有了，賀許只能靠著側牆站，他左邊是位小學教師，右邊則是足球總決賽那晚在自家後門跌倒婦人的高齡鄰居。

「聽說你中槍了喔。」老先生說。

這區的人全都有這誤解。「差一點中槍。克莉絲朵還好嗎？」賀許道。

「她過世了。」

賀許心裡被重重一擊。他應該回去看看她的。

老先生碰碰賀許的袖子。「不是因為跌倒啦。她後來很快就出院了。是年紀大了。」

賀許看了那一排排鐵椅，坐得滿滿的，人頭高高低低、前前後後，夏日衣著、舒適打扮。有幾個年輕人參與，但大多數的與會者年紀都在三十到六十歲之間。後方是採訪媒體：好幾台電視攝影機，大城市和全國性報社記者也前來採訪。這座市政廳與提佛頓那座就像是複製品一樣：木造地板、掐錫天花板、一些精緻的石膏作品、遠端有座舞台。舞台前方，有四張空椅子，面對觀眾席，前方則擺著兩張長桌。

「你想坐下嗎？」賀許問。

「我有拐杖。」老先生說。

不久柯洛普和太太就先後穿過前方保留的那排座位，警長咧嘴笑著，與左右的人握手。都沒人和他太太打招呼，賀許心想，不知她作何感想。可能覺得大家都不當她一回事吧。

尼可森和安德瑞沃瑟現身會場時，卻沒有笑容，也沒有握手。「尼可森旁邊那女的是誰？」

「他老婆。」

賀許咕噥。她知道他有個女友嗎？「那安德瑞沃瑟旁邊那個呢？」

「老婆。」

兩個大塊頭的男人帶著大塊頭的老婆，四個人抬頭挺胸，擠過人群，來到前排，坐了下來，一副委屈的樣子，他們的警察制服繃得好緊，上半身因此顯得肌肉發達，手臂都快撐破制服。賀許四處找溫蒂的身影，最後才看到她在很遠的一角，正坐在大廳後方最邊邊的椅子上看著他。她翻了白眼：**你還找真久**，咧嘴笑後，就又朝前看。

會場很吵雜，但一等四名男性從側門現身，坐定在前方的長桌後，便立刻安靜下來。這其中兩人是高階警官，穿著制服：一名是克雷蒙，新任地區警署署長，還有萊特，阿德雷德總部的助理局長。另一人穿著西裝，一樣有警察那種不苟言笑、謹言慎行的外表。應該是內部調查局的人，賀許猜想。

最後一個人一坐下，立刻又站了起來。臉上是長久日曬的皺紋，人很客氣，穿著運動外套，裡頭是件白襯衫，第一個扣子放開來。大大的雙手交握著，開始說話：「我是戴斯．麥克尤恩，地方議會執行長。我被指派為今晚會議的主席。」

顯然他不是很樂意此職，賀許心想。

麥克尤恩向出席鎮民介紹了克雷蒙和萊特，但沒有介紹穿西裝、板著臉孔的那人，他喘口氣後說：「首先：有將近六百人聯署請願，請願內容如下：**雷德魯斯的執法**，**過於嚴竣不知變通**。所以我們今天來此開會。」

鎮民開始騷動，竊竊私語，動來動去，廉價鐵椅發出噪音。

麥克尤恩趕忙接著道：「我們不想針對任何人獵巫，或是演演戲假裝審判，或者藉機報復某人。也不要含沙射影、流言傷人。但六百個聯署真的是不容小覷的力量，今晚就是各位的機會，讓大家以公正、理性的方式，表達自己的看法和憂慮。」

應該是上面交待過，記得提醒眾人發言時，要公正、理性這類的話吧，賀許猜。賀許雙手交叉胸前，等著民意如潰堤的大壩宣洩而出。但是，與會鎮民雖然顯得不安，卻始終沒有人舉手。是緊張嗎？還是害羞？還是被坐在長桌的四人嚇到？還是畏懼於柯洛普、尼可森、安德瑞沃瑟秋後算帳的淫威？

終於，雷德魯斯髮廊的髮型師揮手了。

「請說，西爾薇亞。」

她站起來，中年、不知所措、肩膀縮了起來。「我就在廣場邊工作，每天都會看到那些不幸和本地警方交手的人的遭遇。我真的對本地的老人家深感同情，他們要被用那麼粗魯、傲慢的方式辱罵、大吼……這真的很不顧老人家的尊嚴。有時候更是讓人害怕。」

「說得太好了。」賀許身邊的老人家低聲道。

伯尼・樂夫一腳走到會場前方。這位飯店老闆容光煥發、滿臉笑容，渾身散發生意人氣息。六十歲上下的他，穿著黑色絲質襯衫，配著滿新的牛仔褲。

「大家都認識我吧，我是羊毛商飯店的老闆。簡單一句話，因為這群光靠力氣不長腦子的蠢材，害我生意掉了三成。」他一邊說一邊指向柯洛普、尼可森和安德瑞沃瑟。「他們嚇跑了客人。要不把巡邏車停在酒吧大門口，嚇得沒人敢進來。要不一進酒吧，就光會杵在那兒，惡狠狠地瞪著酒客。真是讓人不恥。」

他眼光銳利看向三人，讓大家了解他的忿忿不平才回到座位。接著上來的，是蕾琳・史基納，汽車旅館的老闆。她緊張地站不直身子、聲音像小老鼠一樣，看著手上的紙念。「大家都視雷德魯斯為小麥與羊毛之城，但其實這也是座**旅客**之城。偏偏現在旅客不來了，還是該說，他們不想留下來過夜，因為這裡的警方老是在汽車旅館盤查酒駕或設下測速陷阱。以前，我要請八名員工，現在卻被搞到只要兩名就夠了。」

她小跑步回到座位上。接著超級市場經理突然站了起來，他抱怨，現在都沒人來雷德魯斯採買了，講得很快，一講完就坐下。然後是一陣沉默，又有幾個人分別發表意見，有一個講得結結巴巴、另一個講得口沫橫飛卻口齒不清。

賀許看著署長、助理局長，他們不再像一開始那麼高高在上了，他們不斷輕輕點頭、與上來的人握手、盡量不朝柯洛普、尼可森和安德瑞沃瑟三人那邊看。感覺好像還能聽到他們隨著鎮民抱怨，一邊也發出嘖嘖不滿的聲音、表示不能接受的嘆氣聲。這當然是為了安撫鎮民，在賀許看來，他們這番專業的演技，稱得上相當稱職。

他繼而一想：他們其實是**鬆了口氣**。鎮民——有些害羞，但相當節制、舉止理性——講的，其實都是警方執法過當的少數事件，都不算嚴重，沒有觸及違法情事。只要稍加安撫，就可以完事打道回府。在史波齡那麼大的事後，有這個會議，還真是謝天謝地。

他尋找溫蒂的身影，但找不到她。他是否也該講講話？

戴斯．麥克尤恩抬起頭，看著鎮民。「還有嗎？沒有的話，或許——」助理局長站起來。「或許請柯洛普警長回應一下？」

「是啊，那當然。」麥克尤恩咕噥著。

柯洛普嘩地一下站了起來，轉身面向鎮民。眼神掃過整個會場，穩定、理性、公正。

「警方的信條，就是要讓社區更為安全，所以隨機酒測和測速勤務，都是為了減少交通意外致死事件，對此我們沒有可以道歉之處。」他說。

他正要繼續講，會場卻響起贊同聲，隨即一名男性從最後端的人群中走出來。他瞪著主席，主席於是說：「我謹邀請國家緊急服務單位的艾瑞克．杜上來說幾句話。」

「我百分百支持柯洛普警長。」杜大聲說。「想想，要是有人酒駕撞樹，或是更嚴重，撞上另一台車時，到時候誰要來緊急救援？就是我和我的同事。我們真的受夠酒駕肇事的情形了。讓人心碎。」

眾人竊竊私語。一名女性站了起來。「我知道講這些話會讓我不受歡迎，但是柯洛普警長不顧自己的許多問題，讓我兒子戒掉毒品，愛上了足球。」她吸了口氣後才坐下。柯洛普則一臉尷尬，回到座位上。

「什麼樣的問題？」賀許喃喃自語。鎮民間這時傳來一陣陣討論聲。

賀許旁邊的老師說：「他的兒子幾年前被車撞死了。才只有三歲大。」

靠，真是的，賀許心想。此起彼落的討論聲在會場響著，眾人紛紛在座位上伸長脖子道：「是沒錯，但是……」還有「話說回來……」或許感受到自己不再占上風，伯尼．樂夫走到長桌前的空地，大聲喊道：「喂！」

他高舉一張紙在頭上搖晃。眾人討論聲退去。

「在我們表揚某人的義舉前，我有一個動議要提。」他大聲道。

麥克尤恩徵詢助理局長的意見，後者謹慎地聳了肩。「請說，樂夫先生。」麥克尤恩道。

樂夫頂了頂鼻梁上的眼鏡念道：

「**我提議，基於雷德魯斯和其周邊地帶的居民，已經對柯洛普警長和尼可森、安德瑞沃瑟兩員警的**

執法能力失去信心，應將三人汰換，由受人尊敬、對社區執法嫻熟且具經驗的員警取代之。」

克雷蒙頓時跳了起來。「我可以提出修正案嗎？」

「請說。」麥克尤恩道。

「在考量不信任案前，應先由警方進行調查，本會也應遴選成立一委員會，由其接受鎮民申訴，將鎮民訴願轉達給調查員。」

助理局長附和他。「這樣就不會有人怕秋後算帳。請對我們有信心，該怎麼做，我們就會怎麼做。進行正式的申訴調查程序，對於改善現況的確有幫助。」

樂夫都來不及表示反對，麥克尤恩就說：「那來進行表決如何？」

賀許旁觀，等待事態發展。他沒有參與表決。一百七十五人贊成修正動議案，一百三十六人反對。

老天。整場會議果真雷聲大雨點小，到頭來一場空，賀許失望地想，眼前的會眾在座位上坐立難安，拿起手提袋，站起身準備離開了。但還是不見溫蒂身影。他站直身子，以為會看到她失望的表情。

會場忽然出現一陣騷動。

溫蒂站到台上，一副天不怕地不怕的樣子，看著長桌前的那幾個高官、正要走出去的眾人以及吵雜的鐵椅。在她身邊站著個小女孩，不滿十五歲的樣子，她手裡抱著個嬰兒。就這樣等著。眾人慢慢安靜下來。

麥克尤恩跟著眾人的目光，轉過身來。「史崔特太太？」

溫蒂不理他。指向舞台兩側。鮑布・繆爾走了出來，不急不徐地穿過舞台，向台下熟悉的男男女女鎮民點頭致意。身邊則是奈森・唐納文，一副害怕的樣子。

「這是怎樣？」尼可森大叫道。

「史崔特太太？」麥克尤恩道。「我們已經表決通過提案了。」

「大家剛剛通過提案，要對警方執法過於用心一事進行調查。但我還要再提一項新的動議。」溫蒂道。

「不行。」尼可森大吼。

溫蒂直視麥克尤恩。「主席先生，你可曾正式宣布本會結束？」

「倒是還沒，我們還要遴選籌組委員會，但——」

「但還沒讓每個人充分發表意見。給各位介紹克莉絲斯托・貝兒和奈森。他們有些遭遇，想跟大家分享。」

小女孩雖然全身發抖，卻鼓起勇氣。她指著手上的嬰兒。「他是崔維斯。我不確定他生父是哪一位。是他。」她邊說邊指：「還是他。他們輪流上我。」

尼可森、安德瑞沃瑟椅子愈坐愈低。尼可森太太站了起來，跌跌撞撞地衝出了會場。安德瑞沃瑟的太太則不知所措。

「她當時才只有十四歲。」溫蒂道。

「要是你們不相信我。」眾人一陣木然沉寂之中，女孩的聲音非常清楚，「可以驗ＤＮＡ來證明。」接著她朝向奈森。「換你了。」

奈森拱起肩膀，僵在那裡。繆爾碰碰他的手肘。男孩嚥了口水，走到舞台邊。他指著，聲音很勉強：「他們兩個渾蛋，把我帶到東邊荒野對我施暴，丟我自己走回家。每兩、三個月就一次。」

他退後，離開聚光燈。

溫蒂對他投以溫暖關懷的微笑，目光又掃向會場。「你看到了，主席先生，正因如此，我們需要再提動議。」

37

那個週一，賀許巡邏回來時，看到柯洛普就在外頭等著他。他坐在雷德魯斯警方巡邏車駕駛座上，顯然是在打盹兒。頭向後躺，眼睛閉著，手放在腿上。

但賀許一來，他馬上意識到。賀許鑰匙才剛插進鑰匙孔，他三兩下俐落地下車，來到步道上。「警長。」賀許道，一手扶著前門，讓警長先進去。

「員警同仁。」

賀許接著又把通往私人空間的門打開，同樣還是閃一旁，準備讓他先走，一副好像兩人要是衣角不小心碰到，就會爆發衝突一樣地小心。柯洛普搖搖頭說：「到辦公室就好。」

他選了那張不起眼的木頭椅子坐下。賀許還有點不安，坐到桌前的旋轉辦公椅。他倒不是懼於柯洛普的官威，也不是對他懷有敬意。他只是覺得……究竟是怎麼回事？

抗議大會上，後來又有更多的受害者現身說法。雖然都沒有實際指控柯洛普本人作為，卻已經顯示，他對於手下員警失去了掌控，任由這些人在他轄區胡作非為，完全沒有盡到作為一個主管的職責，變成了怠忽職守的恐龍主管。他是否有與手下合謀？不得而知。但肯定是被蒙在了鼓裡；而且，許多人也信誓旦旦，聲稱遭到他的言語暴力。但他至少沒有像史波齡那麼壞。他也對羅根與寇爾特之間的勾結有一定的敏感度。另外，也有很多人發言挺他。

所以賀許對他暫持保留態度。

柯洛普雙手交叉胸前。「那些王八蛋想害死你那天，怎不打電話叫我？我一定會見義勇為的。」他說。

「警長。」賀許道。他怎麼可能打給他。柯洛普要不是會有所偏袒，就是會聽信史波齡和拉第瑪家父子的話。而且，要是他還帶尼可森和安德瑞沃瑟一起來，可能更要命。

柯洛普從賀許眼神看出他的心思。他洩氣地癱在椅子上，搖搖頭，剛來時的開朗全沒了。他抬起大大、乾乾的手掌，往自己臉上抹，像要抹掉什麼一樣。「真是一團亂。」

急於想搞清楚狀況，賀許問：「新來的警司打算怎麼處理？」

「那兩個男孩被拿掉了。我只知道這麼多。」

男孩。講得好像尼可森和安德瑞沃瑟只是調皮、不聽話的小孩，明明就是強暴累犯。「怎樣拿掉？警長。」

柯洛普正眼看著賀許。「要是暴力行為和性侵罪名確立，就要面臨徒刑。」

「你呢？警長。」

「還不清楚。被交待主動請辭？接受紀律調查，然後降級去當交警？」

「什麼時候會知道？」

柯洛普無奈地聳聳肩。「不清楚。只知道現在算休假，明天開始。」

「有薪假？」

「操你媽。」柯洛普搖頭。「我才一個不留神。」他講得好像當警察只是在踢足球一樣。「手下的員警就鬆懈了。」

賀許聽不下去了。「是你縱容他們的。」

這話刺中了柯洛普內心的舊傷疤，他咆哮道：「你這是在教訓我領導不當嗎？」

賀許緊張起來，不再說話。

「你女朋友這下稱心如意了。把本地警方往死裡打。」

「拜託你行行好。早在我被派到這轄區以前，對你們的申訴案件，不管是正式或非正式的，就已經多不勝數了。我的『女朋友』也不過是讓大家把想法化為行動。」

柯洛普哼道：「對啦，了不起。最好她都沒有得到會告同事密的抓耙子警察的指點。」

「去你媽。他們設計陷害我。**威脅恐嚇我爸媽**。讓我爸媽坐立難安，他媽的沒屁用的孬種。」賀許道。

「當警察**就不能**害別的警察。」柯洛普道，抬起他大大的手掌來。

「如果我不挺身而出，還有誰敢？如果沒人挺身而出，事情會變得多糟？」賀許質問。「就放任這些殺人的、強暴的、種族歧視的警察逍遙法外嗎？」他瞪著柯洛普，一副沒在怕的樣子。

「狗屎。」

「**你自己都不去處理**。申訴他們的案件那麼多，前後長達數年了。內部調查局，就連史波齡自己，都保存了不少這類申訴文件。」

「你密告我。」

「不是我，是上面交待我要報告。這有差。」

「你當初不也密告魁恩嗎？很明顯啊。」

賀許道：「魁恩違法。他犯了案，還帶壞其他低階員警，讓他們跟著一起犯案，內部調查單位早就知情，所以他才會入獄。」

「你還真是清高啊，賀許豪森。」

我就是，怎樣。或許，有時候剛好風向對了，他是有順道推一把。賀許這麼想。但這有什麼不對。

「魁恩他陷害我，還拿我的性命要脅，驚動到我父母。難道這些你都沒聽說嗎？你為什麼要替那樣的人說話？」

「他是同事啊。」柯洛普道，下巴挺出來，一副理直氣壯的樣子。

「只要是同事，就可以壞事做絕嗎？就因為你們都一樣穿警察制服，宣誓過，他就可以一再犯法？然後你就可以怠忽職守？」

「我沒有怠忽職守。」

「你自己剛不是說了嗎，是你一個不注意。對尼可森和安德瑞沃瑟的霸凌、性侵睜隻眼閉隻眼。也對他們騷擾女性員警視若不見，但你的職責理應負責訓練他們、保護她們的。只要是你們足球隊的人，犯了罪你都會幫忙開脫。但是自己卻在勤務時間內，用你那郵購來的外籍新娘幫忙做外燴生意賺錢。」

柯洛普坐不住了，臉紅脖子粗的。「不准你這樣講她，你這王八蛋。你根本就不知道來龍去脈。她從小就住在這裡了。」

賀許知道自己不該這麼說——但他豁出去了，現在是他占上風。「你以為只要一直跟拉第瑪家父子這樣的人搏感情、套交情，鎮上所有大小事就可以罩得住？你真的是丟盡警界的臉。」

這話是史波齡當初說的。

柯洛普坐回去，在椅子上完全不動，反而更讓人感到危險，整個脖子青筋畢露。「你快要被揍了。」

「很好。來啊。」

最後柯洛普很簡潔地一揮道：「要是我動到你半根汗毛，那我肯定會遭到上級懲處。」

他這是在開玩笑嗎？賀許看著他，等他下一步動作，納悶柯洛普內心正在盤算什麼。

他吐了一口氣，頭一沉，輕輕地說：「我們一起去兜風。」

「什麼，要往東開？去那些方便解決掉人的礦坑井嗎？」

「兄弟，我不是殺人兇手。」一抹詭異的笑容一閃而過。「我只是頭腦不清楚又丟臉的傢伙。可以嗎？」

沿著屏障高速公路往北開，柯洛普負責駕駛，迎向紅土飛揚的一天，黑鳥排排站，立在鐵絲圍籬上，將鐵絲壓得垂墜，瞪著他們。

一路上兩人都沒出聲，一直到柯洛普說：「我看過大衛．寇爾特車子的法庭檢驗報告。」

賀許被車子的律動催眠得沉沉欲睡，這時趕緊坐直。「然後呢？」

「他車子駕駛座那邊的車頭燈，還有同一側車後方的轉角處護板，都曾更換過。」

賀許聽出柯洛普話中有話。「嗯……？」

「我跟雷德魯斯汽車百貨的鈑金工核對過：那是他們修的，但是在蜜莉亞．唐納文被撞之前送修的。該車其他部分，則都沒有修過。」

「可惡。」

「對。還有呢，他們說，賈德有天下午幾罐啤酒下肚後，曾經拿這件事出來取笑過。就是寇爾特曾經讓那女孩開車，結果她開去撞樹。」

「喔，這沒錯。」賀許道。「有幾個人告訴我，蜜莉亞出過車禍。但這麼一來，會是誰？」

柯洛普眼神看著前方，手握著方向盤。「你好好把來龍去脈再多想想。」

賀許看著外頭的沙塵以及圍籬鐵絲。怎麼也想不通。「會是他們那夥其他人嗎？還是寇爾特開了別人的車？」

「不是。」柯洛普斬釘截鐵地說。「那些車都沒有問題。加油，要是逐一把寇爾特和其他人刪除，最後你會想到誰？」

朝北的道路上，滿是熱氣造成的海市蜃樓，一路綿延到乾燥的地平線、粉紅色和灰色山丘那頭。但現在賀許對這些景致沒那麼感興趣了。

「山姆．韓波。」他說。

山姆還有他的跟蹤癖好。山姆老是尾隨蜜莉亞．唐納文，因為他覬覦著她，根本不是真的想要保護她。他覺得她是他的，要是他不能擁有她……

「來人啊，給這小夥子鼓鼓掌。」柯洛普酸他。

「他把事情賴給寇爾特。因為寇爾特睡了他的理想情人。」賀許道。

「不單是這點。幾年前寇爾特還把他送去關了半年。要是你有好好做功課，就會知道還有這淵源。」他竟然不知道這件事，他又想了一遍。「但我看過他的車，還親自開過。那車車況雖差，卻沒有近期擦撞或維修的痕跡。」

沒回答。在蒙考威路標處，柯洛普下了高速公路，開上一條單線道，路上兩條輪胎痕一路綿延到山上。開了一公里、兩公里後，來到一處當地窮苦人家的鐵皮屋區，屋子散落在枯草和鏽蝕的廢棄車輛之間，貓咪潛行、狗兒瘦到只剩肋骨和那一根。

柯洛普把車開進長滿雜草的院子，熄掉引擎，兩人下車、甩上車門，外頭的空氣凝滯而燠熱。在他們眼前，就立著山姆．韓波的 Commodore 汽車，車體已經久經日曬而褪色，斑斑駁駁的。一頭累壞的狗看著他們，沒有人從屋裡掀窗簾張望外頭的動靜。一根樹樁上，擺著一張盤子、一把餐刀、一把叉子，盤子裡的番茄醬放久變黑了。一台手動除草機，立在一塊推平了的草坪盡頭，除草的人似乎無心除草，所以半途而廢。大衛瓊斯百貨（David Jones）的袋子被亂長的玫瑰花莖穿破；一張久經日曬雨淋的帆布椅旁，有一張咳血的衛生紙。而就在這同時，屋子裡明顯正有個女人咳到上氣不接下氣。

「山姆他媽媽？」

柯洛普點點頭。「爸爸好幾年前就離家了。」

他沒朝屋子走去，反而帶著賀許走向後頭幾間爛掉的棚舍，那邊有台 Land Rover，車體鏽成一條一條的，車胎也沒氣了，被兩旁的蕁痲圍繞。

他用肥厚的手掌拍向車子凹陷的車頭，柯洛普道：「要是你有徹底調查，那你就會發現，這台英國汽車工業的典範，登記在一位瑪麗・凱瑟琳・韓波的女士名下。」

他仔細望向屋子後方。

隨著他的目光，賀許看過去。山姆・韓波站在屋子後門，肩膀垮下來。沒有要掙扎的樣子，也無路可逃了。是他，只要自己的車發不動，就會借這台 Land Rover 去開。

「你當警察的功力還是不減當年呢，警長。」

柯洛普整個人挺直站著。他知道賀許不是在諷刺他，於是望向那片垂死的空地、模糊的地平線，再看回到眼前這悲哀的小屋，以及那個他前來逮捕的人。

「我呢，要在警職生涯最後轟轟烈烈退場，讓人刮目相看。」他說。

類型閱讀 047

荒涼路

Bitter Wash Road

作者　蓋瑞・迪希（Garry Disher）
譯者　顏涵銳
社長　陳蕙慧
總編輯　戴偉傑
責任編輯　丁維瑀
行銷總監　陳雅雯
行銷企畫　趙鴻祐
封面設計　兒日設計
內頁排版　宸遠彩藝工作室

讀書共和國集團社長　郭重興
發行人　曾大福
出版　木馬文化事業股份有限公司
發行　遠足文化事業股份有限公司
地址　231 新北市新店區民權路 108-2 號 9 樓
電話　(02) 2218-1417
傳真　(02) 8667-1891
Email　service@bookrep.com.tw
郵撥帳號　19588272 木馬文化事業股份有限公司
客服專線　0800-221-029
法律顧問　華洋法律事務所 蘇文生律師
印刷　前進彩藝有限公司

初版一刷　2023 年 4 月
定價　460 元

ISBN　9786263144019（紙本）
EISBN　9786263143999（EPUB）
9786263143982（PDF）

This project has been assisted by the Australian Government through the Australia Council for the Arts, its art funding and advisory body.

國家圖書館出版品預行編目

荒涼路 / 蓋瑞．迪希 (Garry Disher) 作 ; 顏涵銳譯 . -- 初版 . --
新北市 : 木馬文化事業股份有限公司出版 : 遠足文化事業股份有限公司發行 , 2023.04
面；　公分 . -- (類型閱讀 ; 47)
譯自 : Bitter wash road.
ISBN 978-626-314-401-9（平裝）

887.157　　112003539